WINTERMORDE
Eiskalte Wut

AF198634

http://www.facebook.com/Astrid.Korten.Autorin
Website: www.astrid-korten.com
Twitter: https://twitter.com/charbrontee
Google: Astrid Korten
Copyright ©August 2017 Astrid Korten
Amreko Literaturverlag
Lektorat: Buchreif, Christine Hochberger
Bildnachweis: ©Shutterstock /PicFine
Covergestaltung ©ZERO Werbeagentur München
ISBN: 9783744820134
Eine überarbeitete Fassung des Thrillers „Eiskalter Plan"

Herstellung und Verlag: BoD - Books on Demand, Norderstedt

WINTERMORDE

Eiskalte Wut

PSYCHOTHRILLER

ASTRID KORTEN

„Wut gleicht einem vorübergehenden Wahnsinn, denn er ist, ebenso wenig wie dieser, Herr über sich selbst.

Lucius Annaeus Seneca

Über den Thriller

WUT * HASS * RACHE *

Was wir taten, war unvorstellbar.

Verlegerin Alma, erdrückt von Beruf, Familie und dem Desinteresse ihres Mannes, sucht nach radikaler Veränderung. Sie will ihren Mann loswerden. Alma sucht nach Gleichgesinnten und findet sie in einem Chatroom. Vier Frauen, ein gemeinsamer Nenner: Wut. Doch dann geschieht ein heimtückischer Mord, der wie ein Albtraum auf Almas Brust lastet. Als sie begreift, dass sie die Hauptfigur in einem perfiden Rachespiel ist, ist es zu spät.

Ein packender Psychothriller, in dem nichts so ist, wie es scheint, und der den Leser fassungslos zurücklässt.

Erste Buchkritiken:
Als hätte Gillian Flynn (Gone Girl) die Desperate Housewives ersonnen, so liest sich der neue Thriller von Astrid Korten, der mit dem verzweifelten Entschluss einer betrogenen Ehefrau beginnt und in einen packenden Strudel aus Tod und Täuschung mündet.
Wolfgang Brandner, Kulturreferent

Wenn man denkt, dass es gar nicht mehr böser geht, setzt Astrid Korten noch einen drauf! Chapeau! Wer Psychothriller mit Tiefgang, Wendungen und Überraschungen mag, wird "Wintermorde" lieben! Ein gut durchdachter und hervorragend erzählter Psychothriller!
Alexandra Hoffmann, HTTP://THRILLERTANTE.BLOGSPOT.DE

GEGENWART

Tagebuch eines Häftlings

Ich bekomme keinen Besuch. Sie kommt nicht. Ich habe ihr einen Brief geschrieben, aber keine Antwort erhalten. Offenbar glaubt sie mir immer noch nicht.

„Alle Täter behaupten, dass sie unschuldig sind", hat sie gesagt, als ich das letzte Mal mit ihr gesprochen habe. Ich rief, ich sei kein Verbrecher, und dass sie wüsste, dass ich so etwas nie tun würde. „Wenn du weiterhin oft genug wiederholst, dass du unschuldig bist, glaubst du es zum Schluss selbst", hatte sie nur geantwortet.

Nachts, wenn ich nicht schlafen kann, kommen mir Zweifel. Ich starre dann die Decke an und komme zu der Erkenntnis, etwas Schreckliches getan zu haben, ohne es selbst zu wissen. In einem Anfall von Wahn?

Ich habe das Gefühl, dass ich allmählich meinen Verstand verliere. Vielleicht leide ich an einer Psychose. Vielleicht werde ich aber eines Tages mit einem klaren Kopf aufwachen und feststellen, dass ich es mir eingebildet habe, in einer Zelle eingesperrt gewesen zu sein. Wenn das möglich ist, könnte es sein, dass ich während einer Psychose gewalttätig geworden bin. Jemand, der seinen Verstand verliert, ist zu allem fähig.

*

Ich kann nicht. Selbst auf dem Papier kann ich es nicht sagen.
Neuer Versuch.
Wenn das möglich ist, kann es sein, dass ich einen Mord begangen habe.
Jetzt aber.
Dann kann es sein, dass ich ein Mörder bin.

*

Ich bin nicht verrückt. Ich weiß, was ich getan habe und was nicht.
Ich habe beschlossen, ihren Namen nicht mehr zu erwähnen. Den Namen meiner Frau.
Gottverdammt.

Ich wünsche mir einen Brief von ihr.

Aber sie wird mir sicher bald die Scheidungspapiere zukommen lassen, mit dem Vermerk „Bitte nur unterschreiben."

Wie lange muss ich mich denn noch in dieser verdammten Zelle zwischen diesem Pack einreihen? Gottvergessene Idioten, die ihren niedrigen IQ mit Krafttraining kompensieren, nackenlose Zuchtbullen, die brüllen, statt zu reden. Glauben, sie seien Alpha-Männchen, zumindest, wenn das Wort in ihrem Sprachschatz vorkommt. Wenn sie ihr Gehirn benutzt hätten, hätten sie nicht lebenslänglich bekommen. Dann hätten sie eine Ausbildung abgeschlossen, statt Drogen zu verkaufen, Frauen zu vergewaltigen oder bewaffnete Raubüberfälle zu begehen.

Ich bin hier noch keinem Wirtschaftskriminellen begegnet. In meinem Zellentrakt bin ich von harten Jungs umgeben, nicht von solchen, die der Steuerfahndung zum Opfer gefallen sind. Die sind in Trakt A untergebracht. Allerdings behaupten alle Inhaftierten ausnahmslos, sie wurden von Freund und Feind über den Tisch gezogen.

Wo sind meine Freunde?

Zum Glück sind meine Eltern tot, zumindest müssen sie nicht erleben, was gerade mit mir geschieht.

Ich bin nicht dumm, aber ich war nicht in der Lage, draußen zu bleiben. Es lag an den frustrierten Kripobeamten, die zu bequem waren, einen anderen Täter zu benennen.

Mir ist übel. Das Essen ist von mäßiger Qualität und ich habe bereits drei Kilo verloren, mein Liebling.

Ich brauche Hilfe. Ich muss meine Unschuld beweisen. Selbst mein Anwalt glaubt, dass ich lüge, ich sehe es ihm an. Seine Empfehlung lautet, mich schuldig zu bekennen, mein Bedauern zum Ausdruck zu bringen und auf Strafmilderung zu hoffen.

Nein! Das werde ich nicht tun.

Niemals!

Ich lege das Tagebuch des Häftlings beiseite und starre auf meine weiße Bürowand. Das Läuten des Telefons passt nicht zu dieser Situation. Ich schließe die Augen und warte, bis es aufhört. Als es im Raum wieder still ist, atme ich langsam und sehr bewusst aus. Es klingt wie ein flüchtiges Seufzen, vielleicht, weil mein Unterbewusstsein zu beschäftigt ist und mir merkwürdige und verstörende Szenen zeigt.

Stille.

Schweigen.

Ich werde Stillschweigen bewahren. Lange Zeit habe ich mich innerlich gegen diesen Kampf meines Lebens abgeschottet und die Ereignisse weit unten in den dunklen Tiefen meines Gedächtnisses vergraben. Das mag wohl daran liegen, dass ich fortan allen anderen etwas vormachen muss. Deshalb habe ich mich entschieden, meine Geschichte aufzuschreiben – und die des Häftlings, die mit meiner eigenen verknüpft ist. Mein Tagebuch ist der einzige Ort, an dem ich ehrlich sein kann. Ich brauche ein Ventil.

Ich nehme meinen Stift in die Hand und schreibe:

M Ä N N E R sind M Ö R D E R, Serientäter, und sie entkommen zu oft ihrer Strafe.

Hm … Diese Erkenntnis hat mich zu dem gemacht, was ich heute bin: eine Serientäterin, eine Frau mit einem dunklen Geheimnis, mit einem erhöhten Puls, einem arrhythmischen Herzpochen, eine Frau, die ihre Augen irrlichtern lässt, hektisch und unsicher.

Mir ist bewusst, dass mein Zorn noch nicht verebbt ist – noch nicht richtig. Er liegt auf der Lauer, versteckt im Schatten, bereit, sich hinterrücks auf mich zu stürzen, wie eine Möwe, die im Sturzflug auf die See hinabstürzt. Ohne auch nur im Geringsten zu zögern, taucht sie kopfüber mit Höchstgeschwindigkeit ein, wenn sie ein Objekt ihrer Begierde unter der Wasseroberfläche ausmacht. Ihre heiseren Schreie – der möwische Gleichwert zu hinterhältiger Freude – verjagt ihre Beute nicht, die sie am Stück runterschlingt, ehe sie überhaupt weiß, wie ihr geschieht. So ähnlich erging es mir, als eine der Frauen möwengleich wieder aus dem Nichts auftauchte – ein Freitagmorgen im Februar, und diese Frau, die kalte Umarmung eines anderen Winters. Ich habe es gespürt – das Gefühl, dass jemand mich beobachtete, als ob mir eine Feder über die Haut im Nacken strich und mich zwischen den Schulterblättern frösteln ließ. Die Wolken teilten sich in dem Moment und der gleißende Schein der Wintersonne brach hervor und fiel auf den Schnee, wie ein Vorbote.

Der Schmerz, den sie mir zufügte, ist noch da – er ist nie weg gewesen, aber seine scharfen Kanten sind stumpf geworden. Ein Geheimnis zu hüten, ist schwieriger als ich geglaubt habe. Das Schweigen ist manchmal unerträglich. Schweigen übermannt mich mit Traurigkeit und lässt die Quelle der Melancholie sprudeln. Ich verstehe mittlerweile, warum Menschen betrügen und danach so töricht sind, den Betrug zu gestehen. Vielleicht ist das auf Dauer doch besser, als allein mit einem Geheimnis leben zu müssen.

Reue ist nicht das treffende Wort für das, was ich heute empfinde. Reue ist etwas für Feiglinge, die es nicht wagen, sich zu ihren Taten zu bekennen. Serienmörder verspüren tief in ihrem Inneren das Bedürfnis, gefasst zu werden. Sie suchen weniger Anerkennung als Aufmerksamkeit, das Rampenlicht, die Bühne – *Schaut mich an, ich habe die Macht.* Sie hinterlassen Spuren wie eine Unterschrift: *Ich war hier.* Die Tat selbst ist nicht genug, die Welt muss wissen, wie brillant sie sind. Serientäter sind intelligent und führen die Polizei an der Nase herum. Aber ihre Eitelkeit wird ihnen letztlich zum Verhängnis.

Ich muss mein Schweigen brechen, damit ich nicht wieder in die stählerne Falle der Vergangenheit tappe. Ein Tagebuch ist ein geeignetes Mittel für meine geheimen Wunden. Ich werde meine Geschichte aufschreiben, weil ich zu verstehen versuche, was vor einem Jahr geschehen ist. Mein Tagebuch wird niemand lesen, weder Greta, Marie und Sophie noch der Häftling, obwohl er ein Recht dazu hätte. Es gab eine Zeit – für alle – da waren wir glücklich. Ein Wort, das ich heute nicht mehr verwenden mag.

Marie, Sophie, Greta und ich, Alma.

Unser Lächeln war eine Kleinigkeit. Was wir taten, war unvorstellbar.

Die losgebundenen Furien der Wut
ruft keines Herrschers Stimme mehr zurück.

JOHANN CHRISTOPH FRIEDRICH VON SCHILLER

Ein Jahr zuvor - Wie alles begann

Auszüge aus meinem Tagebuch.

Ich möchte ein schlechter Mensch werden.
Die Chance ist groß, dass ich, Alma Rösler, demnächst sterben werde. Besonders in der Nacht, sobald der Himmel mir auf den Kopf fällt und Gott gleich mit ihm, weil ich nur noch einen, höchstens zwei Tage unter den Wolken weile. Wenn ich wieder einmal schweißgebadet aufwache, kommt mir dieser Gedanke in den Sinn.

Seit meiner Geburt laufe ich Gefahr zu sterben. Also kann ich durchaus sagen, es hat sich kaum etwas verändert. Außer, dass mein Herz jetzt eine tickende Zeitbombe ist. Ich hatte einen Herzinfarkt, der meine Mitralklappe geschädigt hat. Morgen soll sie durch eine neue ersetzt werden.

Mein Arzt meinte, ich hätte Glück gehabt und sollte ihm vertrauen. Dr. Schäfer saß hinter einem weiß lackierten Tisch, als er mich über die Mitralklappe aufklärte, auf einem Stuhl mit einer hohen Lehne, die seinen Kopf mit dem gegelten, grau melierten Haar überragte. Ich habe mich damals gefragt, welchen Zweck dieser Stuhl wohl erfüllt. Die Lehne passt eher zu einem Gelehrten, der den ganzen Tag in starrer Haltung an einem wissenschaftlichen Durchbruch arbeitet. Solche Typen glauben, dass der Austausch einer Herzklappe einem Schnupfen gleichkommt. Schnupfen. Unheilbar. Endstadium. Die Viren platzen aus allen Nähten, brauchen Frischluft. Operation gleich Exitus. Hm ... Dr. Schäfer (= Schaf) kann also nicht viel tun. Er ist ja Arzt. Er kann nur die Klappe austauschen. Aber sein Stuhl soll vermutlich ausdrücken: Hier arbeitet eine Koryphäe. Ob es im Himmel auch Möbel gibt? Ich würde dann dort auf einem ähnlichen Möbelstück Platz nehmen, aber das wird gewiss von Gott belegt.

Dr. Schäfer trägt unter seinem weißen Kittel diese bestimmte Art von Pullovern, diese weichen, die Ehefrauen ihren Männern kaufen. Dadurch werde ich daran erinnert, dass er noch ein anderes Leben hat. In diesem anderen Leben segelt er an den Wochenenden mit einem alten Schulfreund – das hat er mir anvertraut. Ich gönne ihm seine Entspannung, aber nicht, wenn ich seine Patientin bin. Der Arzt, den ich mir erträume, hat kein Leben außerhalb der Krankenhausmauern, dies hier ist sein Leben. Wenn ich mir ausmale, dass er mich aufschneidet, während er seinem OP-Assistenten erzählt, dass er am Wochenende segeln war, bricht mir der Schweiß aus allen Poren. Warum hütet Dr. Schäfer keine Schafe? Darüber spricht man wenigstens nicht.

„Vertrauen", wiederholte er leise, den Blick auf irgendetwas unten auf dem Boden gerichtet, was ich nicht sehen konnte. Ich lauschte damals seinen Worten, hörte die Diagnose und stand abrupt auf. Der Arzt auch. Ich glaubte, eine gewisse Erleichterung in seinem Gesicht zu sehen, schwer erkennbar, da sein selbstgerechter Ausdruck andere Emotionen plattwalzte. Männer wie er zeigen keine mimische Regung. Nicht nach dem Sex, nicht auf der Beerdigung der Mutter. Ich ging um seinen Schreibtisch herum, was er stirnrunzelnd zur Kenntnis nahm, sah ihm in die Augen. *Sie nennen es Glück, wenn ich jeden Moment sterben kann? Ich glaube, es ist wohl eher Pech.*

Nein, das habe ich nicht gesagt. Ich wollte es sagen. Stattdessen dankte ich ihm. Nur wofür? Dass er mir zwei Minuten seiner kostbaren Zeit gewidmet hatte? Er reichte mir zum Abschied die Hand und ich befürchte, ich habe mich nochmals bei ihm bedankt.

Ich bin eine schlechte Nachricht
Ich bin mir bewusst, dass mein Herz jeden Moment seine Arbeit einstellen kann. Das Herz ist ein essenzielles Organ. Ohne Herz stirbt der Mensch. Sie werden mich aufschneiden, meine Rippen zersägen und mein Herz stilllegen. Dabei kann alles Mögliche schiefgehen. Vielleicht werde ich danach nicht mehr aufwachen. Jedes Jahr sterben eintausend-siebenhundert Patienten an einem Kunstfehler. Sie wurden krank eingeliefert und tot entlassen. Wenn ich meinem Mann die Fakten unter die Nase halte, findet er das morbid.

Der Tod kommt näher, so nah, dass er seinen Arm um meine Schulter legt. Dabei spüre ich sein Zittern. Und meinen Widerwillen. „Zu jung", sagt das Leben. Doch der Tod widerspricht. „Alma, dies ist deine Chance. Dein Code lautet: Du bist eine Ausnahme."

Selbst in dem Moment, in dem meine Mitralklappe undicht ist, zeige ich ein sozial wünschenswertes Benehmen. Ich belasse meine Hand auf dem Oberarm von Mister Tod, lächle freundlich. Ja, wir beide haben einen Deal: *Ich sterbe, und du wirst leben. Machen wir.*

Gute Vorsätze
Ich möchte ein schlechter Mensch werden. So, jetzt steht es hier. Schwarz auf weiß.

Nach meiner Operation habe ich verschiedene Optionen, falls ich noch lebe. Im Netz wimmelt es nur so von Schicksalsgefährten. Manche Herzpatienten trainieren für einen Marathon, obwohl sie vorher kaum einen Schritt zu Fuß gegangen sind. Andere fahren mit dem Fahrrad den Berg rauf und runter, möglichst in der Nähe einer Klinik. Manche gründen eine Stiftung. Fast alle möchten ein besserer Mensch werden. Das Ruder herumwerfen, nennen sie es. Fürs Erste verspüre ich nicht das geringste Bedürfnis nach Sport oder guten Taten.

Ich war schon immer ein wenig anmaßend und eingebildet und ich befürchte, dass der Zustand meines Herzens mich nicht davon heilen wird. Vielleicht bin ich eitel, aber ich versuche, Klischees zu vermeiden. Ich möchte kein besserer Mensch werden, nur weil mein Herz auf der Kippe steht und sich und mich womöglich aufgeben wird.

Wenn ich zurückblicke, was ich momentan ununterbrochen tue, habe ich mir mein ganzes Leben Gedanken darüber gemacht, was andere von mir halten. Die Anthropologie, die mein Verhalten der vergangenen Jahre zu erklären versucht, kommt zu dem Ergebnis, dass ich nur das getan habe, was andere von mir erwartet haben. Oder wovon ich glaubte, dass es von mir erwartet wurde. Ich begründete mein Verhalten, wusste fantastische Motivationen und Analysen aus dem Hut zu zaubern, aber letztlich war meine stärkste Triebfeder die Angst vor der sozialen Isolation. Es bedurfte einer defekten Mitralklappe für diese Erkenntnis.

Ich möchte eine Banane
Paul hat mir früher vorgeworfen, dass ich meine vermeintlich moralische Überlegenheit raushängen lasse. Meine Vernunft macht ihn verrückt und ich kann es ihm nicht mal verübeln. Folglich führe ich eine mentale Diskussion mit ihm, die ich schon längst hätte führen sollen. „Ich weiß, dass du es nicht leicht hast, aber das gibt dir nicht das Recht, mich wie einen Punchingball zu benutzen."

Oder so ähnlich.
Ich möchte ein schlechter Mensch werden, und daran werde ich hart arbeiten. Der erste Schritt wäre, in Situationen, in denen alles Sinn ergibt, meine Missbilligung und meinen Unmut kundzutun. Wenn mir ein Pferd auf den Fuß tritt, krümme ich mich lieber vor Schmerz, als das edle Tier darauf hinzuweisen, dass es meine Zehe zerschmettert hat.

Der zweite Schritt bestünde darin, in Situationen, in denen es unpassend wäre, dennoch den Mund aufzumachen.

Es sind Situationen, mit denen Männer in der Regel keine Probleme haben. Sie glauben, alle Ansprüche wären ihnen bereits in die Wiege gelegt worden. Erfüllt sich das nicht, werden sie böse.

Affe möchte eine Banane.
Keine Banane im Haus.
Affe wird böse.

Der dritte Schritt bereitet mir schon jetzt eine ungeheuerliche Vorfreude auf das, was kommen wird. Diejenige zu sein, die wie ein Marktweib schreit. Diejenige zu sein, die sagt, dass es für dich heute keine Banane gibt. Den roten Knopf zu drücken, wann immer mir danach ist, ohne dass es mir etwas ausmacht, was andere davon halten.

Der Weißwurstmoment
Ich bin mir absolut der Tatsache bewusst, dass ich mich mit zweiundvierzig Jahren auf dem Höhepunkt meines Lebens befinde. Meine Unverwüstlichkeit hat meine zwanzigjährige Ehe mit Paul langsam erschöpft. Wie zwei Katzen schleichen wir beide in einem fremden Territorium umeinander, denn ich will dem endgültigen Verfall ein wenig entgegensteuern. Seit Jennys Geburt vor fünf Jahren gehen wir uns aus dem Weg. Wir sind zu sehr mit dem Mädchen beschäftigt, und deshalb kommt es uns vor, als bemühten wir uns auch um uns. Wir plaudern miteinander, oh ja, man höre und staune. Paul rumort in der Küche und ich sitze am Tisch, gebe gemurmelte Satzfetzen von mir und Bestätigungen in Form von Lautäußerungen wie *Hm-hm, ja, aha.*

Dann starrt Paul ins Leere, als hätte er meine Antwort nicht gehört. Er hat neuerdings diese Aussetzer, und sie häufen sich. Gerade noch hier bei mir, im nächsten Augenblick weit weg, als würde er auf einem Fluss aus Gedanken dahingleiten. Dann ist er wieder entspannt und unbekümmert. Ich verstehe, worum es hier geht, und schweige – wie immer. Paul erwähnte heute eine Versammlung, die bereits eine Woche zurücklag und zu der er hauptsächlich gegangen war, um sich zu ärgern. Dann erzählte er mir den Plot eines Kinofilms, den wir nicht zusammen gesehen haben. Ich habe nicht gefragt, wer ihn begleitet hat. Es gibt zu viele Karins, Chelseas oder Susannes. Schließlich sprach er von einem Kollegen mit einem todkranken Hund. Ich dachte an mein Herz und hatte Mitleid mit dem Hund.

Während Paul Kaffee kochte und erzählte, ging mir ein Spaziergang durch den Kopf. Ich meine einen richtigen Spaziergang, gänzlich ohne Ziel.

Wenn ich eine Gruppe mit Nordic-Walking-Stöcken an meinem Küchenfenster vorbeilaufen sehe, gehen mir die Bewohner der Dritten Welt durch den Kopf, die für eine Karaffe Wasser unzählige Kilometer pro Tag laufen. Versuch denen mal zu erklären, dass es Menschen gibt, die sich freiwillig mit Stöcken fortbewegen, vollkommen ohne Ziel.

Trotz meiner Aversion gegen wahlloses Walken ging ich heute vor die Tür. Ich hatte meinen freien Tag und die Decke fiel mir auf den Kopf. Ich musste etwas unternehmen und überlegte, was ich mir kaufen könnte, etwas, was ich brauchte, aber mir fiel nichts ein. Außerdem wollte ich nicht unbedingt in das nahe gelegene Einkaufscenter, wo mir Bekannte über den Weg laufen konnten. Ich entschied mich für eine andere Route und kam in eine Gegend, die ich nicht kannte: Ein kleiner Platz mit einem Café, einer traditionellen Bäckerei und einer Imbissbude. Plötzlich sah ich eine Person, die eine mir vertraute Jacke trug. Tatsächlich, sie gehörte Paul, der aus einem Wandautomaten eine dampfende Weißwurst zog und sie in kürzester Zeit verschlang, ohne sich auch nur ein einziges Mal umzusehen. Ich kam mir vor, als hätte ich ihn in dem Moment erwischt, in dem er mit einer Hure ein Bordell verließ.

Mein Mann scheint sein Leben ohne mich zu führen. Das weiß ich natürlich, aber es bleibt eine abstrakte Vorstellung, wenn ich ihn dabei nicht in einer Imbissbude erwische. Bis heute wusste ich nicht, dass er Weißwurst mag. Ich habe auch keine Ahnung, was er um diese Uhrzeit in dieser Gegend macht.

Plötzlich geriet mein ganzes Leben ins Wanken. Im Grunde habe ich keine Ahnung, wer Paul überhaupt ist, dieser Mann, den ich meinen Ehemann nenne. Ich erkannte seine Jacke, nicht mehr. Wahrscheinlich wäre er genauso erstaunt darüber gewesen, mich hier zu sehen.

Paul weiß nicht, was sich in meinem Kopf abspielt, und ich kann von meinem Ehemann nicht erwarten, dass er mich und meine wortreiche Stille versteht. Er interpretiert und analysiert stattdessen scharfsinnig meine achtlosen Bemerkungen, versucht, mich auf eine Art und Weise zu beruhigen, die mich nicht beruhigt.

Ich habe vor geraumer Zeit damit aufgehört, ihm zu erzählen, was ich fühle. Er hat keine Ahnung, dass ich in der Nacht stundenlang wach liege und seinem Schnarchen lausche. Ich liste ihm dabei flüsternd auf, was während der Operation alles schiefgehen könnte. Dass ich Angst vor dem Eingriff habe und mich vor dem Sterben fürchte, erwähne ich nicht.

Wie er jetzt seine Weißwurst hinunterschlang, kam er mir wie eine Person vor, in die ich mich niemals hätte verlieben können. Seine Schultern waren nach vorn gebeugt, seine Jacke wirkte verwaschen und aus der Mode. Er machte den Eindruck eines niedergeschlagenen Mannes, der sich mit seinem Schicksal abgefunden hatte.

Vielleicht isst er wöchentlich eine Weißwurst. Vielleicht macht er das schon länger. Vielleicht habe ich mich auf die Frage fixiert, ob er mich noch liebt, weil ich nicht darüber nachdenken möchte, ob ich ihn noch liebe. Es macht mir zu schaffen, und ebenfalls die Tatsache, dass meine Vorstellung, wer ich bin und wie ich mich zu verhalten habe, sehr viel instabiler ist, als ich bisher vermutet habe.

Ich eilte über den Platz, wollte ihn doch nicht kompromittieren.

Fiktive Gespräche

In meinem Kopf unterhalte ich mich mit anderen Menschen, führe vollständige Konversationen mit ihnen. Manchmal bin ich mir nicht sicher, ob diese Gespräche nicht doch stattgefunden haben. Das habe ich doch schon einmal erzählt, schießt es mir immer häufiger durch den Kopf. Ich habe keine Ahnung, ob es anderen Menschen ähnlich ergeht.

Während meiner inneren Monologe bin ich lebendig und eloquent. Ich erzähle bis ins Detail, was mir auffällt und bin erstaunt, dass es amüsant ist, und ich lache laut auf.

Paul hat mir einst versprochen, dass er mich warnt, wenn ich meinen Verstand verliere. Aber ich denke nicht im Traum daran, ihn an sein Versprechen zu erinnern.

Freier Fall

Ich liege wieder in einem Zimmer, das Menschen in weißer Kleidung betreten. Weder dieses Zimmer noch die Aussicht aus dem Fenster kommen mir bekannt vor. Draußen wird es dunkel. Ich liege schon ziemlich lange dort und frage mich, ob der Körper unter dem Laken mir gehört.

In den vergangenen Stunden habe ich mich in Gedanken mit Paul unterhalten und nicht einmal gelacht. Man kann das als einen Versuch auffassen, auf das Pflegepersonal geistig gesund und fit zu wirken. Aber im Grunde gibt es nichts zu lachen.

Unsere Unterhaltung?

„Paul, wo bleibst du?"

„…"

„Antworte gefälligst. Wo bleibst du?"

In Erwartung

Die Besuchszeit ist vorüber. Paul ist nicht gekommen. Er hat auch nicht angerufen oder mir eine SMS geschickt. Morgen werde ich operiert. Ich gerate in Panik. Falsch! Ich bin in Panik. Ich rufe ihn an. Es läutet. Der Anrufbeantworter springt an. Seltsam. Paul schaltet niemals den Anrufbeantworter ein und ganz gewiss nicht heute, da ich jeden Moment sterben könnte. Er muss doch erreichbar sein.

Ich habe keine Lust, seine Mutter anzurufen, mache es dennoch. Sie hat keine Ahnung, wo Paul ist. Seine Freunde wissen auch nichts. Sie versuchen, mich zu beruhigen, aber ich entnehme ihren Stimmen, dass auch sie es komisch finden. Hatte er einen Autounfall und sein Wagen liegt irgendwo in einem Graben? Oder ist dies der Moment, in dem Paul mich offiziell verlässt?

Schmerzen

Schmerzen, Schmerzen, Schmerzen.

Ich habe Schmerzen.

Mein Name ist Alma Schmerz.

Schafe grasen auf meiner Weide – meinem Körper, ich warte auf das endgültige Signal des Todes. Darauf, dass das Licht schwächer wird. Das ist nicht gut.

Die künstliche Klappe befindet sich in meinem Herzen, und ich muss den Rest meines Lebens Medikamente einnehmen. Ich höre die Klappe ticken. Laut Dr. Schäfer gewöhnt man sich an das Geräusch. Wenn ich die Kraft hätte, Paul einen schweren Gegenstand an den Kopf zu werfen, würde ich es tun. Dr. Schäfer hat mich *gestern* operiert, erst *heute* sitzt Paul an meinem Bett. Vielleicht war er gestern auch schon dort und ich habe es nicht mitbekommen. Ehemann gleich Feigling.

Er sitzt weinend auf dem Stuhl neben meinem Bett. Das einzig Sinnvolle, das er von sich gibt, ist: „Ich konnte es nicht."

Seine wortkarge Erklärung hätte von mir stammen können.

Aber ich will jedes Detail hören.

„Du stellst mir aber seltsame Fragen. Haben sie dir Medikamente gegeben?", will er auf mein beharrliches Erkunden hin wissen.

Haben sie nicht, du feige Sau.

Er hat sich um mich keine Sorgen gemacht und nicht im Krankenhaus angerufen, um sich nach mir zu erkundigen. Stattdessen ist er nach Dienstschluss nach Hause gefahren, hat den Anrufbeantworter eingeschaltet und sich in die Badewanne gelegt, bis seine Haut aufgeweicht und faltig war. Er hat mich für viele Stunden aus seiner Lebenswelt gerissen, wie man sich einen Splitter aus der Haut zieht.

Geruch

Meine Tochter hat mir zwei Bilder gemalt, die über meinem Bett hängen. Paul hat sie mit Datum und Namen versehen, als würde ich nicht wissen, dass sie von meiner Tochter stammen. Jenny mag keine kranke Mutter, rümpft ihre Nase beim Betreten des Krankenzimmers.

„Es stinkt hier nach Krankheit und Tod", hat sie gesagt und dabei ihren Vater angelächelt. Dann haben sie beide das Krankenzimmer verlassen. *Egal.*

Ich nehme den Geruch der Desinfektionsmittel nicht mehr wahr. Ich rieche nicht, was ich nicht mag. Ich weigere mich, Bestandteil von schwächlichem, krankhaftem und widerlichem Chaos zu sein.

Die Folge

Ich stehe momentan auf dem geistigen Niveau einer Sechsjährigen. Ein Buch zu lesen, strengt mich an. Ich blättere lieber in Zeitschriften mit jeder Menge Bilder und wenig Text und erfahre so einiges über berühmte Persönlichkeiten ohne nennenswertes Talent. Ich fand es schon immer seltsam, dass Topmodels als Popstars angeschmachtet werden, nur weil sie schön sind. Jetzt habe ich es begriffen. Sie werden bewundert, weil sie mit ihrer strahlenden Haut, ihrem faltenfreien Lächeln und ihren cellulitefreien Beinen den Mythos von Unsterblichkeit aufrechterhalten. Wenn ich heute das Foto eines Models betrachte, bin ich nicht mehr eifersüchtig, sehe nur die gesunde Frau. Keine Makel, kein Fältchen, keine defekte Mitralklappe, die das Fest der Oberflächlichkeit stören. Ich liege hier und atme und blättere. Das sollte genügen. Nebenbei entledige ich mich einiger Illusionen. Wie meiner Wahnvorstellung, dass ich lebe, um zu altern.

Die erste Falte gefiel mir. Mit ihr war ich nicht mehr das leicht naive Mädchen, sondern eine erwachsene Frau. Dennoch habe ich immer auf die eine oder andere Weise an dem Erwachsenendasein gezweifelt. Ich habe das Kindsein abgelegt, aber niemals wirklich den Großen angehört. Jetzt – hier in diesem Zimmer, in diesem Bett – denke ich anders darüber. Die erste Falte war der Anfang, die Herzklappe die Folge.

Der Arzt wird in wenigen Minuten kommen. Er will überprüfen, ob ich noch immer krank bin. Sie ängstigen sich in dieser Klinik vor Hypochondern. Kostendämpfung.

Reprise (Belebung)
„Du warst nicht da."

„…"

Die imaginären Unterhaltungen zwischen Paul und mir sind momentan recht kurz. Was soll ich ihm antworten? Es beschäftigt mich. Ich bin ein Weichei. Er – der Waschlappen – beschäftigt mich.

Ich bin sehr freundlich zu ihm und er ist erleichtert. Wir unterhalten uns – über unsere Tochter. Worüber auch sonst? Wir überlegen, was das Beste für Jenny ist. Ich behalte meine finsteren Gedanken für mich, äußere mich nur hin und wieder dahingehend, dass ich nie wieder gesund werde. Er widerspricht brav. Ich lehne mich auf und er spielt, in der Reprise, die Rolle des unterstützenden Ehemannes.

Eines Tages werde ich dieses Zimmer verlassen. Ich male mir aus, dass ein anderer Paul mich abholt, in Begleitung unserer Tochter. Ein Mann, der während meiner Abwesenheit in den Körper meines Ehemannes geschlüpft ist, einer, der während der kurzen Spanne meiner Abwesenheit ein anderer geworden ist. Das schuldet mir Paul, das Geschenk des Lebens, das ich in den Gefühlen wiederentdeckt habe, das eine Frau wie mich wieder menschlich macht und nicht nur Gefühle wie Liebe, sondern auch Gier, Lust, Begehren … das mich das ganze Spektrum der wimmelnden, explosiven Gefühle wieder spüren lässt. Die Ungeduld, mit ihm zusammen zu sein, die mich den ganzen Tag quält, selbst für ein Gefühl wie Eifersucht wäre ich dankbar. Das mochte schmerzhaft sein, aber wenigstens war ich dann wieder im Reich der Lebenden. Wir fahren in meiner Vorstellung zu dritt nach Hause und feiern das

Fest meiner Heimkehr.

Jeder wird sterben, die Frage ist nur, woran. Hatte ich das schon erwähnt, Paul? Ich werde in einer dunklen Nacht bei abnehmendem Mond vor deinem Bett stehen, dein kuscheliges Schlafkissen mit dem Porsche nehmen und es so lange auf dein Gesicht drücken, bis dein letzter Atemzug in einem zitternden Rasseln verklingt.

Ich könnte aber auch eine Anzeige aufgeben: Austausch erwünscht. Alter Paul gegen neuen! Dumm gegen klug. Trockenes Brötchen gegen Apfelkuchen mit Sahne.

Sei also auf der Hut!

Wasserdichtes Fass

Ich bin ein wasserdichtes Fass. Ich fühle mich nur gut, wenn mein Fass kein Loch hat, durch das die Realität hineinsickern kann. Auch habe ich keine Lust, meine armselige Geschichte ständig zu wiederholen. Meine Verwandten und meine Freunde kennen sie, das sollte genügen. Ihre mitfühlenden Gesichter mit dem sorgenvollen Runzeln auf der Stirn ertrage ich kaum noch. Selbst ihre Stimmen ändern sich, wenn sie sich nach meinem Befinden erkundigen. Sie sind so leise, als würden sie mich nach einer illegalen Aktion aushorchen. Ich antworte, es gehe mir gut, wechsele das Thema und bemühe mich, ihre Erleichterung zu ignorieren. Eine geglückte Herzoperation bedarf keines weiteren Kommentars. Ich möchte wieder an die Arbeit.

Ich habe mir vorgenommen, niemandem mehr von meiner neuen Herzklappe zu erzählen. Die Erinnerungen an die Zeit vor und nach der Operation fließen in mein wasserdichtes Fass. Deckel drauf. Fertig.

Fast zu Ende

Es scheint mir geradezu fantastisch, mich in die Gesellschaft von Menschen zu begeben, die nicht wissen, dass ich im Krankenhaus nur knapp dem Tod entkommen konnte. Dass ich fast tot war, ohne dass ich es wusste. Dass ich Todesangst hatte.

Ich blicke jetzt nach vorn, nicht zurück! Mein Herz arbeitet perfekt und mein Leben hat sich verändert. Ich trinke jetzt Espresso mit George Clooney, statt mit Gott Malkovich auf dem Koryphäenstuhl Händchen zu halten. Vor einigen Tagen hatte ich gerade die neue Espressomaschine eingeschaltet, als Paul in die Küche kam. Er blieb an der Tür stehen, die Hände in den Taschen, und blickte mich

20

verlegen an. Ich kannte diesen Gesichtsausdruck – eine Frau war mal wieder im Spiel. Mit seinem zerzausten Haar und dem unsteten Blick, der durch die Küche huschte, war er wieder ein kleiner Junge, der bereit war sich zu entschuldigen, und der auf Vergebung hoffte.

„Ich habe nachgedacht", begann ich, während ich zwei Tassen unter die Maschine stellte. „Wir sollten ein paar neue Grundregeln aufstellen, finde ich."

„Grundregeln?", fragte Paul verwirrt.

„Ja!"

Plötzlich wurde mir klar, dass er gar nicht verlegen wirkte, sondern verschlagen. Durchtrieben. Wut stieg in mir hoch wie Quecksilber in einem Thermometer.

„Ich brauche meinen Freiraum, Paul. Ich brauche Ungestörtheit, um Manuskripte zu lesen. Du kannst nicht einfach auf einen Plausch reinspaziert kommen, wenn du dich langweilst oder gerne Gesellschaft hättest."

„Und wie sollte ich mich in Zukunft deiner Meinung nach verhalten, Alma?"

Mir fiel auf, dass Paul sich kaum beherrschen konnte, obwohl er sich bemühte, kühl und gelassen zu wirken, doch ich kannte ihn zu gut.

„Soll ich vorher anklopfen?", fauchte er. „Mich auf einen Kaffee mit dir verabreden? Auf Zehenspitzen in meinem eigenen Haus herumschleichen?"

„Hör mal, ich verlange lediglich, dass du meinen Arbeitsbereich hier ebenso behandelst wie dein ... Allerheiligstes in der Stadt."

„Reg dich nicht so auf, Alma."

Die Espressomaschine spuckte und zischte. Ich drehte mich um und knallte die beiden Tassen auf den Tisch.

„Wieso habe ich keinen Schlüssel für unsere Stadtwohnung?"

„Was?" Er blickte mich misstrauisch und verwirrt an.

„Du hast mir nie einen Schlüssel gegeben."

„Wieso hättest du einen Schlüssel ..."

„Sabine hat einen."

Paul starrte mich an. „Wieso tust du das? Wieso sagst du so was?"

„Übrigens, der Schuhputzkasten steht jetzt in der Garage auf deiner Werkbank. Mir fehlt nach der Herzoperation einfach die Spucke zum Polieren." *Die brauche ich für dich!*

Ich spürte, wie die Worte und die Kälte, die in ihnen mitschwang, wie eine einzige Giftwolke in die Luft freigesetzt wurden. Paul fiel vor Schreck die Kaffeetasse aus der Hand. Meine Augen scannten emotionslos den Verlauf des Kaffees – ein sanftes Braun auf Blütenweiß.

Es gelingt mir ausgezeichnet, ein schlechter Mensch zu werden.

Es ist wie ein eisiger Wind, der mir die Tränen in die Augen bläst und mich trotzdem lächeln lässt.

Es fühlt sich verdammt gut an.

Kapitel 1

Entkorkt

Greta, Marie und Sophie lernte ich in einem Chatroom für Frauen um die vierzig kennen und wir verstanden uns dort auf Anhieb. Ich habe Vertrauen immer für eine merkwürdige Sache gehalten – eine kuriose Sache –, die Bedeutung, die die Leute dem beimessen. Zum Beispiel, wie ungeheuer wichtig sie in einer Beziehung genommen wird. Ich vermute, dass wir Frauen ein großes Verlangen danach haben. Im Chatroom fassten wir von Anfang an Vertrauen. Unsere erste Begegnung im realen Leben könnte man dagegen ein wenig seltsam nennen.

Ich nippte bereits seit zwanzig Minuten an einem Glas Wein, als die drei kurz nacheinander das *Café Lila* betraten, mit einer Zeitung als Erkennungszeichen unter den Arm geklemmt. Ich ging nicht gern in ein überfülltes Café wie dieses, in dem das Stimmengewirr und die Geräusche von klirrendem Geschirr von den Wänden widerhallten und in dem es nicht immer gut roch, dafür aber Hochmut, Zorn, Völlerei, Neid und Trägheit anzutreffen waren. Ein Ort voller Menschen, voller Leben, voller Blech und Beton – und ohne Weißwurst. Für unseren Zweck war es perfekt: neutral, groß, anonym.

Es war sonderbar, so im Halbdunkel zu sitzen, mit dem Weinglas in der Hand und sie zu beobachten, während draußen der Feierabend langsam in die Gänge kam, Züge mit Pendlern den Bahnhof verließen, Menschen nach Hause hasteten und der Wind den Regen gegen die Fensterfront des Cafés peitschte. Ich hatte in der vergangenen Nacht kaum geschlafen und mein Körper schrie vor Müdigkeit, und doch sprudelte heute eine Art verrückte Energie durch mich hindurch – die Vorfreude auf dieses erste Treffen.

Greta, Sophie, Marie.

Blond, brünett, schwarz.

Ihr Äußeres entsprach nicht ganz meiner Vorstellung. Obwohl sie in meinem Alter waren, wirkten sie jünger als Mitte vierzig. Sie begrüßten sich freundlich, reichten sich die Hand und machten sich über die Zeitung lustig. Dann sahen sie sich um, zweifellos nach mir, aber ich ließ meine Zeitung auf der Theke liegen und wartete, um sie mir noch aus der Ferne anzusehen. Als sie ihre Getränke bestellten, hielt ich die Zeitung hoch, ging auf sie zu. „Ich bin Alma."

Ein paar letzte Reste meiner nervösen Energie brodelten noch immer in mir. Ich wusste, ich sollte nach Hause fahren und versuchen, mich mit Paul zu arrangieren, vielleicht mich mit ihm zu versöhnen. Aber ich wusste nicht, wie ich diesen Frauen mein Verhalten erklären sollte, also blieb ich und fragte mich, ob sie sich auch von mir ein anderes Bild gemacht hatten.

„Ihr müsst mein verheerendes Aussehen entschuldigen. Der Regen."

Verdammt. Warum entschuldigte ich mich? Als ich noch ein junges Mädchen war, wirkte der Regen immer so erfrischend. Er machte mir nichts aus. Die Regentropfen ließen mich in der Sonne funkeln. Heute ging ich ohne Regenschirm nicht mehr aus dem Haus und falls doch, dann kam ich mir wie ein triefender Aufnehmer vor.

Ich schlug vor, unser erstes Gespräch im ersten Stock zu führen, weil es dort ruhiger war.

Wir rückten an einem schmalen, blank polierten Holztisch eng zusammen und ich empfand unmittelbar jene gewisse Intimität, die sonst nur ein Computerbildschirm vor mir hervorrief, weil er Wärme und Licht ausstrahlt, mich aber nie ansieht und von dem ich keine Antwort erwarte. Ich spürte, dass die anderen ähnlich empfanden und sich bemühten, ihr Unbehagen nicht zu zeigen.

Den wahren Grund unserer Zusammenkunft rührten wir zunächst nicht an. Stattdessen führten wir eine lockere Unterhaltung über die mangelnden Parkplätze in Münchens Innenstadt und über den anhaltenden Regen. Wir grinsten wie Schimpansen oder schnurrten wie divenhafte Katzen, die jeden Moment zum Angriff übergehen konnten.

Sophie, die sich im Chatroom hinter dem illustren Namen SW – Superweib versteckte, winkte den Ober herbei und bestellte eine Flasche Weißwein. Sie besaß die natürliche Autorität einer Führungskraft. Eine große, schlanke Gestalt mit breiten Schultern, die sie ihrem morgendlichen Schwimmtraining verdankte. Man sah ihrer Figur nicht an, dass sie bereits zwei Kinder zur Welt gebracht hatte. Das kurz geschnittene brünette Haar betonte das ebenmäßige Gesicht; sie war eine der wenigen Frauen, bei denen eine Kurzhaarfrisur nicht geschlechtslos, sondern elegant wirkte. Wie kühl und ungerührt sie ist, dachte ich, majestätisch und würdevoll. Ich kannte kaum eine Frau, die auch nur halb so viel Klasse ausstrahlte wie Sophie. Ich wusste, dass sie Assistenzärztin in der

Notaufnahme war und – dass sie einsam war. Mehr hatte sie im Chatroom nicht preisgegeben. Ihre perfekte Erscheinung brachte ihr vermutlich nur wenige Freundschaften mit ihresgleichen ein.

„Mach drei Flaschen draus", sagte Marie und lächelte den Kellner an. „Wird heute gebraucht. Wir wollen eine Totenmesse abhalten und all das beerdigen, was uns zuwider ist."

Wir lachten laut auf. Wenigstens gab es etwas, worüber wir lachen konnten. Die ersten Zeichen der realen Annäherung flammten auf. Ich spürte, wie mein Herz schneller schlug.

Marie war das absolute Gegenteil von Sophie. Sie hatte kein Feingefühl, keinen Stil und keinen Geschmack; sie gab sich auch keine Mühe, das vor uns zu verbergen. Ihr unförmiger Körper steckte in einem Anorak und einer Hose ohne Bügelfalte, eine Kombination, die die Bezeichnung Hosenanzug nicht verdiente, ihre Füße in bequemen Turnschuhen. Ihr dichtes, dunkles Haar hätte mithilfe eines Friseurs prächtig sein können. Wäre ich Marie auf der Straße begegnet, ich hätte sie für eine schlampige Hausfrau gehalten. Allerdings wusste ich, dass sie Anwältin in einer renommierten Sozietät war und sich auf Strafrecht spezialisiert hatte.

Als der Kellner den Tisch verlassen hatte, gab sie vollständige Sätze von sich, mit denen sie ihre Zuhörerinnen angeregt unterhielt. Sie war Publikum gewohnt. Ich wusste nicht, ob sie mir sonderlich sympathisch war. Es spielte keine Rolle, auch sie saß nur aus einem einzigen Grund an diesem Tisch. Wenig später brachte der Kellner drei Flaschen Wein und überließ uns unserem Schicksal.

Ich fühlte mich immer noch unbehaglich.

Wir wussten Dinge voneinander, von denen niemand sonst Kenntnis hatte, und dennoch kannten wir uns nicht. Vielleicht leerten wir deshalb im Nu die erste Flasche.

„Entkorkt", sagte Greta und hielt uns die zweite Flasche hin. Sie war die Dritte im Bunde, die im Chatroom unter dem Nickname „Fee" operierte und die mit ihrem langen, unordentlichen Zopf, der ihr über die Schulter hing, eine mädchenhafte Ausstrahlung besaß, als wäre sie gerade einem englischen TV-Drama entsprungen. Bei näherer Betrachtung fiel mir ein Netz feiner Linien auf, die sich um ihre großen Augen verzweigten. Mit ihrer leisen Stimme kam sie mir schüchtern vor, ihr lautes Lachen hingegen überraschte mich ein wenig. Ich fragte mich, wie sie wohl in einer Uniform aussehen würde, aber mir fiel ein, dass man als Bürokraft in der Poststelle der Kripo München vermutlich keine Uniform trug. Wir füllten unsere

Gläser.

Sophie sah Greta spöttisch an. „Du bist also Fee."

„Es war der Name des Pferdes, das ich früher unbedingt haben wollte", antwortete Greta scheu. „Mittlerweile hasse ich Pferde. Aber ich zeige mich gerne dümmer als ich tatsächlich bin." Sie grinste. „Im Netz vertippe ich mich ständig. Google, Facebook & Co. besitzen aber Programme, die dein Plastikdeutsch und dein Genuschel erkennen können. Fähigkeiten, die heute als eher mäßig gelten, werden in zwanzig Jahren als sehr intelligent wahrgenommen werden. Intelligent heute bedeutet morgen Genie. Nach dem Motto: Stagnieren Ihre Fähigkeiten? Halten Sie wenigstens das Niveau Ihrer Legosprache. In der Zukunft betrachten dich dann die jüngeren Menschen als weisen Zen-Meister! Warum also noch den Keller verlassen und eine Niederlage riskieren?"

Erst wenige Sekunden später wurde mir klar, was sie da und wie sie es gesagt hatte. Gehörte diese schüchterne Stimme auch zu ihrer Tarnung als einfältige Person? Mein erster Eindruck des Quartetts am Holztisch: merkwürdig und unsympathisch. Ich überlegte, ob es ein Fehler gewesen war, diesen Frauen im wahren Leben entgegenzutreten. Vielleicht wäre es sinnvoller gewesen, es bei den Begegnungen im Chatroom zu belassen, die mich jeden Abend eine Menge Zeit und Energie kosteten. Schließlich war ich verheiratet, hatte einen anstrengenden Job als Verlagsleiterin, eine fünfjährige Tochter, ein riesiges Haus, einen vernachlässigten Freundeskreis, anspruchsvolle Eltern, eine aufdringliche Schwiegermutter, zwei betagte Katzen, Tanzunterricht, ein Jahresabonnement fürs Theater und ein permanent schlechtes Gewissen. „Warum", stand immer zwischen den Zeilen. Ich hatte immer perfekte Tagesabläufe gestrickt. Aber durch das stundenlange Chatten waren es nicht mehr die Maschen, die fielen, sondern mein Leben ähnelte einem ruinierten Strickmuster: Auseinanderziehen, eine neue erste Masche, die Anfangsschlinge, und mein Pullover Leben würde wieder über die obere Stricknadel gelegt. Weitermachen lautete die Devise.

Ich sollte mich wegen meiner Online-Aktivitäten elend fühlen, aber ich tat es nicht, freute mich darauf und ließ dafür alles stehen und liegen. War ich eigentlich noch bei klarem Verstand, dass ich mein komfortables Leben dermaßen sabotierte? Ich wusste es nicht. Aber was wusste ich neuerdings schon?

Marie sah mich lächelnd an.

„Barbie?"

Marie kam mir angriffslustig vor, als demontierte sie in einem Gerichtssaal eine wichtige Zeugenaussage. Ich nickte kühl. „Dann musst du DJ – Dicke Justitia sein."

„Richtig. Ein Hinweis auf meinen Beruf und meinen Körper."

Wir lächelten verlegen. In ihren Worten steckte zu viel Wahrheit. Vielleicht hasste sie ihren Körper wie es viele dicke Frauen taten.

„Hm ... Dicke Justitia", sagte Greta. „Was soll das? Ein üppiger Körper steht für Lebenskraft, Weiblichkeit, freie Gestaltung ohne Hemmungen und Konventionen, er vereinigt alle Frauen in sich, ist eine umfassende Reflexion der weiblichen Existenz."

Marie blickte erstaunt auf. Ein langer Seufzer entfuhr ihr. Ich wusste nicht warum, aber ich musste lächeln. Greta hatte mit ihrem Statement das Eis gebrochen. Es wurde Zeit, den wahren Grund dieser Zusammenkunft offen auszusprechen, und ich fühlte mich plötzlich seltsam beschwingt.

Sophie schien meine Gedanken zu lesen und zuckte mit den Schultern. „Ich dachte, wir würden hier offen und ehrlich miteinander umgehen, würden uns austauschen. Wenn ich mich allerdings getäuscht habe, werde ich nichts mehr sagen und verzieh mich nach diesem Glas."

„Du siehst aber auch wirklich zum Anbeißen aus, Greta", meinte Marie und schloss ein paar Sekunden lang fest die Augen. Als sie sie wieder öffnete, wirkte sie konzentrierter, kälter vielleicht. Sie nahm einen Schluck Wein und wartete auf Gretas Reaktion.

Gretas Mundwinkel zitterten leicht, als würde sie jeden Moment einen Lachkrampf bekommen oder in Tränen ausbrechen. Sie schwang ihren Zopf über ihre Schulter und lachte, erfreut über die Anerkennung. „Ich bin lieb, viel zu lieb. Ich benehme mich jedenfalls der Außenwelt gegenüber so."

„Ich weiß nicht, wie es um euch steht, aber ich stehe kurz vor einem Schweißausbruch", sagte ich, angespornt durch ihre Offenheit. „Im Chat lasse ich euch an meinen Gedanken teilhaben, ohne eine Sekunde darüber nachzugrübeln." Meine Stimme hob sich mit wachsender Erregung. Die Worte sprudelten nur so aus mir heraus, wie ein wilder rauschender Wasserfall. „Paul bläst Trübsal, und er ist meines Erachtens schwer depressiv, was er allerdings leugnet. Früher haben wir uns wenigstens gestritten, heute gehen wir uns nur noch aus dem Weg. Wenn unsere Tochter Jenny in der Nähe ist, sind wir höflich zueinander. Ich weiß nicht, was ich gegen die Sprachlosigkeit zwischen uns unternehmen kann. Er hasst Diskussionen."

„Macht er auch auf andere diesen Eindruck?", wollte Greta wissen.

„Du möchtest wissen, ob er nur bei mir trübselig ist? Keine Ahnung. Ich kann ihn jedenfalls nicht dazu bewegen, das Haus mit mir zu verlassen. Wir haben selbst das Mindestmaß an Konversation an den Nagel gehängt. Wenn er etwas unternimmt, dann nur mit seinen Freunden."

„NSM nennt Troddel das", sagte Marie und zuckte mit den Schultern. „Nette Sachen machen. Für Troddel der blanke Horror."

Greta grinste, als würde sie sich über etwas amüsieren. „Ach ja? Für Tom besteht das Leben nur aus NSMs. Sobald etwas nach Verantwortung riecht, wird ihm übel."

„Mein Jonas hat in der vergangenen Nacht dermaßen laut geschnarcht, dass ich ihm liebend gerne ein Kissen auf seinen schlecht rasierten Kopf gedrückt hätte, um ihm das Lebenslicht auszublasen", sagte Sophie, ohne mit der Wimper zu zucken.

Im Chat hatten wir unsere Eheprobleme erwähnt. Zuerst zurückhaltend, aber dann hatten wir unseren ärgsten Fantasien und Frustrationen freien Lauf gelassen. Ich war immer davon ausgegangen, dass Menschen, die chatten, sich einsam fühlen. Das stimmte nur zum Teil. Wir hatten uns gefunden, weil wir erfolgreiche, selbstbewusste Frauen waren – so zeigten wir uns der Umwelt. Aber wir wussten es besser. Wir waren tief in unserem Inneren unsicher, mutlos, ohne Hoffnung, depressiv und voller Selbstzweifel. Ich hatte einen Mann, Freundinnen, mit denen ich mich austauschen konnte, aber nur dieser fremden Tischrunde vertraute ich meine intimsten Gedanken an. Ich hatte bis zu meinem dreißigsten Lebensjahr geglaubt, dass ich kommunikativ und extrovertiert wäre. Meine Freunde bekamen eine wohldosierte Alma-Portion und ich erzeugte das Bild einer offenen und ehrlichen Person, aber in Wahrheit war ich verschlossen. Dass ich unglücklich war – ich muss mir angewöhnen zu sagen: Ich führe eine miserable Ehe – wussten nur Greta, Sophie und Marie. Sie waren keine Freundinnen, nur Vertraute. Partners in Crime. Es fühlte sich wie ein Verbrechen an, meine Gedanken mit ihnen zu teilen, und sie meiner Familie und meinen Freunden vorzuenthalten. Wenn ich mit ihnen chattete, fühlte ich mich wegen des Verrats an meinem Ehemann ein wenig elend. Ich wartete auf den Moment, in dem ich vor

Schuldgefühlen troff, aber nichts dergleichen war bisher geschehen. Jeden Abend erzählte ich den Damen im Chat, was sich in meinem Kopf abspielte. Der Stein in meinem Herzen begann zu bröckeln, wie ein Nierenstein, der allmählich zerbröselte, und eine Leichtigkeit, die ich nur als Kind gekannt hatte, trat an die Oberfläche. Ich fühlte mich wie eine Schlafwandlerin, die endlich aufwachte. Was ich nach dem Aufwachen sah, beunruhigte mich, aber nur ein wenig.

„Es geht mir viel besser, seit ich mit euch chatte", gestand ich und lächelte.

Durch den Alkohol fielen unsere Hemmungen, und eine halbe Stunde später übertrafen wir uns gegenseitig mit verbalen Saltos und ironischen Kommentaren. Wir hatten unser Unbehagen überwunden und sahen uns mit den feurigen Augen der Verbündeten an und empfanden keine Scham, denn wir hatten bereits im Chat unseren grausamen Fantasien und Mordgelüsten freien Lauf gelassen.

Mit großem Vergnügen begannen wir, uns die Bälle zuzuspielen – ein verbales Pingpong-Spiel aufgestauter Frustrationen. Marie gestand, dass sie ihren Ehemann Casper konsequent „Troddel" nannte. „Er nimmt es einfach so hin", sagte sie entrüstet. „Anfangs hat es ihn amüsiert und heute hat er sich damit abgefunden. Wenn ich mich bei den Kindern nach Troddel erkundige, dann holen sie ihn."

Dass der Schein trog, wusste ich. Casper/Troddel schien nur ein harmloser Trottel zu sein, denn für ihn lief alles nach Plan. Den Haushalt und die Kindererziehung überließ er Marie. Er widmete sich seinen Hobbys, woran Marie nicht teilhaben konnte, weil ihr dafür wiederum die Zeit fehlte. Dieser Mann glich nur äußerlich einem Teddybären, auch wenn die Frauen behaupteten, er hätte einen hohen Knuddelfaktor. Dabei besaß er die doppelte Moral eines modernen Machos. Für Casper war es selbstverständlich, dass seine Frau für den Unterhalt der Familie hart arbeitete, während er sich dem Vergnügen hingab. Er war kein Hund, der Pfötchen gab, wenn Marie ihn darum bat. Er kümmerte sich nur um sich.

„Im Job ist er ein ganzer Mann. Aber sein Testosteron legt er an der Haustür ab, als würde er sich die Schuhe ausziehen, und spielt Papa. Ich könnte ihn deswegen um ..."

Marie schwieg. Sie schüttelte den Kopf, als wollte sie eine lästige Fliege vertreiben. Dass sie ihren Wunsch – was immer es auch gewesen war – nicht ausgesprochen hatte, verstand ich nur allzu gut.

„Warum konfrontierst du ihn nicht mit seinem Verhalten?", fragte Greta. „Wenn es jemand kann, dann doch wohl du."

Marie lächelte. „Darin täuschst du dich, wie der Rest der Welt."

Greta hob eine Augenbraue. „Ach ja. Das sagt sich auch so leicht. Ich bin dazu auch nicht in der Lage."

„So kommst du mir aber nicht vor, Greta", warf ich ein.

„Aber ist es nicht genau das?", fragte Sophie. „Dass wir in diesem Moment ehrlicher und anders sind als im Leben außerhalb dieser Runde und des Chatrooms?"

Greta nahm ihren Zopf und konzentrierte sich auf seine fusselige Spitze. „Ich hasse das sogenannte normale Leben. Ich halte mich am liebsten im Chatroom auf."

Chorgesang: „Ich auch."

„Ist das nun tieftraurig oder ein Grund zur Freude?", fragte ich.

„Beides", antwortete Sophie spontan. „Auf uns trifft beides zu." Sie nahm einen Schluck und drehte das Glas. Ein wenig Wein schwappte über. „Ich hatte immer eine Abneigung gegen Frauen, die Männer verachten. Ihr wisst schon. Diese Typen, die keinen netten Mann auftreiben können und ihren Lebensinhalt darin sehen, anderen Frauen neidisch oder verbittert zu begegnen. Ich befürchte allerdings, dass ich auf dem besten Weg bin, mich auch in diese Richtung zu entwickeln."

„Dein Mann arbeitet doch neunzig Stunden die Woche. Wie kannst du Abscheu vor jemandem haben, den du nie zu Gesicht bekommst?" Ich wunderte mich.

„Mein Mann ist äußerst charmant. Er ist groß, schlank, hat grau melierte Schläfen, im Gespräch brilliert er, geübt ...", sagte Sophie.

„Ich spüre ein Aber", warf ich ein.

Sophie nickte. „Er ist perfekt. Der ideale Ehemann, außer du bist mit ihm verheiratet. Ein Stein strahlt mehr Wärme aus." Sie seufzte. „Er behauptet, ich sei die Kälte in Person, im Bett wie eine kalte Portion Porridge. Dabei glaube ich, wir tun einander einfach nicht gut." Ihre Mundwinkel zuckten. Sie leerte ihr Glas in einem Zug. Ich konnte mir einen Tränenausbruch bei Sophie kaum vorstellen, dennoch stand sie kurz davor. Ihre Augen glänzten verdächtig feucht. „Was macht denn dein Mann beruflich, Greta?", wollte Sophie wissen.

„Er betreibt ein gewinnbringendes IT-Portal. Aber das darf ich nicht erwähnen. Er nennt sich lieber Unternehmer. Tom gehört zu diesen Internetmillionären, die sich der Wahnvorstellung hingeben, sie seien immer noch pubertierende Pioniere. Verschossene T-Shirts, ausgewaschene Jeans, abgelatschte Turnschuhe." Greta lachte. „Er plant, den Laden zu verkaufen und eine Weltreise zu machen. Hört, hört! Rucksack und billige, schmutzige Hotels. Das passt doch nur, wenn man keinen Pfennig besitzt."

„Und welche Rolle wirst du dabei spielen?", fragte ich.

„Gar keine. Ohne mich! Tom gibt sich enttäuscht, aber ich glaube, er ist erleichtert. Endlich kann er den Junggesellen raushängen lassen." Greta spielte wieder mit ihrem Zopf. „Er macht mir ständig Vorwürfe, ich sei zu materialistisch. Aber ich frage mich, ob er auf sein komfortables Leben verzichten könnte."

Es gefiel mir, wie Greta, Sophie und Marie in einem leichten Plauderton ihre Beobachtungen miteinander teilten, als würde jede von ihnen mit einem Fernglas die Wohnung der anderen ausspionieren und die kleinen häuslichen Dramen genießen.

Ich erwähnte, dass ich in Pauls Augen nichts richtig machen konnte. Seine tägliche Maßregelung löste aber mittlerweile nur noch ein Kribbeln in meinen Fingerspitzen aus, die wenig später über die Tastatur rasten. Fußnoten einer Ehe nannte ich meine abendlichen Glossen an meine Chatgenossinnen. Wenn ich sie mir am nächsten Tag noch einmal zu Gemüte führte, erfasste mich dennoch ein Gefühl von Traurigkeit. Die Trennlinie zwischen Ironie und Groll war dünn. War ich wirklich eine so schlechte Mutter, wie Paul immer behauptete, oder sagte er das nur, weil er mich damit zutiefst treffen konnte? Welche Option war denn schlimmer? Ich war davon überzeugt, dass wir uns noch immer liebten, dass wir Fehler machten, aber wir als Paar waren kein Fehler. Die Geschichten der anderen schürten allerdings meine Wut. Nicht, weil sie mir schlimmer vorkamen als meine eigenen Erlebnisse, sondern weil ich die gleichen Erfahrungen gemacht hatte. Ich war auch nicht schockiert, denn es waren lediglich die endlosen Variationen ein und derselben Geschichte. Zwei Menschen, die einander einst das Glück versprochen hatten und einander heute nur noch unglücklich machten.

Nach der dritten Flasche Wein stand fest, dass Greta, Sophie und Marie mir nicht mehr fremd waren. Ihr Äußeres, ihr Gang, ihre Stimmen, daran musste ich mich gewöhnen, aber ihre Wesen waren mir nur allzu vertraut.

Kurz vor Mitternacht schlug Marie vor, uns in die Anwaltskanzlei einzuladen, um uns ein Dossier zu zeigen. Das Wort „zeigen" schien in der Stille zwischen uns widerzuhallen. Sie blickte uns dabei mit ernster Miene an und ich erkannte in den harten kleinen Augen etwas Gefährliches.

„Ich brauche euren Rat", sagte Marie leise. Ihre Augen schimmerten in dem Moment metallisch blaugrau, eiskalt. „*Café Lila* kommt als Treffpunkt sowieso nicht mehr infrage. Deshalb möchte ich euch für die Zusammenkünfte mein Büro anbieten."

Das war das Stichwort. Rat bedeutete Aktion. Aktion bedeutete Eingreifen. Eingreifen bedeutete, Einfluss auf das Leben eines anderen Menschen zu nehmen, es zu ändern, es womöglich sogar auszulöschen.

Eine Stunde später verabschiedeten wir uns. Sophie und Marie tuschelten am Eingang. Ich konnte nicht hören, was sie sagten. Der Regen verschluckte ihr Flüstern, aber ich sah die kalte funkelnde Drohung und die Entschlossenheit, die in ihren Blicken lagen. Wir küssten uns – nur einmal, eine intime Berührung zwischen Lippen und Wange, der Code einer stillen Übereinkunft, uns nächsten Freitag in Maries Kanzlei wieder zu treffen. Draußen trennten sich unsere Wege. Der Himmel war schwarz, es regnete noch immer, aber ich öffnete den Regenschirm nicht, sondern rannte mit hochrotem Gesicht zu meinem Wagen. *Du hast dich nicht unter Kontrolle, Alma Rösler, du hast nichts mehr unter Kontrolle. Aber es gefällt dir.*

Kapitel 2

Ehefront

Mein Kopf arbeitete wie ein fehlgesteuertes Spielzeugauto. Nur gelegentlich empfing ich neuerdings das richtige Signal. Die Bereitwilligkeit der Mikrowelle, die Minuten ihrer Digitalanzeige, die verstrichen und die halb neun Sommerzeit zeigte – in Wirklichkeit war es aber erst halb acht und Winter – die Unmittelbarkeit eines falschen Ergebnisses. Ich war mir der Stille jenseits der Küche bewusst, und alles steuerte zielsicher auf den Zeitpunkt zu, wenn ich seinen Schlüssel im Schloss hörte. Das war der Moment, an dem mein Herz heftig pochte. Nicht vor Freude, sondern weil mir bewusst wurde, dass ich mal wieder einen Abend mit Paul überstehen musste. Als ich ihn hereinkommen hörte, schaltete ich die Deckenbeleuchtung aus, sodass nur die versenkten Strahler den Esstisch beleuchteten. Dabei lauschte ich permanent seinen Bewegungen im Flur.

Er kam in die Küche und streifte mit seinen Lippen meine Stirn. Dann hob er den Deckel von dem Kochtopf, sah hinein, stieß gegen mich, warf etwas um, stand mir im Weg. Ich mochte es nicht, ihn in der Küche um mich zu haben und seinen Körper zu spüren. Ich nahm den Geruch seines Tages auf – das Büro, den Hauch eines süßlichen Dufts einer Geliebten. Eine heiße Dusche konnte verräterische Körpergerüche eliminieren, aber die Seife, die der Betrüger im Badezimmer des Hotels benutzte, würde eine andere sein als die, die er zu Hause vorfand. Manchmal waren es die seltsamen Anrufe, die unerklärlichen Spuren am Körper ... nicht zu vergessen das neue Aftershave, das aus dem Nichts auftauchte – besonders gern nach dem Valentinstag. Aber Paul gab sich die Mühe, diskret zu sein, und befolgte die Regel, sich nicht an meine Freundinnen heranzumachen. Dennoch bedeutete nichts von alldem irgendetwas. Es bedeutete nichts, er suchte lediglich Ablenkung vom Ehealltag und ich bewahrte den Schein, die Illusion, dass alles in Ordnung sei und nichts etwas zu bedeuten hatte. Männer verloren beim Anblick schöner Frauen oft den Verstand.

Wir saßen mit Jenny am Küchentisch, auf unseren Tellern ein von mir in Windeseile zubereitetes Fertiggericht.

„Wie war dein Tag?", fragte er und lud sich die Gabel voll.

Es dauerte einige Sekunden, bis Pauls Frage zu mir durchdrang.

„Hektisch", antwortete ich. „Und bei dir?"

Paul arbeitete als Analytiker bei einer großen Kommunikationsagentur und ich wusste, dass er nur gefragt hatte, weil er seine Geschichte loswerden wollte. Er fing an, mir in allen Einzelheiten von seiner Arbeit zu berichten, und ich versuchte, mich zu konzentrieren.

„Ich mag nicht mehr, Mama", sagte Jenny, als Paul eine Verschnaufpause einlegte und sich das Fleisch mit Konzentration in den Mund schaufelte, ohne vom Teller aufzublicken. Jenny hatte das Hähnchen in Currysoße kaum angerührt. *Auch egal.*

„Natürlich, mein Schatz." Ich strich ihr kurz über das braune Haar, das sie nicht von uns, sondern von einem Vorfahren geerbt hatte. Jenny neigte ihren Kopf nach links und rechts, als wollte sie meine Geste abschütteln, schob ihren Stuhl zurück und lief ins Wohnzimmer.

Paul fuhr fort mit seinen Ausführungen, in denen er die Namen seiner Kollegen ständig wiederholte, als könnte ich sie mir nicht merken. Paul stach mit seiner Gabel in eine Kartoffel. „Hörst du mir eigentlich zu?"

Lynchjustiz.

„Ja, ja. Ich bin nur ein wenig müde." Warum hatte ich das gesagt? Ich fühlte mich keineswegs abgehetzt oder ermattet. Ich konnte nur mit Mühe still auf einem Stuhl ausharren. In mir tobte die Unruhe und mir war nach einer Kissenschlacht mit Jenny.

Pauls Gabel schabte über seinen Teller. „Wir sind alle müde, wir können uns auch eine Runde anschweigen, wenn dir das mehr Spaß bereitet."

„Paul, bitte ..."

Er kratzte sich den Dreitagebart. „Bist du schon wieder zu spät ins Bett gegangen?"

„Ich habe unruhig geschlafen", murmelte ich.

Paul ärgerte sich, dass ich bis spät in die Nacht vor dem Computerbildschirm saß – angeblich, um geschäftliche E-Mails zu beantworten, wozu ich im Laufe des Tages nicht gekommen war – und ich wollte vermeiden, dass er wieder davon anfing. In Wirklichkeit hatte ich mich mit Sophie, Greta und Marie im Chat ausgetauscht, wie fast jede Nacht.

Seit unserem Treffen befand ich mich in einem Zustand höchster Euphorie und Erregung, die ich mit niemandem teilte. Ich spürte, dass etwas Großes geschehen würde und war überrascht, dass Paul nichts davon mitbekam – außer, dass er mich für geistig abwesend hielt.

Paul stellte keine Fragen, und ich wäre auch nicht bereit gewesen, sie zu beantworten. Gleichzeitig beunruhigte mich aber die Tatsache, dass er offenbar keine Ahnung hatte, was mit mir los war. Die etwas niedergeschlagene Alma von vor wenigen Tagen ähnelte kaum der leicht ekstatischen Alma von heute, die gerne eine Lady Gaga wäre, den Mount Everest erklimmen und ein ganzes Jahr in völliger Abgeschiedenheit auf einer karibischen Insel verbringen wollte. Aber zunächst begnügte ich mich erst einmal mit einer Liste der Dinge, die mich an der Ehefront störten und die ich ändern wollte.

Ich bin diejenige, die die meiste Hausarbeit erledigt.
Ich bin diejenige, die einen Babysitter für Jenny engagiert.
Paul trifft oft aushäusig Verabredungen, ohne sie mit mir abzusprechen, während er sich unmöglich aufführt, wenn ich einmal ausgehe.
Ich nehme mir einen Urlaubstag, wenn Jenny krank ist.
Ich rase über die Straßen, um Jenny pünktlich vom Kindergarten abzuholen, weil Paul fast immer Überstunden macht.
Paul und ich führen ständig einen Kampf, sobald ich versuche, Abhilfe zu schaffen und etwas zu ändern.
Ich wünsche mir seine Treue.

Ich kam zu dem Schluss, dass fast alle Frauen, die ich kannte, mühelos dieselbe Liste erstellen könnten. Man brauchte nur die Namen auszutauschen. Statt Paul hießen sie Dirk, Sven, Bruno, Leo, Patrick. Ich befand mich also keineswegs in einer Ausnahmesituation, ich war nur ein klassisches Beispiel für den momentanen Zustand der Emanzipation. Beruflich erfolgreich, als Ehefrau und Mutter eine absolute Versagerin. Mädchen um die zwanzig glaubten, sie wären den Männern gleichgestellt und somit chancengleich. Mit Erstaunen beobachtete ich die blutjungen Dinger, die ihr Praktikum mit gelangweilter Arroganz begannen, als würden sie dem Verlag einen Dienst erweisen und nicht umgekehrt. Frauen über dreißig wussten es besser.

Ich hatte nach Jennys Geburt zurückstecken müssen, ich wollte sie nicht zum Gegenstand eines Ehekampfes machen. Dafür liebte ich

Jenny zu sehr. Der Punkt war, dass Paul tat, wozu er Lust hatte und ich diejenige war, die sich das nicht leisten konnte.

Seit dem Treffen im *Café Lila* spürte ich eine geballte Ladung Energie in mir, die sich zunehmend in unbändiger Wut bündelte. Ich ertappte mich dabei, dass ich in Gedanken eine Gruppe Männer verfluchte, die im Café lauthals ihre Meinung kundtaten. Im Supermarkt fuhr ich mit meinem Einkaufswagen gegen die Fersen eines Mannes, der seine Bedeutung mit einem lauten Telefonat zu betonen versuchte. Ich brachte auch kaum noch Geduld für die männlichen Kollegen auf, die während einer Sitzung die meiste Zeit redeten, aber nur wenig zu sagen hatten.

Ich fragte mich, wie es Sophie, Greta und Marie erging oder ob ich die Einzige war, die sich in einem permanenten Zustand zorniger Aufruhr befand. Im Chat unterhielt ich mich nicht mit ihnen darüber, denn ich war zu verwirrt. Ich wollte wissen, was mit mir geschah und was es zu bedeuten hatte. Stand ich am Rande eines Nervenzusammenbruchs? War ich im Begriff, eine große Entscheidung zu treffen? Meinen Job zu kündigen und mit Jenny die karibischen Sonnenuntergänge zu bestaunen? Ich malte mir die verrücktesten Sachen aus und fragte mich, ob es meine labile, imaginäre Zwillingsschwester war, die dieses merkwürdige Verhalten an den Tag legte, und nicht ich.

Ich tat mein Bestes, um wieder zu meinem alten Ich zurückzukehren und wie ein Stein im Eheschlamm zu versinken. Während der Woche beschloss ich, zu Hause nicht mehr zu trinken, da meine Wut nach ein paar Gläsern Wein zunahm. Außerdem hatte ich vor einigen Tagen mit dem Joggen angefangen, obwohl ich die Ausschüttung von Endorphinen hasste. Aber bislang verspürte ich keine Besserung. *Laufen ist hirn- und sinnlos!*

Paul stand auf und stellte seinen Teller auf die Spüle. „Ich habe morgen eine Präsentation und muss noch daran arbeiten. Es könnte eine Weile dauern. Bringst du Jenny ins Bett?"

Warum schaffte er es nicht, den Teller in die Spülmaschine zu stellen? War das zu viel verlangt? Ich brachte unsere Tochter fast jeden Abend ins Bett, aber ich sagte nichts. Während ich mit den Tellern klapperte, es war ein Wunder, dass sie es überstanden, versuchte ich, an etwas Fröhliches zu denken. Ich näherte mich dem Siedepunkt. Ich spielte eine Frau, die einen Verlag leitete, Meetings abhielt, die Entscheidungen traf, welche Manuskripte ins Verlagsprogramm aufgenommen wurden und nebenbei zum

Supermarkt raste, zumeist gesunde Mahlzeiten zubereitete und Jenny vor dem Schlafengehen vorlas, bis sie einschlief.

Während ich die Küche aufräumte, dachte ich an Sophie, Greta und Marie. Da ich sie nun persönlich kannte, hatte ich ein klareres Bild von ihrem Leben vor Augen. Wenn wir uns im Chat unterhielten, hörte ich fast den Klang ihrer Stimmen. Ich malte mir aus, wie ihre Häuser aussahen, ihre Ehepartner, ihre Kinder, und ich fragte mich, warum Greta keine Kinder hatte. Ich sah meine Freundinnen vor mir, wie sie abends am Tisch saßen, während ihre Gedanken in jene Welt wanderten, die wir uns geschaffen hatten.

Ich fühlte mich dem Geheimnis und Geräusch verbunden, die diese Treffen auslösten. Sie waren wie eine Erlösung und ich brauchte sie nur anzunehmen.

„Wir alle sind die Medien eigener Grundwahrheiten", hatte Marie neulich gesagt. „Alles, was wir wirklich haben im Leben, ist die Urkraft, die uns durch den Tag treibt. Die Sonne geht auf, die Sonne geht unter, und in der Zwischenzeit passiert nicht genug. Das sollten wir ändern."

In meiner Einsamkeit war ich dazu übergegangen, mir mögliche zukünftige Szenarien auszumalen, die mich mehr ängstigten, je länger ich darüber grübelte. Vielleicht erschienen mir deshalb meine Nächte unerklärlicherweise lang, obwohl sie völlig leer waren. Es gab Momente, in denen ich einfach wegdämmerte, aber dann fing ich an zu träumen, und in diesen Träumen herrschte großer Tumult und Verwirrung. Ich wusste, dass meine Kraft nachlassen würde, und ich wusste, dass ich nicht mehr allzu lange durchhalten würde. Dass es nur noch eine Frage der Zeit sein würde, bis er wie ein Stein vom Himmel fallen und den alten Gefühlen neuen Platz machen würde: Der Gedanke an Mord.

„Und es wäre besser für dich, Paul, wenn du dann ganz weit weg bist", flüsterte ich.

„Mama?" Jenny stand in der Küchentür. Bis auf ihr T-Shirt und ihre Unterhose hatte sie sich ausgezogen. Sie fixierte mich mit ihrem Blick und ich spürte, wie kalte Furcht mein Herz stocken ließ.

„Was machst du denn, Jenny? Du erkältest dich noch."

„Ich möchte Kissenschlacht spielen. Ja ...?"

„Mama hat keine Zeit, mit dir zu spielen."

Enttäuschung machte sich auf dem kleinen Gesicht breit und ich bedauerte meine Ablehnung. „Okay, zehn Minuten dann. Hol schon mal die Sofakissen. Ich bin gleich bei dir."

Paul behauptete immer, ich wäre nicht konsequent. Heute Abend lieferte ich ihm wieder den Beweis.

Kapitel 3

Eine Horde unverfälschter Feministinnen

Die Freitagabende waren meine Befreiung. In Erwartung des alltäglichen Grals lebte ich auf unsere gemeinsamen Abende hin. Ich brauchte sie wie Flaubert seinen Schreiraum.

Heute bewunderte ich lauthals die Aussicht in Maries Büro. Danach konnte ich meine Neugierde kaum noch im Zaum halten und blieb vor dem Schreibtisch stehen. Zwei Kinder mit großen, auseinanderstehenden Zähnen und blonden Haaren starrten mich aus den Bilderrahmen an. Dann warf ich einen Blick auf Casper und fragte mich, warum sie diesen Mann Troddel nannte. Er war eine imposante Erscheinung und attraktiver als ich erwartet hatte, ein großer, kräftiger Mann mit dunklen Augen, die schön gewesen wären, hätte er nicht so berechnend in die Kamera gesehen. Ich hatte plötzlich eine andere Marie vor Augen, schlanker und jugendlicher, perfekt neben dem Mann auf dem Foto. Mit ihrem dicken Haar und dem ebenmäßigen Gesicht war das nicht so schwer, vorausgesetzt, man sah von den dreißig Kilo Übergewicht, dem leicht grau melierten dunklen Haar und den erschöpften Gesichtszügen ab. Ich erkannte, dass sie einst eine gut aussehende Frau gewesen sein musste. Energisch und selbstbewusst, eine Frau, die nicht im Traum daran dachte, eine fürsorgliche Frau für einen Mann zu sein, der ihr den ehelichen Sex nach der Geburt der Kinder entsagte.

„Wenn wir nebeneinander liegen, wünsche ich mir, ich hätte einen anderen Körper, einen, den Troddel begehrt. Schlank, mit großen Brüsten." Marie sprach im Plauderton, so, als würde sie über ein Gerichtsverfahren berichten. Aber ich wusste es besser.

„Wenn ich es in zwei Worten zusammenfasse: Pamela Anderson. Darüber hinaus reicht die Fantasie von Troddel nicht", betonte Marie. Sie glaubte, dass wir die Botschaft nicht verstanden.

Niemand sagte „Du siehst gut aus" oder „Du bist nicht zu dick." Wir hielten uns an unsere Vereinbarung, nicht zu lobhudeln, um die Gefühle des anderen nicht zu verletzen. Wir waren ehrlich, wie falsch das Wort auch war. Im täglichen Leben sprachen wir unsere

Gedanken oft nicht aus und bedienten uns lieber kleiner Lügen. Wir respektierten nicht nur den sozialen Code, wir hatten ihn quasi erfunden. Er wurde zur verbissenen Gewohnheit, um zu lächeln, wenn es nichts zu lachen gab, um nach der gröbsten Beleidigung höflich zu bleiben, doch vor allem, um nicht die Kontrolle über unsere Emotionen zu verlieren. Eine Funktionsüberlebensstrategie, um in dieser grausamen Welt bestehen zu können, meinte Sophie. Diese Welt ließen wir hinter uns, wenn wir uns in der Kanzlei trafen. Dann galten die Regeln der Ehrlichkeit. Wer vorgab, mehr zu sein als er darstellte, dem wurde von den anderen auf die Finger geklopft, vorsichtig, aber fest. Doch hartnäckige Gewohnheiten schob man nicht einfach beiseite.

Marie sprach heute zum ersten Mal über ihren voluminösen Körper. Sie zeigte nach unten, als hätte sie sich soeben versehentlich kopfabwärts einen Satz Gliedmaßen angeschraubt. „Es mag euch seltsam vorkommen, aber ich fühle mich wohl mit dem hier", sagte sie. „Ich fühle mich nicht unsicher, auch nicht, weil ihr für keine Millionen mit mir tauschen wollt. Ich wünsche mir nur, dass Troddel mich attraktiv findet. Dass er mir dieselben Blicke zuwirft wie neulich dieser Hure, die drei Häuser von uns entfernt wohnt."

Plötzlich überfiel mich ein tiefes Schamgefühl, weil ich Marie bei unserer ersten Begegnung völlig falsch eingeschätzt hatte. Sie posaunte ihre Unsicherheit nicht in die weite Welt hinaus. Sie hasste nicht einmal ihren unförmigen Körper.

„Das ist eine durchaus vernünftige Überlegung", sagte Greta, den Kopf leicht geneigt, als wiege sie die Vor- und Nachteile gegeneinander auf. „Aber stehst du immer noch auf ihn?"

„Ich will hemmungslosen Sex, möchte begehrt werden, wie jede andere Frau. Und da ich mit Troddel verheiratet bin, treibe ich es mit ihm."

„Wieso das denn?", fragte Sophie. „Du kannst dir doch auch einen Liebhaber zulegen."

„Kannst du mir einen empfehlen?"

Sophie zog ihre wohlgeformte Augenbraue hoch, sagte aber nichts.

„Wirklich? Hast du einen Liebhaber, Sophie?" Aus Gretas Stimme klang Bewunderung.

Sophie seufzte.

„Nein, dafür bin ich zu brav und zu solide. Und ich bin auch nicht die Person, für die mich alle halten: Der robuste Ast, der sich im

Wind biegt und nicht bricht. Die Frau, die mit einem Lächeln alles abschüttelt und die ein absoluter Profi ist, wenn es darum geht, anderen zu helfen. In der Vergangenheit bin ich meinen Freundinnen gegenüber immer offen gewesen, aber das war eine Zeit, als ich obenauf war. Die Sophie, die mit dem Leben nicht klarkommt, braucht niemand zu sehen ..." Sie sah uns mit traurigen Augen an. „Jonas ist bei uns der Fremdgänger."

„Du bist eine so schöne Frau", sagte Greta. „Ich verstehe nicht ..."

Sophie blickte betreten in die Runde. „Das hat mit Schönheit nichts zu tun, Liebes. Er glaubt, ich sei kalt. Im Suff hat er mir an den Kopf geworfen, ich sei mumifiziert, nannte mich eine Ice Queen. Er glaubt, dass seine Worte mich nicht verletzen, weil ich nicht in Tränen ausbreche und schluchze wie eine von seinen Bienen."

„Das ist ja schrecklich, Sophie", flüsterte Greta.

Das ist süß von ihr, dachte ich, und auch Sophie gefiel Gretas Mitgefühl.

Wir trafen uns heute zum vierten Mal, und ich hatte gelernt, die Regungen in den Gesichtern meiner Vertrauten zu deuten. Auch wenn Sophies Emotionen nicht allzu offensichtlich waren, erkannte ich sie – es war, als würde sie bei jedem Treffen einen alten Mantel ablegen und ich eine neue Schicht durchbrechen.

„Nicht, dass Tom und ich es noch treiben", plapperte Greta munter drauflos. „Er denkt, ich sei frigide. Eine Frage der Projektion, sage ich euch. Für ihn bin ich eine Art Heilige Maria. Er respektiert mich als solche."

Aus Gretas Mund klang „respektiert" wie verdorbenes Gemüse, und ich musste lachen.

„Deshalb wollte er mich unbedingt heiraten, ordentlich, wie es sich gehört. Jetzt bin ich seine brave Ehefrau, seine Maria, und er projiziert seine perversen Neigungen bequem auf andere Frauen. Schon angenehm."

„Würdest du denn gerne diese Rolle übernehmen?", fragte Marie.

„Ja, ich möchte diese Schlampe sein, mit Hüften und Brüsten und einem Hinterteil wie die rothaarige Sekretärin aus Mad Men. So richtig verdorben und geil, damit Tom mich ohne Skrupel ins Bett zerrt."

„Eine Frau, die Sex als Waffe benutzt", sagte ich. „Ich weiß nicht, ob das so erstrebenswert ist."

„Pah", rief Greta, „es ist mein Körper, der spricht. Nicht meine Moral. Ich glaube, es ist ganz nett, weniger tugendhaft zu sein."

„Du bist nicht tugendhaft", protestierte Marie. „Du tust nur so. Darin sind wir alle Meister. Mit fragwürdigen Ergebnissen."

Marie erweckte den Eindruck einer Tyrannin, die ihren Ehemann dominierte, aber die Frage war, wer letztlich die Macht hatte. Sie erinnerte mich an ein Kind, das in negativer Art und Weise Aufmerksamkeit forderte. Wie geschliffen ihr Auftreten auch war und wie gut sie als Anwältin im Gerichtssaal auch sein mochte, außerhalb davon war sie eine liebenswürdige Frau, die nicht in der Lage war, für sich selbst aufzukommen. Ich wusste, dass sie alles für ihren Mann und ihre Kinder tat und dass ihre Familie das schamlos ausnutzte.

Ich lehnte mich zurück und versuchte, mich zu entspannen. Es war wie immer. Wir redeten unaufhörlich, tranken zu viel und lachten laut. Und doch gab es etwas, das mich störte. „Wenn unsere Männer so schrecklich sind, warum trennen wir uns nicht von ihnen?"

„Gute Frage", meinte Sophie. „Ich schlage vor, du beantwortest die Frage zuerst."

Ich setzte mich auf und kämpfte gegen den Drang, das Weinglas in die Hand zu nehmen. „Ehrlichkeit lautet unser Bestreben. Wir wollen uns offenbaren. In gewisser Weise ist es uns gelungen, weil wir einander die intimsten und schmerzhaftesten Details aus dem Eheleben erzählen. Aber etwas fehlt."

„Weiter", ermutigte mich Greta.

Ich machte einen tiefen Atemzug. „Ich liebe Paul noch immer, aber manchmal habe ich Mordgelüste. Er fehlt mir, und ich bin einsam, obwohl wir gemeinsam unter einem Dach leben. Ich sehne mich nach ein wenig Glück, aber für Paul existiert kein Glück und deshalb bin ich in seinen Augen schwach."

Eine Stille trat ein, in der die Geräusche, die von unten heraufdrangen, mir immer lauter vorkamen.

„Ich hasse ihn nicht", fuhr ich fort, „auch wenn es vielleicht den Anschein hat. Ich hasse nur, wie ich mich in seinem Beisein verhalte und werfe ihm zutiefst vor, dass ich in seiner Nähe nicht die Person bin, die ich sein möchte."

„Ich habe mich reichlich der Selbstprüfung hingegeben", sagte Greta zynisch. „Es ist manchmal ganz nett, meinem Mann die Schuld zu geben, und mich dabei nicht unwohl zu fühlen."

„Unsere Diskussionen verlaufen im Sande", fuhr ich fort, „wir machen uns zum Opfer, wie man es dreht und wendet."

„Und das geht dir gegen den Strich", stellte Sophie fest.

„Ja. Wenn ich eine Außenseiterin wäre, würde ich sagen, ändere deine Situation oder mach das Beste daraus."

Marie schlug die Arme übereinander, die Schulterpolster ihrer Jacke drückten nach oben und sie sah aus, als hätte sie keinen Hals. „Nicht alle Männer sind Arschlöcher. Davon muss ich mich jetzt erholen, Alma."

Ich rutschte auf der Bank hin und her und spürte den harten Holzhandlauf an meinen Sitzknochen. „Doch, das sind sie. Zumindest laufen eine Menge Arschgeigen herum. Aber ich vermute, dass wir nicht mit den größten Arschlöchern verheiratet sind. Sonst wären wir bereits geschieden."

Marie starrte mich an. „Tut mir leid, aber das ist naiv. Frauen sind in der Lage, mit den größten Arschlöchern verheiratet zu sein und zu bleiben. Ihre Akten landen täglich in der Postdienststelle der Kripo."

„Stimmt", warf Greta ein.

„Wir reden hier nicht über Frauen im Allgemeinen, sondern über uns", fuhr ich fort. „Oder würdet ihr euch mit jenen Frauen vergleichen, die zur Polizei gehen, weil sie von ihren Ehemännern verprügelt oder missbraucht werden?"

Sophie schenkte mir einen kalten Blick. „Du möchtest uns weismachen, dass wir uns bemitleiden. Jammern dürfen wir nur, sobald ein Mann uns krankenhausreif geschlagen oder vergewaltigt hat, oder ..."

„Nein!" Meine Stimme schoss in die Höhe. „Ich sage nur, dass wir unsere Situation ändern sollten."

„Vielleicht nicht unsere eigene Situation", meinte Greta. „Vielleicht sollten wir etwas unternehmen, um die Situation der Frauen zu ändern, von denen hier die Rede ist."

„Durch eine Art Therapie?", fragte Marie spöttisch. „Die heilende Kraft durch die Heilung anderer. Sorry, aber damit verbringe ich im Gericht schon genügend Zeit."

„Und", fragte Greta, „bekommen diese Bastarde ihre gerechte Strafe?"

„Die Frauen dieser Bastarde kommen zu uns in die Notaufnahme", sagte Sophie. „Mit Rippenprellungen, Knochenbrüchen, geschwollenen Augenlidern, inneren Blutungen. Wir flicken sie zusammen und dann gehen sie wieder mit dem Schwanz nach Hause, der sie zusammengeschlagen hat. So gut funktioniert unser Rechtssystem."

Ich nickte hektisch. „Der Verlag plant eine Serie über diese Frauen.

Wenn du die Manuskripte liest, wird dir übel. Es ist unglaublich, wie sehr Männer Frauen quälen. Dass sie ihre Macht missbrauchen, ist noch milde ausgedrückt. Es geht nicht nur um Frauen aus den Entwicklungsländern, auch in unserer Gesellschaft kommt Machtmissbrauch sehr häufig vor."

Greta nickte. „Männer, die Frauen hassen. Die Stieg-Larsson-Trilogie ist nicht ohne Grund so erfolgreich. Wir sind fasziniert von der Gewalt der Männer gegen Frauen. Und dem Unterschied sowohl in der physischen als auch in der wirtschaftlichen Ausübung von Macht."

„Jesus, wer hätte das gedacht?", sagte Marie. „Ich sitze hier an einem Tisch mit einer Horde unverfälschter Feministinnen."

Sophie gähnte. „Mädels, es ist halb eins. Ich weiß nicht, was ihr macht, aber ich fahre nach Hause."

Marie stand auf. „Geh nur. Jonas wird wissen wollen, wo du bleibst."

Während ich meinen Mantel anzog, gingen mir Maries Worte nicht aus dem Kopf. Irgendwie sehnten wir uns alle nach einem Mann, der auf uns wartete, wie unabhängig wir uns auch an diesen Abenden gaben. Aber in uns schlummerte noch ein weiteres Bedürfnis, der Wunsch nach Rache. In uns steckte eine geballte Ladung Wut, die vermutlich viele Frauen in sich tragen – und von der Männer keine Ahnung haben.

Auf dem Bürgersteig gab ich Sophie und Marie zum Abschied einen Kuss und wünschte ihnen eine gute Nacht. Greta umarmte mich ein wenig länger. „Wir müssen reden", flüsterte sie mir ins Ohr. „Der zornige Geist hat die Flasche verlassen."

Kapitel 4

Der Name des Mädchens

Mittlerweile trafen wir uns im zweiwöchigen Rhythmus, immer an einem Freitag und immer gleich nach Dienstschluss, wohlbehütet und umgeben von der Anonymität der Kanzlei. Dort setzten wir uns an den runden Konferenztisch, an dem Marie tagsüber ihre Klienten empfing. Dieser Tag war uns heilig. Nichts konnte uns davon abhalten, keine Kinderkrankheit, kein nörgelnder Ehemann, nicht der Geburtstag der Schwiegermutter oder ein Wasserrohrbruch. Wir trafen uns erst gegen halb neun, nur so waren wir sicher, keinem von Maries Kollegen zu begegnen.

Wir stritten uns um die Beweise, als würden wir das Verfahren schlechthin gegen den Mann vorbereiten. Für Marie war das als Anwältin ein vertrautes Terrain. Sie schickte uns regelmäßig per E-Mail spitzfindig formulierte Schriftsätze, als wären sie die Grundlage für ein Plädoyer vor Gericht. Ihre Argumente liefen im Grunde auf eine einfache Feststellung hinaus. Der Mann war schlecht. Warum sollte die Frau dafür büßen? Aber Marie gab dem Ganzen einen intellektuellen Touch.

Greta schrieb mir: *Ehemänner halten ihren Frauen die wackligen Hormone vor. Du bekommst bestimmt deine Tage, Schatz. Dein Eisprung macht dir zu schaffen, Schatz. Im Vergleich zu ihnen sind wir harmlos, Alma, während sie sich zu Hormonmonstern mutieren können.*

Sophies Fazit lautete: *Penis oder kein Penis. Das ist hier die Frage.*

Wir vereinbarten, keine Ausrufezeichen mehr zu verwenden, da jeder Kommentar, jede Beobachtung ohnehin ein Ausrufezeichen verdiente. So setzten wir jetzt einen zivilisierten Punkt.

Ich kannte Sophie mittlerweile recht gut und spürte, dass sie etwas bedrückte. Anfangs hielt sie mit dem, was sie offensichtlich belastete, hinterm Berg und erzählte von ihrem Klinikalltag. Sie brachte die Geschichte nicht über ihre Lippen. Stattdessen erzählte sie von ihrer Arbeit in der Notaufnahme des Klinikums „rechts der Isar", von der Flut von Anrufen, die sie pausenlos auf den Beinen hielt: eine Hirnblutung, ein Autounfall.

Wie ich aus den Chats wusste, war Sophie als Assistenzärztin versiert, aber manchmal war das nicht genug. Manchmal kamen die Patienten zu spät. Aber Sophie mochte diese Nächte. Sie brachten das Adrenalin, das sie in Stresssituationen stärkte. Sie behielt immer einen klaren Kopf und war hoch konzentriert, besonders dann, wenn ihre Kollegen hektisch wurden. Dies war der Ort, an dem sie die Kontrolle hatte und Anweisungen gab, ohne autoritär zu wirken. Ihr Mann Jonas nahm wegen der unregelmäßigen Arbeitszeiten keine Rücksicht auf sie. Sobald sie von einer anstrengenden Nachtschicht nach Hause kam und neben ihm eingeschlafen war, terrorisierte er sie: Er stand auf und machte jede Menge Lärm, ließ die Kinder durch die Wohnung tollen, knallte mit den Türen oder sang lautstark unter der Dusche, als hätte sie keinen Anspruch auf Schlaf. Schließlich stand sie doch auf und brachte die Kinder in die Schule.

Während Sophie uns von dem Dilemma berichtete, aßen wir Thai-Curry aus Plastikschalen, eine freundschaftliche Geste eines dankbaren Mandanten, der in der Nähe der Kanzlei ein kleines Restaurant besaß. Wir hätten aber auch eine Suppe aus der Dose löffeln können, so sehr waren wir in unsere Unterhaltung vertieft.

Plötzlich dachte ich an Paul. Ob er vor seiner Pizza saß und fernsah? Er wähnte mich beim Tanzkurs in der Volkshochschule. Er fragte nicht, warum ich an diesen Abenden sehr spät nach Hause kam. Er ging davon aus, dass ich im Anschluss ein Lokal aufsuchte, um mit meinen Mitstreitern etwas zu trinken. Oder es war ihm egal, wo ich mich jeden zweiten Freitag aufhielt, ein Gedanke, der mich wie ein Blitz traf. Ich verschluckte mich und hustete krampfhaft.

„Bist du okay?", fragte mich Marie.

Sophie stocherte im Reis. „Das Mädchen ..."

Niemand fragte „Was für ein Mädchen?"

„Die Kleine war völlig verkrampft", fuhr sie nach kurzem Zögern fort. „Wir konnten ihre Beine nur mit Mühe spreizen. Ich schätzte sie auf acht Jahre, aber sie war zehn. Sie war sehr klein für ihr Alter."

„Was hatte sie denn?", fragte Greta vorsichtig.

„Vergewaltigt. Sie wurde missbraucht. Ihre Mutter weigerte sich, das Verbrechen beim Namen zu nennen. Anfangs bin ich davon ausgegangen, dass sie dem Mädchen die Konfrontation mit der Polizei ersparen wollte, aber das war nicht der Fall. Sie schämte sich. Die schweren Verletzungen des Mädchens waren nicht zu übersehen, sonst hätte die Mutter sie heruntergespielt. Sie benahm sich seltsam, kümmerte sich nicht um ihre Tochter, umarmte sie nicht ein einziges Mal, als widerte das Mädchen sie an."

„Liegt sie im Krankenhaus?", fragte ich.

„Nein, obwohl der behandelnde Arzt für eine stationäre Aufnahme war. Aber die Mutter war strikt dagegen. Wir können die Eltern nicht zwingen, ihr Kind in unsere Obhut zu geben. Und das wusste die Mutter."

„Ist es denn so ein abwegiger Gedanke?", fragte Marie. „Das Kind hat genug durchgemacht. Eine vertraute Umgebung wäre doch sinnvoller als die kühle Krankenhausatmosphäre ...“

Sophie verlor die Fassung. „Das Mädchen fühlte sich schmutzig und gab sich die Schuld. Sie war tief beschämt. Und ihre Mutter verstärkte durch ihr Verhalten diese Gefühle. Sie weigerte sich, uns von dem Missbrauch zu erzählen."

„Habt ihr herausgefunden, wer es war?", wollte Marie wissen. „Sie ist nicht dazu verpflichtet, eure Fragen zu beantworten. In vielen Fällen nimmt eine Mutter ihren Ehemann in Schutz, der ...“

„Es war der Babysitter", unterbrach Sophie sie schroff. „Das Mädchen sagte kein einziges Wort, aber die Mutter hat es uns dann doch erzählt. Allerdings erst, nachdem ich erklärt habe, dass der Täter oft im unmittelbaren Umfeld der Familie zu finden sei. Onkel oder Vater. Ich vermute, sie hat es uns nur gesagt, weil sie einen solchen Verdacht schnellstens ausräumen wollte."

Greta seufzte. „Und dann?"

„Wir haben das Mädchen zusammengeflickt. Die Mutter hat sie mit nach Hause genommen." Ich erkannte, dass Sophie uns weitere medizinische Details ersparen wollte.

„Der Vater des Mädchens hat sich nicht einmal die Mühe gemacht, in die Klinik zu kommen", fuhr Sophie fort. „Der Kerl hat angerufen und gefragt, ob alles in Ordnung sei."

Ich hatte das Gefühl, mich übergeben zu müssen und atmete tief ein und aus.

„Haben die Eltern Anzeige erstattet?", fragte Greta.

Sophie schob ihren Teller beiseite. „Nein, die Mutter war dagegen. Sie wolle dem Kind ein weiteres Trauma ersparen und möchte den Missbrauch unter den Tisch kehren."

„Wie lautet der Name des Mädchens?", fragte ich.

Sophie sah mich an. „Ist das wichtig? Ich kenne den Namen des Babysitters. Darauf kommt es an!"

„Wow", warf Marie ein. „Wie hast du das geschafft?"

Sophie konzentrierte sich auf ihre manikürten Nägel, die weiß lackiert waren und nie Risse zeigten. „Ich hab die Mutter gefragt. Sie war müde und wollte die Klinik so schnell wie möglich verlassen. Ich versicherte ihr, dass alles, was sie sagte, vertraulich sei. Aber der Name hat sich in mein Hirn eingebrannt. Hermann Wagner."

Greta streckte ihren Rücken. „Damit kann ich etwas anfangen. Ich werde mich über das Schwein erkundigen. Vielleicht hat er ja noch mehr auf dem Kerbholz."

Die jähe Gewalt des Ganzen schockierte mich zutiefst. „Der kann einfach so weitermachen?", fragte ich entsetzt.

Sophie nickte. „Ein Arzt hat immer ein Interesse an der Schutzwürdigkeit eines Kindes. Grundsätzlich besteht aber bei kleinen Kindern immer eine Schweigepflicht. Die Entbindung davon können nur die Sorgeberechtigten aussprechen. Beide müssen dem zustimmen und hier hat die Mutter ..."

„Die Verletzung der Schweigepflicht stellt eine Straftat dar", warf Marie trocken ein.

Ich kochte vor Wut.

„Hermann Wagner spielt also irgendwo anders weiter Kindermädchen?"

„Wer weiß, was er mit dem Mädchen sonst noch angestellt hat", sagte Marie und seufzte. In ihren Augen lag Verzweiflung. „Vielleicht hat er sie gefilmt."

„Lass uns bitte das Thema wechseln", sagte Sophie leise. „Erzählt mir von eurem Tag."

Wir plauderten ein wenig, aber nach fünf Minuten sprachen wir abermals über das missbrauchte Mädchen. Der Gedanke, dass der Täter seiner Bestrafung entging, war für uns unerträglich.

Plötzlich erinnerte ich mich an einen Vorfall aus Kindheitstagen. „Als ich noch ein Kind war, habe ich einen kleinen Jungen gekannt, der von Albträumen heimgesucht wurde und der sich selbst Wunden zufügte. Er hat mir anvertraut, dass er in manchen Nächten schreiend aufwachte und brüllte. Manchmal fing er sogar an, sich zu beißen, bis Blut floss. Am nächsten Tag kam er immer zu mir und ich beruhigte ihn. Ich fand es ein großartiges Gefühl, ihm helfen zu können." Ich verschwieg, dass mir das Gefühl, mit so viel Autorität und Verantwortung dazustehen, gefallen hatte. Es verlieh mir eine gewisse Macht und hatte eine positive Wirkung auf mein Selbstbild. Ich musste diesem Mädchen helfen. Ich wollte, dass es genauso glücklich wurde wie später der Junge aus meiner Kindheit.

Marie setzte sich vor den Computer und tippte „Hermann Wagner" in eine Suchmaschine ein. Wir blickten über ihre Schulter. Über soziale Netzwerke erfuhren wir, dass Wagner Programmierer in einem mittelständischen Unternehmen, geschieden und kinderlos war. Das Profilfoto zeigte einen harmlos aussehenden, älteren Mann mit einem blassen Teint, der in die Kamera lächelte. Er war Mitglied in einem Golfklub und trainierte den Nachwuchs. Wir waren uns sicher, dass er online zweifellos unter einem Pseudonym mit einem Pädophilen-Ring vernetzt war.

Marie warf den Drucker an. „Er gehört in unsere Kartei", sagte sie, fest entschlossen, alles über Hermann Wagner in Erfahrung zu bringen.

Zum Abschied drückte ich Sophie fest an mich. „Pass auf dich auf", sagte ich leise. „Es war ein harter Start in die Woche."

„Ihr Name ist Betty", flüsterte Sophie so leise, dass ich es kaum hörte. „Betty", wiederholte ich, als sei der Name des Mädchens ein Codewort.

Sophie nickte. Ein trauriges Lächeln huschte über ihr Gesicht.

Kapitel 5

Hermann Wagner
Ich glaube, so könnte es gewesen sein ...

Hermann steht nackt vor dem Badezimmerspiegel und mustert sein Äußeres: blasser Körper, noch feucht von der Dusche, eine Haut, die seine magere Gestalt in Falten umschließt wie ein Anzug, den er zwei Nummern zu groß gekauft hat. Muttermale übersäen seinen Körper wie schlampig angenähte Knöpfe. Garn ragt aus ihnen empor, harte Borsten, die im Laufe der Jahre zugenommen haben wie Ungeziefer. Er hört den Lärm im Erdgeschoss. Die Musik ist leise, aber sie hat vergessen, ihre Schuhe auszuziehen, ihre Tanzschritte sind ungeschickt. Wenn sie ihren Tanz für ihn aufführt, schaut er sie voller Bewunderung an, als sei sie die beste Tänzerin der Welt. Dann ruft er „Bravo" und klatscht übermäßig laut in die Hände. Es irritiert ihn, dass sie kein Talent hat und keine Fortschritte macht, obwohl sie die Tanzschritte täglich übt. Kinder sollten geschmeidige Gelenke haben und mühelos einem Rhythmus folgen können, da sie noch nicht durch Scham oder Bewusstsein gehemmt werden.

Sie nicht. Sie rudert mit ihren Armen, bewegt ihren Kopf auf eine lächerliche Art und zieht die Knie beim Tanz zu stark nach oben. Ihre Hüften sind stocksteif, ihr Zwerchfell bewegt sich nicht. Sie schafft es, sich konsequent gegen den Rhythmus der Musik zu bewegen. Immer ein wenig zu spät, wie eine mechanische Puppe, deren Batterien zur Neige gehen. Ihre Augen sind halb geschlossen, die Pupillen durch ihre zitternden Augenlider gerade zu sehen – wie der Ausdruck einer Blinden. Ihren schmalen Mund hält sie leicht geöffnet, von Popstars mit monströs aufgeblasenen Silikonlippen kopiert. Er möchte sie anbrüllen, dass sie mit ihrem lächerlichen Tanz aufhören soll, aber das hat sie nicht verdient. Sie verdient einen Applaus und ein Bravo. Er ist ihr größter Fan. Wenn er sie nicht bewundert, wird es niemand tun.

„Noch einmal", flüstert Hermann, während er sich im Spiegel betrachtet, den Körper mit den Muttermalen und der weißen, schlaffen Haut, aus deren Poren jetzt trotz seiner Nacktheit der Schweiß ausbricht. Seine Therapeutin meint, er müsse an seinem

Selbstwertgefühl arbeiten. Sie schiebt seinen Selbsthass auf seine Jugend zurück, auf eine lieblose Mutter und einen Vater, der nie da war. Er hat seine Mutter seit zehn Jahren nicht mehr gesehen. Sie ist eine dumme Frau mit sinnlosen Weltanschauungen, basierend auf Angst und einer chronischen Unwissenheit, und sie verdient den Tod. Aber in einem Punkt hat sie recht behalten: Er ist unfähig, für nichts gut. Sein Selbstbild entspricht der Realität, dafür muss er sich bei seiner Mutter bedanken.

Langsam wächst seine Erektion. Diesen Teil seines Körpers kann er nicht ansehen. Zu eklig, zu widerlich. Der fleischgewordene Beweis für seine Schwäche. Welche Art von Mann wäre er wohl ohne diesen Ekel, ohne dieses ständige Gefühl von Unsauberkeit, das ihn zwingt, sich mindestens dreimal am Tag zu duschen und sich mit einem Seil zu geißeln, das er für diesen Zweck gekauft hat? Seine Therapeutin scheint dies nicht verstehen zu wollen.

Er zieht eine Jogginghose und ein übergroßes T-Shirt an. Die Jeans und das Hemd, das er bei seiner Ankunft getragen hat, stopft er in seine Tasche. Er nimmt ein Handtuch aus dem Regal und wischt damit den Boden, obwohl er weiß, dass er bald wieder duschen wird. Danach hängt er das Handtuch zum Trocknen auf den Wäscheständer.

Er kämmt seine Haare mit dem Kamm ihrer Mutter, eine Hündin, ein Emporkömmling, mit irgendeinem Job bei der Bank, der zu gut bezahlt wird. Er sieht die Verachtung in ihren Augen, auch wenn sie freundlich lächelt und in jedem Satz seinen Namen nennt, als wolle sie einer innigen Verbundenheit Nachdruck verleihen. „Hermann, der Kühlschrank ist voll, iss, wonach dir ist." – „Hermann, wir wollen doch nicht, dass unsere Tochter fernsieht." – „Hermann, ich versuche, um sechs Uhr zu Hause zu sein, aber du wirst es mir nicht übel nehmen, wenn ich mich verspäte." *Hermann, wir sind dicke Freunde, deshalb zahle ich dir einen Mindestlohn, während ich nicht weiß, wofür sonst ich meinen lächerlichen Stundenlohn, außer für unnötige Geschenke und Markenkleidung für meine Tochter, ausgeben soll.* Sie sieht sich selbst als moderne Frau, sie hat ein männliches Kindermädchen.

Der Vater des Mädchens ist kaum anwesend. Hermann hat ihn in achtzehn Monaten vielleicht zweimal gesehen. Der Vater spricht ihn nicht mit seinem Namen an, vermutlich weil er ihn nicht kennt, und er sieht ihn erstaunt an, als frage er sich, was Hermann in seinem Haus macht. Das Kind hat die Augen des Vaters. Es ist nur eine Frage der Zeit, bis sie denselben harten Ausdruck bekommen, bedingt durch die genetische Vererbung und verstärkt durch die Abwesenheit des Vaters – sie kann ihm später dafür danken. Zweifellos wird das Kind, trotz mäßiger Intelligenz, mithilfe teurer Nachhilfestunden ein Gymnasium besuchen und danach eine Wirtschaftsschule, die sie nur mit Mühe abschließen wird. Danach dienen die Kontakte von Mama und Papa der Förderung ihrer Karriere, und erst dann wird ihr dieser kalte, einschüchternde Augenausdruck nützlich sein. „Ich bin ein Sieger und du bist ein Verlierer", sagt dieser Blick.

Hermann hat den Hunger in den Augen der Mutter gesehen – den gleichen Hunger, den er in den Augen der Tochter sieht, die für die Liebe des Vaters alles tun wird, vielleicht sogar für ihn töten. Hermann erkennt das Muster. Der Vater entzieht Mutter und Tochter die Liebe. Wenn sie nach ihr lechzen, schenkt er ihnen ein wenig Aufmerksamkeit, eine winzige Berührung, einen emotionslosen Kuss, gerade genug Nahrung, um sie leben zu lassen, aber nicht genug, um sie zu befriedigen. Die Tochter wird eines Tages nie mehr Schwäche zeigen, keine Liebe mehr einfordern, weder von ihrem Vater noch von jemand anderem, und sie wird diese Kälte einsetzen, um zu überleben, nicht ahnend, dass sie damit ihrem Vater nur einen Dienst erweist, die letzte Ehre „Ich bin wie du."

Während der Vater eine wichtige Beute jagt und die Mutter sich benimmt, als sei sie auch eine Jägerin, pflückt Hermann die Beeren in ihrem Garten und wacht über den Nachwuchs. Tiefer kann er, was ihre Nahrungskette anbelangt, nicht sinken. Sie brauchen ihn, um ihre gesellschaftliche Stellung zu behaupten. Nur deshalb legt der Vater ihm fürs Beerenpflücken ein Trinkgeld auf den Tisch. Der Vater und die Mutter betrachten die Tochter als ihren kostbarsten Besitz und glauben, es sei Liebe.

Inzwischen wacht Hermann über die Tochter. Er mag keine Hunde, aber Kinder mag er durchaus. Oh ja, Kinder mag er sehr. Er wird nicht verhindern können, dass aus ihr die skrupellose Erwachsene wird, aber er kann ihr zumindest etwas geben. Noch ist sie klein und angewiesen auf einen Vater und eine Mutter ohne Empathie. Es wird Zeit, nach unten zu gehen. Er kann sich nicht retten, aber er kann den Versuch unternehmen, sie zu retten, obwohl seine Bemühungen immer zum Scheitern verurteilt sind. Liebe ist schließlich das Einzige, wonach sie sich sehnt, wie jedes andere Kind.

Hermann weiß, dass die Liebe ihn danach zur Dusche eilen lässt. Er hat sich zwar geschworen, dass es das letzte Mal sein wird, aber für wen? Weil er in den Augen der Gesellschaft ein guter Mensch sein möchte. Weil er ein Feigling ist und wie der Rest der Menschheit sich nach Anerkennung sehnt. *Papa und Mama lieben mich. Mama, ich bin nicht so böse wie du glaubst.*

Das Mädchen geht ihm nicht aus dem Kopf. Er ist in Gedanken bei ihr, dem Kind, das im Erdgeschoss seinen grauenhaften Tanz aufführt. Er muss seine abscheulichen Gefühle überwinden. Das Richtige tun.

„Komm jetzt", sagt er zu seinem Spiegelbild, das ihn weniger ängstigt, jetzt, wo er nicht mehr nackt ist.

Er geht barfuß die Treppe hinunter und bleibt an der Tür des Wohnzimmers stehen. Die Musik erreicht sein rechtes Ohr, das er an die Tür gelegt hat, aber das Kind tanzt nicht mehr. Er drückt die Türklinke nach unten und zögert, zwei Atemzüge lang.

„Du kannst es", sagt er leise. „Ich kann es!"

Sie sitzt auf dem Boden mit ausgestreckten Beinen und geradem Rücken, mühelos, wie das nur Kinderkönnen. Ihr weißes Kleid mit den langen Ärmeln – die Farbe verleiht ihrem Teint eine krankhafte Blässe – hat sich hochgeschoben und er sieht ihre geblümte Strumpfhose, die Konturen ihres Höschens. Sie hat dunkle Ränder unter den Augen, die heute noch schön sind, ziemlich groß und rund in dem schmalen Gesicht. Später werden sie blass und zusammengekniffen, wie die Augen eines Fuchses, ihrem Gesicht einen unangenehmen Ausdruck verleihen. Sie blickt ihn mit einer Mischung aus Hoffnung und Angst an.

„Ich bin es", sagt er und geht in die Knie.

Sie zieht ihre Beine an und rutscht einige Meter zurück. Grob nimmt sie ihren Arm zurück, als er versucht, sie zu streicheln. Er atmet tief ein und wieder aus. Er deutet ihr Verhalten nicht als Ablehnung. Wenn sie sich ihm widersetzt, dann nur, weil menschliche Wärme sie mehr erschreckt, mehr als Kälte. Er erinnert sich noch gut an jene seltenen Momente, in denen seine Mutter ihn streicheln wollte und er zurückschreckte, weil er wusste, dass der Arm, der ihn liebkoste, jeden Moment mit Wucht zuschlagen konnte. Einsamkeit ist sicherer als Zuneigung. Er kennt den Mechanismus wie kein anderer. Er muss sich weiter um das Kind kümmern. Er kann nicht erwarten, dass sie sich von einem Tag auf den anderen öffnet, um sich dem Unbekannten hinzugeben. Er wird ihr zeigen, dass sie sich auf ihn verlassen kann und nicht befürchten muss, dass er sie eines Tages im Stich lässt. Für ihn ist es zu spät, er kann nicht ohne Angst kapitulieren. Er muss sich bestrafen, weil er tief in seinem Herzen glaubt, dass er die Liebe nicht verdient.

Er berührt sie wieder, sehr vorsichtig. Er streichelt sanft ihren Arm. Wieder sieht sie zu ihm auf, und ihm wird bewusst, dass er zum Äußersten gehen wird. Es ist der dominante Blick der Mutter. Wenn sie ihn eines Tages mit dem Gesichtsausdruck des Vaters ansieht, weiß er, dass seine Arbeit erledigt ist. Dann ist sie bereit für die Jagd und wird ihn verleugnen. Der Verlierer. Der Trottel, der für sie gekocht hat.

So weit ist es noch nicht. Er zieht sie aus und sie lässt sich schlaff hängen, wie eine Puppe. Sie muss wissen, dass es auf dieser Welt Menschen gibt, die sie lieben und die sie lieben kann. Er fragt sich, wie viele Opfer er noch aufbringen muss, bis sie das versteht. Ich kann dich nicht retten, sagt eine Stimme in seinem Kopf, aber ich gebe mein Bestes, Schätzchen.

Es verwirrt ihn, dass er einen Teil ihrer reinen Kinderseele schützen möchte. Rational weiß er, dass sie den Vater in sich trägt, wie seine Mutter ein Teil von ihm war. Sie soll ein Teil von ihm sein, leicht beschädigt und auf Dauer gänzlich verloren. Sie wirkt so unschuldig, wenn sie tanzt, aber sie zeigt heute schon Züge, die sie später unerträglich werden lassen. Sie wird dafür bestraft, mit einem Körper, der sich nach allen Seiten wölbt und sich nicht mehr in ein weißes Kleidchen und eine Strumpfhose mit Blümchenmuster pressen lässt. Ihre farblosen Knospen werden zu monströsen braunen Brustwarzen anschwellen wie gebratene Eier. Die kleinen blonden Haare an den Beinen werden sich in drahtige, dunkle Borsten verwandeln, die sich nur mit einem Rasiermesser bändigen lassen, wie das borstige Gestrüpp zwischen ihren Beinen ...

Nicht auszumalen, dass eines Tages ihre Verdorbenheit wie eine unterirdische Giftquelle an die Oberfläche kommen wird.

Plötzlich ist er in Eile. Er weiß, dass er handeln muss, die finsteren Gedanken werden ihn sonst beherrschen. Er kann dem Kind die perversen Pläne von Mutter Natur nicht zum Vorwurf machen, das wäre unfair. Mit einem Ruck schließt er im Wohnzimmer die Vorhänge, stellt die Musik lauter, damit er und das Kind draußen nicht zu hören sind.

Ohne sie anzusehen, legt er seine Kleider ab und schenkt ihr seine Nacktheit. Er legt sie auf die Couch, wo sie sich nur kurz widersetzt, erschrocken über seine Haut auf der ihren, von der Intimität, von der nur sie weiß, wenn er sich ihr nähert. Sie schreit wie ein wildes Tier, das zum ersten Mal berührt wird. Er legt eine Hand auf ihren Mund, um sie zu beruhigen. Als sein liebevoller Blick ihr offenbar zu viel wird und sie die Augen schließt, um sich dem Unvermeidlichen hinzugeben, spürt er zum ersten Mal einen Hauch von Zufriedenheit aufkommen. Er weiß, er kann dem Kind geben, was es braucht. Und wenn nötig, wird er das immer wieder tun, bis sie eines Tages nicht mehr für ihn tanzen muss, weil sie sich seiner Hingabe sicher ist.

Kapitel 6

Sophie nimmt mich zur Seite.
„Gibt es noch etwas Essbares in diesem Haus?"

Sophie nimmt ihr Umfeld verschwommen wahr, als sähe sie durch die Brille eines anderen. Dennis, ihr älterer Sohn, lungert an der hintersten Ecke des großen Esszimmertisches. Er hat die Kapuze seines Pullovers über den Kopf gezogen, als plane er einen Raubüberfall. Vielleicht trifft das sogar zu, denkt seine Mutter. Sophie hat keine Ahnung, was ihr Großer in letzter Zeit treibt, und wenn sie durch Zufall dahinterkommt, ist es in der Regel nichts Gutes.

Neuerdings schwänzt ihr Sohn die Schule. Die Lehrer haben ihn auch beim Kiffen erwischt, und auf dem Schulhof hat Dennis einen Jungen verprügelt. Wegen seiner letzten Aktion hat die Schulleitung Dennis für eine Woche suspendiert. Und nun sitzt er wütend am Tisch, worüber Sophie irritiert ist. Sie fragt sich, weshalb dieses Kind neuerdings wütend auf alles und jeden ist.

Sophie glaubt, dass nur sie das Recht hat, rasend vor Wut am Esstisch zu sitzen. Ich bin wütend, sagt sie uns, wenn wir uns an den Freitagabenden sehen. Sie betrachtet seine schlaksige Gestalt in der unförmigen Jacke, aber ihr fehlt der Mut, dem Jungen die Meinung zu sagen. Sie weiß auch sonst nicht, wie sie dieses Problem lösen kann.

Ihr gehen all die Therapiesitzungen durch den Kopf, die Dennis bereits hinter sich gebracht hat. Völlig umsonst. Sie sieht ihn vor sich, wie er da sitzt, die Arme schützend um sich geschlungen, zu Boden stiert, sich mit einem Finger zwanghaft über die Unterlippe reibt. Sie ist bei allen Therapiesitzungen dabei gewesen, hat seine Hand gehalten, Fragen beantwortet, die man ihr gestellt hat. Sie hat Geduld gezeigt, doch innerlich schäumt sie vor Wut. Erstickt an einem Zorn, der weiß glühend ist und brennt und brennt; einem Zorn, den sie vor allen Leuten verborgen hält, obwohl er sie insgeheim verzehrt.

Jetzt hat sie Jonas angerufen.

Erst als sie betont, dass es sich um einen Notfall handelt, hat sich seine Sekretärin Carla seufzend bereit erklärt, Jonas aus einer Sitzung zu holen. Die unterschwellige Feindseligkeit, die diese Frau dabei an den Tag legt, ist zum Verrücktwerden, gesteht Sophie mir. Sie fragt sich häufig, was Jonas seiner Sekretärin wohl über sie erzählt haben könnte. Vielleicht etwas weniger Schmeichelhaftes? Sophie weiß, dass er bis dato noch kein Verhältnis mit Carla hat, die mit ihren massiven Oberschenkeln und dem breiten Hintern gewiss nicht sein Typ ist. Ihr fliehendes Kinn wird von einer riesigen Nase überschattet, die Jonas oft so dümmlich kommentiert, dass Sophie sich fragt, ob er sie nicht doch vernascht hat.

Eine unattraktive Frau gibt es noch nicht in seiner Sammlung, ist aber vielleicht Grund genug, um ihren Mann in einen Zustand der Erregung zu versetzen, glaubt Sophie. Sie kennt Jonas nur zu gut und wünscht sich, es sei anders. Die Machenschaften dieses machthungrigen, oben auf der sozialen Leiter stehenden Mannes, der seine Überlegenheit mit Statussymbolen betont, dass dabei selbst sein letzter Funke Selbstreflexion den Bach hinuntergeht, kennt sie mittlerweile zur Genüge.

Sophie fällt auf, dass sie ihren ältesten Sohn anstarrt, während sie grübelt und sich fast schon rhythmisch in die Oberarme kneift.

Neurotisches Verhalten. Hör auf.

Jonas ist der Meinung, dass Dennis entgleist, weil seine abwesende Mutter für ihre Patienten mehr Zeit aufbringt als für den eigenen Sohn.

Während sie auf ihren Jungen zugeht, denkt sie an das Baby, das Dennis einst gewesen ist: Durch das Wohnzimmer krabbelnd, in einer Hand einen Lego-Stein, mit dem er das Parkett zerkratzt. Ihm seine Windeln zu wechseln, hat ihr sogar Vergnügen bereitet, weil sie dann seinen nackten, pummeligen Körper knuddeln konnte. Als Junge ist Dennis sehr verschmust gewesen, nicht wie Valentin, sein jüngerer Bruder, der sich noch nie gerne hat küssen und umarmen lassen.

Jeden Abend bringt sie die Jungen ins Bett, aber dann kommt Dennis und will, dass sie sich zu ihm legt. Als sie das kleine Gesicht ihres Sohnes in ihrem Nacken spürt, ist sie glücklich und die Zeit bleibt stehen, Zeit existiert nicht mehr.

Bis zu seinem elften Lebensjahr kriecht Dennis in Sophies Arme, was Jonas mit einem verächtlichen Murren kommentiert, in dem er den Jungen als Muttersöhnchen beschimpft. Heute, drei Jahre später, lehnt Dennis jede Umarmung ab und verabschiedet sich von seiner Mutter mit einem gleichgültigen „Bye", wenn er zu Bett geht.

Sophie mustert seinen Körper, dessen Einzelheiten ihr so vertraut sind, seine breiten Hände, das Grübchen im Kinn, die schweren Augenbrauen seines Vaters und ihre langen Wimpern, seine schlanke Gestalt – dennoch kommt er ihr heute so fremd vor. Sein Körpergeruch hat sich in den letzten Jahren unter dem Einfluss seiner Hormone verändert. Sie hat sich immer noch nicht daran gewöhnt. Dennis riecht nicht nach Dennis, sagt sie sich. Vielleicht liegt es an Sophie, vielleicht ist sie zu alt und zu starr, um mit der Veränderung ihres Sohnes klarzukommen. Eine Entschuldigung liegt ihr auf der Zunge, weil er ihr Abneigung einflößt, sie kann es nicht leugnen. Abgestandener Schweiß in dem ausgeblichenen T-Shirt und sein saurer Atem, den er ihr nach einer durchzechten Nacht ins Gesicht bläst, lassen sie schaudern.

Unbewusst weist Sophie ihn zurück. Demzufolge kann sie ihm nicht zum Vorwurf machen, dass er sich von ihr abwendet. Sie hat sich immer vorgenommen, ihren beiden Jungs während der Pubertät jede Menge Freiraum zu gewähren, damit sich die Söhne von ihr und sie sich von ihnen lösen können. Aber nun kündigt Dennis diesen Lebensabschnitt mit viel Lärm an, und sie muss sich eingestehen, dass sie verletzt ist, obwohl sie sich immer wieder sagt, dass seine Abnabelung ein natürlicher Prozess ist. Alles andere ist ungesund. Dennoch wünscht sie sich ihr Muttersöhnchen zurück. Sie will ihn umarmen, damit er zur Besinnung kommt und sich erinnert, wer er ist. Sie will ihn an den Haaren vom Tisch zerren und ihm eine Dusche verpassen, damit er sauber und nach Dennis riecht und vielleicht seinen Kopf in ihren Nacken legt.

Das dezente Klacken der Tür kündigt Jonas' Ankunft an. Ihr bleiben noch zwanzig Minuten bis zum Dienstantritt. In der Regel steht Sophie um diese Zeit am Herd und kocht Dennis' Lieblingsgerichte, der aber ihre Mühe ignoriert und sich nach drei Bissen verabschiedet. Pubertäres Gehabe.

Heute gibt es kein gemeinsames Abendessen.

Valentin übernachtet heute bei einem Freund. Aber in Momenten wie diesem sehnt Sophie sich nach einem lauten Knall der Tür, dem heftigen Aufprall seiner Tasche in der Diele, dem lärmenden Spektakel, mit dem ihr Jüngerer seinen Einzug hält, gefolgt von seinen Geschichten, denen sie lauscht, wie einer Radiosendung im Hintergrund. Valentin begreift noch nicht, dass seiner Familie der Inhalt seiner Geschichten entgeht. Vielleicht spielt es für ihn auch keine Rolle. Was würde sie dafür geben, wenn Valentin sie jetzt mit seinem Lärm umgeben würde – ein Blitzableiter ihrer Sorge um Dennis.

Jonas steht in der Tür mit einem Blick, der wenig Gutes verheißt. Sein linker Mundwinkel zeigt nach unten. Er kann seine Wut kaum bändigen. Sophie sucht nach einer Spur Verständnis in seinen Augen, vielleicht nach ein wenig Gefühl, aber er zeigt keine Reaktion. Sie glänzen wie Eistee, das erste Anzeichen, dass er sie für das Desaster verantwortlich macht. Sie kreuzt ihre Arme, um sich gegen seine Wut zu wappnen.

„Also, hast du mir etwas zu sagen, Dennis?"

Sophie bekommt eine Gänsehaut.

Dennis zuckt mit den Schultern und krümmt sich. „Ach, du weißt es doch schon."

„Ich möchte es aber von dir hören."

Dennis wirft Jonas einen spöttischen Blick zu, aber Sophie sieht darin eine Spur Angst aufflackern. Jetzt gleicht er wieder dem kleinen, zerbrechlichen Jungen, dem sie ihr Vertrauen schenkt. Sie muss ihn beschützen.

„Sie haben mich vor einer Woche von der Schule geschasst."

„Was hast du gesagt?", fragt Jonas. „Und jetzt bitte in zivilisiertem Deutsch."

„Er wurde der Schule verwiesen", sagt Sophie. „Liebling, ich muss zur Arbeit. Wenn du also nichts dagegen hast ..."

Jonas steht vor ihr. „Unser Sohn wurde soeben suspendiert, aber du hast Wichtigeres zu tun. Verstehe ich das richtig?"

Vielleicht könntest du einmal Zeit für deinen Sohn aufbringen, denkt Sophie, aber sie sagt nichts.

„Papa ...", sagt Dennis. Unter dem Blick seines Vaters schweigt er.

„Was hast du wieder angestellt?", fragt Jonas.

„Dennis hat in einer Kneipe Feuerwerkskörper angezündet", sagt Sophie kühl, als wolle sie Jonas suggerieren, dass sie auf seiner Seite steht.

Jonas wirft ihr einen eiskalten Blick zu. „Musst du dich nicht in deine Arbeitskluft werfen? Das Krankenhaus wartet." Jonas betont „Arbeitskluft", als arbeite sie bei der städtischen Müllabfuhr statt in einer Universitätsklinik. Jonas seufzt und fährt sich durch sein dichtes Haar, das die Eigenschaft besitzt, auch dann perfekt zu liegen, wenn sich ein heftiger Ehezwist ankündigt. Mit seinen zweiundvierzig Jahren ist er eine imposante Erscheinung: groß, schlank, regelmäßige Gesichtszüge, markantes Kinn – ein attraktiver Mann. Sein teurer Anzug braucht kein Gramm Fett um die Taille zu verbergen.

Sophie fragt sich, ob Dennis später auch einmal diese Attraktivität besitzen wird. Derzeit deutet aber nichts darauf hin. Seine Nase ist eine Mitesserhochburg, Ellbogen und Knie knochig. Letztere versuchen, sich einen Weg durch seine abgetragenen Jeans zu bahnen, behauptet sie.

Sophie zieht sich immer im Krankenhaus um, aber sie erwähnt es nicht. Sie will Jonas nicht zusätzlich reizen.

„Ich geh jetzt", antwortet sie stattdessen. „Wir werden uns später darüber unterhalten."

Jonas schnaubt verächtlich. „Dennis und ich sind noch nicht fertig. Wir haben Zeit, nicht wahr, Dennis?"

Sie sieht die Panik in den Augen ihres Sohnes. Plötzlich wirkt er hilflos. Sophie wünscht sich, den Jungen jetzt wie ein Baby auf den Arm nehmen und ihn hin und her wiegen zu können. Aber er ist kein Baby mehr.

„Sag mal, gibt es in diesem Haus auch noch etwas zu essen?", ruft ihr Jonas hinterher, als sie das Zimmer verlässt.

Wenn sie jetzt antwortet, ist der Teufel los. Sie bleibt im Flur stehen und beißt sich so fest auf die Lippen, dass es wehtut. Unterschätz nicht die Macht meines Handelns, Meister Jonas, denkt sie. Mit einer kleinen Geste kann ich das Leben einer Person ändern, auf Gedeih und Verderb.

„Lass mich raten! Du warst mal wieder mit etwas anderem beschäftigt. Toll, dass du die Gelegenheit Job nutzt, um dich mal wieder aus dem Staub zu machen, wenn dir etwas nicht in den Kram passt."

Sie hofft, dass Dennis jetzt nicht Partei für sie ergreift, was er manchmal trotz seiner jugendlichen Opposition tut – eine alte Gewohnheit. Nachdem sie ihre Tasche gepackt hat, knurrt ihr Magen. Sie hat den ganzen Tag nichts gegessen. Ohne Abendessen ist die Nachtschicht ein Albtraum, aber wenn sie jetzt etwas Essbares aus dem Kühlschrank holt, kommt es zu einer gewaltigen Konfrontation mit Jonas. Da bevorzugt sie lieber einen Snack aus dem Automaten. Sie zieht einen dicken Mantel an und wickelt den Schal um den Hals.

Die Küchentür ist halb geöffnet. „Auf Wiedersehen, Mama!", hört sie Dennis sagen.

„Auf Wiedersehen, Dennis, mein Schatz."

Rasch zieht sie die Haustür hinter sich zu. Sie spürt das kalte Pflaster unter ihren Füßen. Sie ist barfuß aus dem Haus gegangen, rennt zum Wagen und steigt ein. Das Krankenhaus ist ihr Lebensraum, der Ort, an dem sie weder Ehefrau noch Mutter ist – an dem eine Eiskönigin geschätzt wird.

Kapitel 7

Obsession

Jeden Freitagabend verwandelte sich am Abend Maries Büro in ein Wohnzimmer, in dem die Aktenordner reihenweise auf dem Boden standen. Die Dossiers der Mandanten, die sie tagsüber verteidigte, verstummten in den Abendstunden. Stattdessen gaben unsere Stimmen jene Namen zum Besten, die unsere Empörung hervorriefen und unsere Wut schürten.

Mittlerweile standen in dem geräumigen Büro ein großes Sofa und einige Sessel. Den ganzen Abend an einem runden Tisch verbringen zu müssen, behagte Marie nicht sonderlich, und sie hatte sich spontan zum Kauf der Möbel entschlossen. Wir hingen komfortabel auf der Couch oder saßen im Schneidersitz auf dem Boden und aßen Sophies selbst gebackene Küchlein mit der gleichen Leidenschaft, mit denen wir uns austauschten und Pläne schmiedeten. Waren wir so engagiert, weil wir spürten, dass unsere Treffen eines Tages endeten?

Zurzeit änderte sich für mich meine Ehe, meine Einstellung zum Leben, mein Bild von mir – außer diesem neuen Bündnis. Diese Frauen kannten mich wie ich wirklich war oder sein wollte. Für sie war ich Alma Rösler, geistig und körperlich in Topform, ohne medizinische Vergangenheit. Vielleicht sprühte ich deshalb vor Leben, wenn wir uns sahen. Es wäre anmaßend zu behaupten, ich hätte mich wie ein Phönix aus der Asche erhoben. Aber ich hatte die Asche der Rinne übergeben, sie weggespült, meine Hände gewaschen. Erledigt.

Wie jede Woche freute ich mich auf die Frauen, die ich mittlerweile als meine Freundinnen betrachtete. Doch an diesem Abend beschlich mich zum ersten Mal ein Gefühl von Disharmonie.

Sophie selbst nahm heute keinen Bissen zu sich. Ihr Gesicht zeigte keine Regung, als wäre ihre Haut durch ein Facelift schockgefroren.

„Die Akte Wagner darf nicht ohne Folgen bleiben", begann sie.

Greta lachte. „Du bist so kultiviert. Sag doch, dass wir dem Perversen eine Lektion erteilen sollen."

Sophie blieb ernst. „Das reicht nicht. Wir müssen ihn stoppen."

„Ich habe kein Problem damit, ihm den Penis abzuschneiden oder ihn zu kastrieren", meinte Greta zuckersüß. Sie hatte Hermann Wagner überprüft. Er hatte in der Vergangenheit einige Jugendliche in anderen Golfklubs trainiert und junge Mädchen belästigt. Mitglieder und Eltern warfen Wagner unsittliches Verhalten vor, aber die Polizei konnte dem Trainer nichts nachweisen. Auch lag der Verdacht nahe, dass er im Besitz von Kinderpornografie gewesen sei. Auf der Festplatte des beschlagnahmten Computers fanden sich aber keine verdächtigen Dateien. Die Kriminalpolizei ging davon aus, dass diese mit einer speziellen Software gelöscht worden waren. Wagner wurde weder verhaftet noch existierten Einträge im Vorstrafenregister. Er zog daraufhin in eine andere Gemeinde und heuerte dort in einem Golfklub an. In der kinderreichen Gegend suchten Eltern händeringend nach Kindermädchen für ihren Nachwuchs. Als Doppelverdiener empfingen sie Wagner mit offenen Armen, ohne Kenntnis von den pädophilen Neigungen des neuen Golflehrers zu haben.

Ich prüfte die Informationen, die wir über Wagner zusammengetragen hatten, wie eine Biografin auf der Suche nach menschlichen Zügen. Hinter jedem Verbrechen verbarg sich eine Tragödie, eine einsame oder brutale Kindheit, ein schweres Leben, Not, Elend, Misserfolge. Den Täter als Opfer zu betrachten, wäre zu einfach und das Ergebnis eines dürftigen Gefühls. Ich gehörte allerdings nicht zu der Sorte Mensch, die einen Pädophilen ohne Skrupel an dem höchsten Baum hängen sehen wollte. Wenn ich ehrlich war, fühlte ich mich diesen Menschen haushoch überlegen. Trotzdem konnte ich den Gedanken kaum ertragen, dass Wagner weitermachen könnte und dass diejenigen, die von seiner Tat wussten, einfach wegsahen.

Vielleicht wäre es einfacher gewesen, wenn ich einen Sohn gehabt hätte. Dann hätte ich mir ein Bild von einem Kind machen können, das als Erwachsener pädophile Neigungen entwickelte. Aber ich hatte eine Tochter, ein potenzielles Opfer für Wagner. Theoretisch könnte sie heute oder morgen in seine Hände geraten, und schon wäre es um sie geschehen.

Das Ganze wurde allmählich zu einer Obsession und ich konnte nicht schlafen. Die anderen hatten auch dunkle Ränder unter den Augen, wie ich. Was geschah mit uns? In meinen Träumen tanzten vier Frauen in Trance in einem Hexenzirkel und feierten ein dunkles Ritual. War es kollektiver Wahnsinn oder der Wunsch nach

Gerechtigkeit, der uns trieb? Diese Frage schwirrte in meinem Kopf, aber ich wollte sie heute Abend nicht diskutieren. Mir war, als hätte eine fremde Macht das Ruder übernommen und ich konnte nur noch gehorchen.

Als Verlagsleiterin war ich es gewohnt, in extreme Charaktere einzutauchen. Ich hatte eine Zeit lang als literarische Redakteurin gearbeitet und bewunderte Schriftsteller, die den Leser mit einem unangenehmen Protagonisten faszinierten. Kam das gestörte Verhalten beim Leser an, hatte der Schriftsteller seinen Job gut gemacht. Aber Wagner war keine Fiktion, sondern harte Realität. Empathie hatte eine Grenze. Ich hielt mich für einen intelligenten Bürger, der die Rechtsstaatlichkeit im Auge behielt, insbesondere bei Mördern und Vergewaltigern. Sie hatten das Recht auf juristischen Beistand, auf einen fairen Prozess. Aber wo blieb mein Verständnis, wenn das Gesetz scheiterte? Wo meine Verantwortung als Bürger, wenn ein Pädophiler auf freiem Fuß blieb?

Die Diskussion meiner Freundinnen riss mich aus meiner Gedankenwelt in die Realität zurück. „Es ist mein voller Ernst", fuhr Sophie fort. „Außerdem ..."

„Alles schön und gut, aber was unternimmst du dagegen?", unterbrach Greta.

Sophie warf Greta einen vernichtenden Blick zu. „Was ich dagegen unternehme? Geh nach Hause, Greta. Entspann dich auf der Couch mit deinem Internet-Millionär. Wer weiß, vielleicht ist er heute Abend zu Hause. Dann könnt ihr euch noch gemeinsam die Spätnachrichten ansehen und anschließend ins Bettchen hüpfen."

Greta wurde blass. „Ich meine ..."

„Du hast keine Meinung", fuhr Sophie ruhig fort. „Wenn du kalte Füße bekommst, dann solltest du es uns jetzt sagen."

Marie mischte sich ein. „Sophie, es reicht. Greta hat es nicht so gemeint, nicht wahr, Greta?"

Greta nahm ihren Zopf und steckte die Spitze zwischen die Lippen. Als ihr bewusst wurde, was sie tat, fiel die feuchte Haarspitze aus ihrem Mund.

Sophies Mundwinkel zuckten. „Dieser Typ kann unbehelligt weitermachen. Allein der Gedanke, dass er vielleicht in diesem Moment seinen Penis ..." Sie hielt inne.

„Du hast recht", sagte Greta leise. „Es ist nur eine Frage der Zeit, bis Wagner sich an seinem nächsten Opfer vergreift."

Marie nickte. „Die Chance besteht, dass er eines der Mädchen aus dem Golfklub vergewaltigen wird. Oder mehrere Mädchen. Die Fakten liegen auf dem Tisch. Dieser Mann ist eine Gefahr für die Gesellschaft, aber dem Gesetzgeber sind die Hände gebunden, wenn die Eltern der Opfer sich weigern, ihn anzuzeigen. Nun, ich verstehe, dass sie – ich spreche jetzt als Mutter und nicht als Anwältin – dem Kind die Tortur einer Befragung, einer Gerichtsverhandlung und einer erneuten Konfrontation mit dem Täter ersparen möchten." Sie sah uns an.

„Könnte es sein, dass die Eltern ihn fälschlicherweise beschuldigen?", fragte ich Sophie. „Vielleicht hat der Vater die Tochter sexuell belästigt, und die Mutter versucht, dies zu verschleiern."

„Ich musste es förmlich aus ihr rauspressen." Sophie klang noch immer verärgert. „Außerdem war ihre Aussage absolut glaubwürdig."

Greta legte ihre Hand auf meinen Arm. „Mich macht das krank, wenn pädophile Täter ihrer gerechten Strafe entkommen. Man muss sie erst in flagranti erwischen. Sie machen einfach weiter. Die Polizei kann höchstens ein Auge auf sie werfen und hoffen, dass sie irgendwann einen Fehler machen. Eine Rund-um-die-Uhr-Überwachung durch Streifenpolizisten ist leider nicht möglich."

Marie sah in die Runde. „Wir sollten das Ganze so sachlich wie möglich angehen. Einen kühlen Kopf behalten und uns nicht von Emotionen lenken lassen."

„Ohne unsere Emotionen säßen wir jetzt nicht hier", warf ich zynisch ein.

Marie lachte. „Touché. Aber lass uns versuchen, den Täter als Akte Nummer zehn oder zwanzig zu bezeichnen und den Menschen außen vor zu lassen."

Ich nagte verärgert an der Innenseite meiner Wange. „Womöglich bekämen wir sonst noch Mitleid mit dem armen Kerl, und das muss nicht sein." Plötzlich fiel mir ein, dass Marie zu Hause den Domestiken spielte und auf Anerkennung hoffte. Sie würde sich nicht trauen, dort das Kommando zu übernehmen und Troddel mit fester Stimme die Meinung zu geigen, trotz seines feigen Spitznamens.

Schweigen.

Marie schaute munter in die Gruppe. „Kommt jetzt, Mädels, zeigt mir eure Zähne, euren Mut. Mit artig sein ist jetzt Schluss."

„Manchmal träume ich davon", begann Greta, „dass ich meine

Behörde mit einem Maschinengewehr unter dem Arm betrete. Ich rufe ‚Buh' und schieße jeden über den Haufen, der mich irgendwann mal vor den Kopf gestoßen, mich gedemütigt oder unterschätzt hat. Rückblickend werden die Menschen sagen: So ein nettes Mädchen, wer hätte das gedacht."

Ich nickte. „Es sind gerade die braven Mädchen und das sollten wir sie spüren lassen."

Sophie lächelte: „Außerdem werden wir die Letzten sein, die sie verdächtigen."

Greta kicherte.

„Ich habe immer geglaubt, es sei mein Charakterfehler: zu süß, zu nett, immer bereit, anderen Freude zu bereiten. Aber vielleicht kann ich diese Eigenschaften irgendwann mal sinnvoll nutzen, ohne entwürdigt zu werden."

Ich musterte Greta, ihre mädchenhafte Figur, das feine Gesicht mit großen blauen Augen und den Zopf, aus dem sich immer wieder Haare lösten. Sie war liebenswert und sicher nicht imstande, gewalttätig zu werden. Ich musste laut lachen, vielleicht stressbedingt. Die anderen steckte ich mit meinem Lachen an.

„Was jetzt?", grinste Greta.

Wir krümmten uns vor Lachen, konnten einfach nicht mehr aufhören. Es war ein teuflisches Lachen, das sich jeden Moment in Tränen auflösen konnte.

„Ihr Hexenweiber", rief Sophie. Offenbar hatte sie das gleiche Bild im Kopf wie ich, und es überraschte mich keineswegs.

Ich dachte, dass wir in einem vorherigen Leben mit größter Wahrscheinlichkeit auf dem Scheiterhaufen gelandet wären, doch heute bekamen wir eine Chance auf Rache.

„Wir wollen das alles doch, richtig?", fragte Sophie.

Ich rieb meine schmerzenden Bauchmuskeln. „Ich befürchte schon."

„Wagner muss sterben", entfuhr es Greta. „Der Ficker muss sterben."

Sophie hob eine Augenbraue. „Bleib mal ernst. Oder möchtest du ihn kaltblütig ermorden?"

„Na ja, verbal", sagte Greta.

„Hass-Mails versenden. Etwas in der Art?"

„Er muss es fühlen, Alma", meinte Sophie. „Körperlich fühlen."

Ich runzelte die Stirn. „Wir können ihm wohl kaum mit einem Hammer den Schädel einschlagen. Statt Wagner landen wir im

Gefängnis. Kein guter Vorschlag."

„Wie wäre es mit einem köstlichen Sandwich, das ihm auf den Magen schlägt?"

Sophie lächelte. „Lebensmittelvergiftung. Kann jedem passieren."

Sie seufzte. „Dieser Mann macht uns krank. Wir sollten den Spieß umdrehen!"

Im Büro herrschte eine seltsame Stimmung. Greta und Sophie sahen sich an und lächelten. Ich konnte es zwischen den beiden fast knistern hören. Marie und ich existierten in diesem Moment nicht.

„Anschließend bekommt er einen anonymen Hinweis. Eine Warnung", sagte Sophie leise. „Damit er begreift."

„Wie es sich gehört. Schön ordentlich", grinste Greta.

Sophie spielte mit ihrem Ehering. „Wir sind immerhin zivilisierte Menschen."

Es irritierte mich, dass die beiden Marie und mich plötzlich ausschlossen, aber ich sagte nichts. Es war wichtig, Wagner eine Lektion zu erteilen, aber wenn ich ehrlich war, reichte mir das nicht. Ich wünschte, dass er leiden würde, wie das Mädchen gelitten hatte, und ich wollte meinen Teil dazu beitragen.

Zu Hause fühlte ich mich isoliert, verletzlich und erschöpft, ich trank zu viel und aß nichts und versuchte, mich irgendwie zusammenzureißen, obwohl ich spürte, dass ich langsam verzweifelte. Damit sollte jetzt endgültig Schluss sein. Hermann Wagner war der perfekte Moment, um die Schleusen zu öffnen und alle Frustrationen rauszulassen. Es waren Greta, Sophie und Marie, die meine hermetische Mauer durchbrochen hatten.

Marie räusperte sich. „Der Golfklub gibt kommende Woche eine Party. Ich habe das Gefühl, dass Wagner dort sein wird."

Sophie nickte zufrieden. „Dann sollten wir auch hingehen."

Kapitel 8

Sophie berichtet uns
„Der Mokassin-Effekt"

Sophie trägt das stereotype Outfit einer Golfmutti: Capri-Hosen im klassischen Beige, weiße Bluse, eine Perlenkette und Wildleder-Mokassins, die sie für diesen Anlass gekauft hat. Vor der Party hat sie wegen ihrer Aufmachung ihre Zweifel gehabt, aber bei der Ankunft erleichtert festgestellt, dass sie nicht auffallen wird.

Sie hat der Einladung entnommen, dass die Getränke auf Kosten des Golfklubs gehen, die Gäste allerdings gebeten wurden, hausgemachte Snacks mitzubringen.

Sophie hält einen Teller mit herzhaften Häppchen, in Frischhaltefolie verpackt, so fest umklammert, dass ihre Finger schmerzen. Die Schnittchen sind perfekt gelungen und bunt dekoriert. Beim Anblick läuft selbst Sophie das Wasser im Mund zusammen.

Der Winter hält sich bedeckt, es scheint eher Frühling. Die Natur wird übermütig. Sophie sieht die ersten Blätter an den Bäumen. Vereinzelt sind sogar Krokusse in den Beeten zu sehen. Auch der Rasen lockt mit einer Frühlingsfrische, intensiv grün und saftig, als sei er soeben gemäht worden. Ein breiter Kiesweg führt zum Eingang. Die Tür des Klubhauses ist geöffnet und ein Teil der Gäste hält sich draußen auf. Die Frauen tragen Variationen von Sophies Outfit, die Männer ein verblasstes Rot – Freizeithosen und gestreifte Hemden. Sophie sieht sich die Gesichter genau an, aber niemand gleicht Wagner auch nur im Entferntesten. Sie beschließt hineinzugehen.

In ihrer Handtasche hält sie die Einladung bereit, die Marie von einer Mandantin erhalten hat, aber am Eingang fragt niemand danach. Drinnen herrscht ein angenehmes Chaos. Die Musik ist laut. Sie schätzt, dass sich in etwa hundert Elternpaare eingefunden haben, die reichlich Alkohol konsumieren und sich angeregt unterhalten. Ihr Stimmengewirr unternimmt den Versuch, die Musik zu übertönen. Die Kinder stehen in Gruppen zusammen und man nimmt ihnen aufgrund ihrer geschmeidigen Bewegungen und den bunten farbenfrohen Sport-Outfits den sportlichen Anlass der Veranstaltung ab.

Entspann dich, fühl dich hier wie zu Hause, denkt Sophie. Diese Menschen können einander unmöglich alle persönlich kennen.

Mit klopfendem Herzen bahnt sie sich einen Weg durch die Menge in Richtung Bar, während sie den Teller mit den Sandwiches über ihrem Kopf hält. Dort stellt Sophie den Teller ab, ohne die Folie zu entfernen, bestellt ein Glas Weißwein und lehnt sich mit dem Rücken an die Theke, um den Klubraum besser überblicken zu können.

Er ist nicht da, denkt Sophie verzweifelt. Er kommt nicht. Er ist schon gegangen. Nein, Unsinn, niemand geht nach einer Stunde wieder. Oder hat er bereits ein Opfer gefunden?

Sie knirscht mit den Zähnen und ihr Kiefer schmerzt. Die ersten Zeichen eines sich ankündigenden Kopfschmerzes. Sie presst ihre Lippen zusammen und versucht, sich ein Lächeln abzuringen. Ich gehe, er ist nicht hier, sagt sie sich immer wieder. Sie stellt ihr leeres Glas auf die Theke und nimmt den Teller. Niemand hat die Schnittchen angerührt. Sie seufzt kaum hörbar. Ein letzter Blick.

Plötzlich entdeckt sie ihn. Er manövriert sich durch die Menge und kommt direkt auf sie zu. Dieses Gesicht hat sie sich auf dem Foto unzählige Male eingeprägt. Sie weiß: Das ist er. Wagner. Unverwechselbar. Jetzt steht er nur einige Meter von ihr entfernt und wirkt ein wenig verloren, mit dem leisen Lächeln, das seine Lippen umspielt und das sein Unbehagen nicht verbergen kann.

Sie beobachtet, wie er sein Bier trinkt, wie er einen Golfer höflich begrüßt, wie er eines der Kinder, das an ihm vorbeiläuft, an der Schulter packt. Der Junge sagt etwas und grinst, dann reißt er sich los und rennt davon.

Sophie fühlt eine unbändige Wut aufkommen. Sie schwitzt und bedauert, dass sie ihre Bluse so hoch zugeknöpft hat. *Jetzt. Trau dich, sei nicht feige.* Sie geht auf ihn zu und hält ihm kurzerhand den Teller mit den Sandwiches hin.

„Können Sie das für mich halten?"

Sie hat sich für die Kontaktaufnahme mehrere Strategien überlegt, aber jetzt verlassen sie die einstudierten Phrasen der Höflichkeit. Wut ist der Motor, der sie antreibt. Sie führt heute Nachmittag Regie, sie inszeniert die Rolle der Mutter eines Golfschnösels, selbstbewusst und nicht verhalten wie sie es sonst tut. Warum hat sie denn sonst diese idiotischen Mokassins gekauft? Der Gedanke, dass sie nicht Sophie, sondern eine andere Frau darstellt, zaubert ein triumphierendes Lächeln auf ihr Gesicht. Sie fängt an, ihren Charakter glaubhaft zu inszenieren.

Mit dem ersten Schritt geht sie ein Risiko ein. „Ich bin die Mutter von Dennis."

Sophie weiß, dass fünf Kinder mit dem Namen Dennis im Klub angemeldet sind und zwei von ihnen werden von Wagner trainiert. Das haben wir im Vorfeld recherchiert.

Dem Risiko, dass Wagner alle fünf Mütter kennt, geht Sophie aus dem Weg, indem sie ihm zuvorkommt.

„Mein Sohn ist nicht in Ihrem Team, aber ich möchte meine Bewunderung zum Ausdruck bringen."

Hermann Wagner blickt auf und nimmt einen Schluck Bier. „Und wem verdanke ich diese Ehre?"

Sie hat eine unangenehme Bemerkung erwartet, eine miserable Diktion und dass er einen hässlichen, nasalen Klang produziert. Die Stimme eines Widerlings. Aber sie kann nicht leugnen, dass seine tiefe Stimme Sympathie weckt. Wagner würde durchaus das nächtliche Radioprogramm präsentieren können, glaubt Sophie.

„Ist es nicht schwierig, diese kleinen Wilden zu trainieren? Ich glaube, ich würde bereits nach der ersten Trainerstunde alles hinschmeißen."

Wagner lächelt. „Manchmal gehen sie einem ganz schön auf die Nerven."

Es wäre naiv zu behaupten, er sei abstoßend. Wagner ist alles andere als attraktiv, aber während Sophie mit ihm spricht, sieht sie in sympathische braune Augen. Er zeigt ein echtes Interesse. Die Unbeholfenheit, die er soeben noch ausgestrahlt hat – oder die sie glaubt gesehen zu haben – ist nicht mehr vorhanden. Allenfalls wirkt er ein wenig schüchtern, was wiederum für ihn spricht.

Er streckt ihr die Hand entgegen. „Ich heiße übrigens Hermann Wagner. Nennen Sie mich doch bitte Hermann."

Sophie schüttelt ihm die Hand. „Sorry, das war unhöflich von mir. Ich bin Klara. Hermann, ich brauche Ihre Hilfe", fährt sie fort. „Ich laufe bereits seit einer Stunde mit diesem Teller durch den Klub, aber niemand scheint Sandwiches zu mögen. Sie sind meine letzte Hoffnung."

„Keine Sorge", sagt Hermann: „Ich liebe herzhafte Schnittchen und Ihre sehen besonders appetitlich aus."

Plötzlich ist die Wut wieder da. Es ist die Art, wie er „appetitlich" betont hat. Ob er kleine Mädchen auch appetitlich findet?

Sophie entfernt die Folie und reicht ihm eines der präparierten Schnittchen. „Bevor Sie es sich anders überlegen ...“

Das Lächeln fällt ihr nicht mehr so leicht, sie zittert, aber Wagner bemerkt es nicht und nimmt einen Bissen.

„Schmeckt super“, sagt er mit vollem Mund.

„Ich werde nicht gehen, bis Sie den letzten Krümel gegessen haben.“

Er lacht.

„Essen Sie denn gar nichts?“

„Ich habe jede Menge davon gekostet und platze fast. Meine Strafe.“

Sie beobachtet, wie er ein zweites Sandwich verschlingt und atmet erleichtert auf.

Zwei Mädchen im Alter von etwa sieben Jahren grüßen Wagner im Vorbeigehen. „Hey, Hermann!“

„Wartet mal, Kinder. Wie wär's mit einem leckeren Schnittchen, denn ...“

Wagner fährt mit seiner Zunge über die Lippen. In Sophie türmt sich die Wut.

„... die Ausbildung beginnt in der kommenden Woche und das wird kein Leckerbissen.“

„Okay“, sagt eines der beiden Mädchen und kommt näher.

Sophie hält ihr den Teller hin. Die übrig gebliebenen Sandwiches sind harmlos. „Nimm bitte auch eins für deine Freundin.“

Sophie sieht das süße Lächeln, die schönen Kinderaugen und schluckt.

„Danke.“

Du bist noch so jung, denkt Sophie. Pass auf dich auf. Dein Trainer ist eine Bestie.

Als die Mädchen sich entfernen, zwinkert Wagner Sophie zu. „Sehen Sie, geht doch!“

Sophie reicht Wagner ein drittes Sandwich, aber er reibt seinen Bauch und schüttelt den Kopf.

Stille.

Wie komme ich bloß aus dieser Nummer?, fragt sich Sophie.

Wagner hat in der Menge zwei Frauen entdeckt, die ihm zuwinken und die Mütter seiner Schüler sein können.

„Nochmals vielen Dank! Ich muss dann ...“

„Dann möchte ich Sie nicht länger aufhalten.“ Sophie will nicht in ein Gespräch einbezogen werden und verabschiedet sich ebenfalls. „Sie sind immer willkommen, Hermann", ruft sie ihm hinterher und fügt in Gedanken *widerliches Arschloch* hinzu.

Es wird immer stickiger im Klubraum. Sophie hält es keine Minute länger aus. Ihr wird schwindlig und sie befürchtet, ohnmächtig zu werden. Draußen geht sie ein paar Schritte, spürt den Wind im Gesicht und atmet die frische Luft ein.

Sie läuft über das Gras zu ihrem Wagen mit dem Gedanken: Jeder kann sehen, dass mit mir etwas nicht stimmt. Als sie quietschende Reifen auf der Auffahrt hört, schlägt ihr Herz höher. Ein Polizeifahrzeug. Sie muss ruhig weitergehen. Natürlich ist es nicht die Polizei. Und wenn es eine Streife ist, dann kommt sie sicher nicht meinetwegen, denkt sie.

Plötzlich bleibt sie stehen. Sie hat den Teller vergessen. Er steht auf der Theke – mit ihren Fingerabdrücken. Ein entscheidender Fehler. Angstschweiß bricht aus ihren Poren. Sie wischt ein klebriges Haar aus ihrem Gesicht.

Dann mal los. Du schaffst das. Geh wieder hinein, sagt sich Sophie.

Wenig später hält sie den Teller fest umklammert und verlässt den Klub zum zweiten Mal. Niemand hat von den Schnittchen gekostet. Niemand sieht ihre Angst. Niemand ist auf sie aufmerksam geworden. Warum sollten sie auch?

In Gedanken wiederholt sie ihre Phrasen immer wieder. *Du bist nur eine durchschnittliche Golfmutti. Eine von vielen.* Ihre Ratio ist jetzt ihre beste Freundin. Sie geht schnurstracks auf den Parkplatz zu, steigt in den Wagen und überprüft im Rückspiegel, ob ihr jemand folgt. Sie fährt durch die Ausfahrt, parkt das Fahrzeug auf der gegenüberliegenden Straßenseite des Golfklubs und wartet.

Mittlerweile hat sie sich wieder im Griff. Sie muss stark sein, um ihr Vorhaben zu einem erfolgreichen Abschluss zu bringen. Von ihrem Wagen aus kann sie den Parkplatz überblicken und sehen, wer hinein- und hinausfährt. Sie lässt den Motor laufen und schaltet das Radio ein, die Stille ist unerträglich. Sie muss sich gedulden. Die Wirkung der Droge tritt frühestens nach fünfzehn Minuten ein.

Sophie sieht auf ihre Armbanduhr. Die Schnittchen hat sie mit Gamma-Hydroxy-Buttersäure beträufelt, einer Substanz, die als Vergewaltigungsdroge bekannt ist. In geringen Dosen wirken die Tropfen entspannend oder enthemmend. Doch auch geringe Mengenkönnen bereits Benommenheit, Übelkeit und Bewusstlosigkeit hervorrufen. Zudem setzt die Droge das

72

Erinnerungsvermögen außer Kraft. Wagner hat aber mit den Schnittchen eine kalkulierbare Dosierung der Tropfen zu sich genommen, die nur eine starke Übelkeit hervorrufen wird. In dieser Sekunde wird er von Minute zur Minute fröhlicher, seine Zunge löst sich, von Schüchternheit keine Spur mehr. Die Droge kann ihn allerdings auch sexuell stimulieren und der Gedanke erfüllt Sophie mit Abscheu. Aber dieses Risiko muss sie eingehen. Sie hat das Richtige getan und empfindet weder Reue noch Bedauern. Sie hätte ihn gern öffentlich gelyncht – ein schöner Gedanke.

Aber wir haben anders entschieden.

Zwanzig Minuten später schleppen zwei Männer Wagner zu einem weißen Jeep, zerren ihn auf den Rücksitz und fahren davon. Die Fahrt vom Klub bis Wagners Wohnung dauert etwa fünfzehn Minuten. Die Männer bringen Wagner ins Haus. Seine Wohnung liegt im dritten Stock. Fünf Minuten verstreichen. Mit dem Aufzug werden weitere fünf Minuten vergehen. Bis zu diesem Zeitpunkt leidet Wagner nur unter einem leichten Schwindel. Bald aber gesellt sich die Übelkeit dazu und in der Wohnung wird er sich übergeben müssen. Dass er noch einen Arzt aufsuchen kann, ist unwahrscheinlich. In dem Zustand legt man sich ins Bett und versucht zu schlafen. Und niemand wird bei ihm sein.

All das geht Sophie durch den Kopf, während sie hinter dem Jeep herfährt.

Sie umklammert das Lenkrad so fest, dass ihre Knöchel weiß werden, durch ihre Adern fließt Adrenalin: der Nervenkitzel der Wagner-Strafe ...

Zwei Stunden später fährt Sophie gelassen und entspannt in ihre Garage. Eine Geschichte hat seinen Anfang genommen. Eine erfolgreiche Geschichte. Wagner hat die Schnittchen verschlungen. Sophie freut sich schon jetzt darauf, uns jedes Detail erzählen zu können. „Ich habe zwar den Teller fast vergessen und dennoch keinen Fehler gemacht", murmelt sie.

Sie steckt ihren Schlüssel ins Schloss. „Hallo!", ruft sie gewohnheitshalber, obwohl sie weiß, dass niemand zu Hause ist. Ihr Mann ist mit einem Geschäftspartner zum Essen und die Kinder feiern bei Freunden eine Pyjama-Party.

Sie läuft durch die stillen Räume. Ihre Hand streicht für einen kurzen Moment über das Walnuss-Sideboard in der Diele, über die Lampe im Wohnzimmer, die Espressomaschine in der Küche, die

Decke auf dem Bett ihres jüngeren Sohnes; erstaunt nimmt sie alles wie immer wahr, vertraut, unverändert, wie sie selbst.

In der Diele blickt sie in den Spiegel: Sophie in einem altbackenen Outfit, wie immer. Es ist vorbei, es scheint so ... Sie sieht ihrem Spiegelbild tief in die Augen. Sie wirkt so ... normal. Ein bescheuertes Fazit, aber immerhin eins. Als hätte sie im Supermarkt ihre Wochenendeinkäufe erledigt. Sie hat auf ein Finale mit einer explosiven Auflösung gehofft, auf ein weiteres Ereignis, das dem Ganzen noch eine Krone aufsetzt. Aber es kommt nicht, das weiß sie. Zumindest wird sie nicht dabei sein. Ist es ein endgültiger Beweis ihrer Bosheit, dass der Gedanke sie auf eine seltsame Weise enttäuscht?

Sie knöpft ihre Bluse auf und legt die Perlenkette ab. Als sie die Mokassins von ihren Füßen schleudert, lächelt sie leise. Die wackeren Müßiggänger haben ihr Mut eingeflößt: der Mokassin-Effekt.

Sophie starrt auf ihre Söckchen, dann wieder auf die Mokassins, und kann noch immer nicht glauben, was sie getan hat.

Kapitel 9

Rückwirkend

„Wie fühlst du dich jetzt?", fragte Greta.

Wir bildeten eine kleine Verschwörungsgruppe, die Sophie im Büro von Marie umkreiste. Niemand machte Anstalten, sich zu setzen.

Am vergangenen Samstag, nur wenige Stunden nach der Party, hatte Sophie uns allen eine kurze E-Mail zukommen lassen: Die Spaghetti Carbonara waren ein voller Erfolg! Wir hatten vereinbart, einen Code zu verwenden und statt Schnittchen ein anderes Gericht zu erwähnen. Außerdem hatte aus Sicherheitsgründen bis zum nächsten Treffen eine Funkstille zwischen uns geherrscht.

Sophie schilderte uns im Plauderton jedes Detail, aber wir wollten mehr.

„Ich habe mir vor Angst fast in die Hosen gemacht." Sie lachte laut auf. „Das war nicht ich, das war eine andere Frau!"

„Eine Golfmutti in Wildledermokassins", sagte ich.

Sophie lachte. „Erst nachdem ich diese albernen Schuhe ausgezogen hatte, war es für mich tatsächlich vorbei. Und von einem schlechten Gewissen bin ich auch weit entfernt."

„Warum solltest du ein schlechtes Gewissen haben?", sagte Greta ein wenig zu laut. „Es gibt nur eine Person, die sich schuldig fühlen sollte, und das ist Wagner."

„Ich vermute, dass er sich ziemlich elend fühlen muss", bemerkte Marie trocken.

Mittlerweile waren drei Tage vergangen. Sophie hatte im Golfklub einige Male angerufen und sich nach Wagner erkundigt. Eine Golfmutti, die eine Trainerstunde buchen wollte. Doch niemand wusste, wo er sich aufhielt.

„Dieses Warten gefällt mir nicht", sagte Greta. „Eine versteckte Kamera in seiner Wohnung. Dann hätten wir zumindest die Wirkung der Droge mitbekommen."

Sophie blickte auf. „Mir kommt es vor, als sähen wir uns einen spannenden Film an und plötzlich wird er unterbrochen. Es ist so frustrierend."

Marie grinste. „Das hört sich aber herzlos an."

Sophie kreuzte die Arme.

„Spielst du jetzt den Moralapostel, Marie? Ein bisschen zu spät, würde ich sagen, und feige. Du lässt mich die dreckige Arbeit machen und hast damit plötzlich ein Problem?"

Marie blickte Sophie ungläubig an.

„Problem? Machst du dir denn keine Gedanken, dass etwas passiert sein könnte, oder genießt du deinen spannenden Streifen rückwirkend noch einmal in vollen Zügen?"

„Hey, beruhigt euch!" Greta tätschelte Sophies Arm. „Wir sind alle angespannt, aber wir sollten uns nicht streiten."

„Ach, tatsächlich?", sagte Marie mürrisch.

Greta blieb ruhig. „Es reicht, Marie!"

Sophie starrte demonstrativ aus dem Fenster. Greta warf mir einen Blick zu und gestikulierte mit den Armen, als wollte sie andeuten: Ich weiß nicht, was plötzlich los ist.

Ich stellte mich neben Sophie und starrte in die graue Winterlandschaft. Am Tag des Golfklubfestes hatte der Frühling den ersten Versuch unternommen und sich angekündigt, aber der Winter hatte sein Terrain wieder erobert.

„Bist du okay, Sophie?"

Sie zuckte leicht mit den Schultern.

Stille. Für einen Moment schloss ich die Augen und konzentrierte mich auf den leisen Hauch ihrer Atemzüge. Dann warf ich einen Blick auf Sophies Gesicht. Unter der ebenmäßigen Haut vibrierten die feinen Muskeln wie ein winziger zappelnder Fisch. Sophies Ehemann nannte sie eine Eiskönigin. Aber ich hegte meine Zweifel, dass sie tatsächlich gefühlskalt war. Sie hatte zwar im Plauderton über die Golfparty berichtet, aber diese Art diente wohl vielmehr dem Selbstschutz.

„Ich bin zu weit gegangen, Alma", flüsterte Sophie.

Ich legte meine Hand auf ihren Arm. „Bitte nicht, Sophie. Es war eine gemeinsame Entscheidung."

Sie sah mich an. „Weißt du, wie krank man von dem Zeug werden kann?"

„Ich weiß nur das, was du mir darüber erzählt hast. Wagner wird sich in ein paar Tagen erholen. Mach dir also keine Gedanken."

„Du weißt nicht, wie es sich anfühlt, Alma", sagte Sophie. „Du hast die Häppchen nicht zubereitet und sie ihm gereicht."

„Dann erzähl mir, wie es sich angefühlt hat."

„Hermann Wagner ist ein Tier", rief Greta. „Deine Häppchen ändern nichts daran. Moralisch ..."

Sophie drehte sich langsam um. „Stopp. Halt endlich den Mund!", rief sie.

„Aber Sophie ..."

Sophies Gesichtszüge wirkten starr, wie von einem Maskenbildner eingemeißelt. „Nein!"

Greta wollte etwas sagen, änderte aber offenbar ihre Meinung.

Marie räusperte sich. „Ich habe Bier kalt gestellt. Wer möchte eins?"

Schweigen.

„Es tut mir leid", sagte Greta.

„Hör auf mit deinem Es-tut-mir-leid-Gefasel", winkte Sophie ab.

Marie reichte uns ein Bier. „Wir sollten uns setzen."

Wir machten es uns auf der Couch bequem und unterhielten uns über Belanglosigkeiten, als würden wir dem Treffen einen informellen Charakter geben. Vier Frauen, völlig harmlos, die an einem Freitagabend gemeinsam Bier aus der Flasche tranken. Nichts zu befürchten.

Mir fiel auf, dass Sophie in Gedanken nicht bei uns war. Sie reagierte verspätet auf Fragen, gab Unsinniges von sich. Auch ich konnte mich nur mit Mühe konzentrieren. Wie sehr wir uns auch anstrengten und unser Bestes gaben, die Fragen hingen wie ein Damoklesschwert über unseren Köpfen. Wie hatte Wagner die Nacht überstanden? Warum war er dem Golfklub ferngeblieben, obwohl er laut Auskunft des Sekretariats einen vollen Terminkalender hatte? Und die letzte Frage, die uns in der Nacht nicht einschlafen ließ: Was hatten wir getan?

GEGENWART

Tagebuch eines Häftlings

Ich übe Integration und passe meine Sprache dieser Affenkolonie an. Um zu überleben, stemme ich Gewichte, aber auf das Training der Bauchmuskulatur verzichte ich gern. Nur Oberarme und Bizeps. Stretching muss auch nicht sein. Im Knast braucht man Kraft. Der nächste Schritt wäre ein Tattoo.

Nur nicht über die verlorene Zeit grübeln oder sich darüber Gedanken machen, wie lange es noch dauern wird, bis ich meine Zelle und das Gefängnis verlassen kann. Würde ich doch nur an Karma glauben. Dann wäre ich gelassener. Muss ich für meine Fehler büßen? Gibt es einen Gott, der glaubt, ich hätte eine Lektion verdient? Reinkarnation wäre jetzt angebracht. Selbstmord begehen und auf die Wiedergeburt und auf eine neue Chance hoffen. Ein neuer Anfang als Elefant in Afrika oder Asien. Vorzugsweise in Afrika. Afrikanische Elefanten sind größer und gefährlicher.

Jesus! Vielleicht ist es der Glaube an Jesus, der mich retten könnte. Auferstehung. Dann könnte ich in den Schulen über meine Erfahrungen berichten.

*

Liebling, ich bedauere. Ich bedauere so vieles und ich weiß nicht, womit ich anfangen soll. Bitte komm zu mir. Wenn ich zu dir kommen könnte, würde ich es tun, aber das ist ein wenig kompliziert. Du verstehst. Es gibt hier einige Möglichkeiten, mit mir Kontakt aufzunehmen. Der Briefträger liefert beispielsweise im Knast frei Haus. Und Handys sind auch vorhanden. Das Gefängnis ist recht fortschrittlich, gekrönt wird das Ganze aber durch den Einfallsreichtum der Gefangenen. Manche haben aus ihrer Zelle einen Supermarkt gemacht.

Es tut mir leid, ich spreche die ganze Zeit nur von mir. Dieses verdammte Ego. Ich möchte selbstverständlich wissen, wie es dir geht.

Im Grunde bin ich verdammt sauer auf dich.

Wenn du im Gefängnis wärst, würde ich dich jede Woche besuchen. Auch wenn du schuldig wärst.

Ich schreibe meiner Ehefrau jetzt doch einen Brief. Schließlich sind wir laut Gesetz immer noch verheiratet.

Wir werden ruhiggestellt mit Sport, Sex und Zigaretten. Hier gibt es einen Raum für Geschlechtsverkehr. Meine Frau ist bestimmt ganz heiß darauf, dort mit mir zu ficken, während ein Wachmann unser Treiben im Auge behält und sich dabei selbst einen runterholt.

Mein Aufenthalt in diesem Zwei-Sterne-Hotel fällt mir noch nicht schwer, weil ich gewiss bald auschecken und diese Episode meines Lebens auf einer Geburtstagsfeier zum Besten geben werde. „Jungs, habe ich euch jemals erzählt, dass ich mal ein Knastbruder war?"

*

Vorteil: Du kommst hier auch zum Lesen, wenn du dich an die Regeln hältst. Ich habe ein Buch über die Maslow-Pyramide verschlungen. Interessant. Die Bedürfnispyramide beschreibt die menschlichen Bedürfnisse und Motivationen in einer hierarchischen Struktur. Mittlerweile habe ich durch diese Lektüre eine andere Sicht auf die Dinge. Ich habe etwas zu essen, zu trinken und schlafe, wenn mir danach ist. Ich habe ein Dach über meinem Kopf. Ich habe keine Arbeit und damit auch keinen Stress. Ich kann nicht von einem Auto überfahren oder von herabstürzenden Dachziegeln erschlagen werden. Hier bin ich sicher, stehe auf der untersten Stufe der Pyramide.

Mittlerweile habe ich aber einige Inhaftierte kennengelernt und pflege meine sozialen Kontakte. Das bringt mich eine Stufe weiter. Die Wachen mögen mich, ich sei ein anständiger Kerl, sagen sie. Die Jungs respektieren und achten mich. Ich habe herausgefunden, dass ich sie einschüchtern kann. Ich treibe keinen Sport mehr. Nicht erforderlich. Ich bin davon ausgegangen, dass nur aufgeblasene Muskeln hier eine Chance haben, aber das erwies sich als falsch. Weicheier ohne Muskeln stehen auf der niedrigsten Stufe in der Hierarchie, gefolgt von Saugnäpfen mit Muskeln – Männer, die wie eine Klette an einem anderen Gefangen kleben. Dann kommen die harten Jungs mit Muskeln. Auf der obersten Hierarchiestufe stehen die abgrundtief bösen Muskelpakete.

Ich sage nicht, ich sei unschuldig. Am Anfang habe ich es einige Male erwähnt, aber Gott sei Dank hat mich niemand ernst genommen. Heute tyrannisiere ich die gefährlichsten Jungs, ohne mich dabei groß anzustrengen. Ich schweige. Oder ich sage etwas. Meine Sprache ist meine Waffe. Bei jedem Wort, das ihnen fremd ist, sehen sie sich an – der Kerl ist schlau.

Ich klettere in Windeseile die Pyramide empor. Zusammenhalt (Stufe drei) ist hier in Hülle und Fülle für jene vorhanden, die danach streben. Wir sind alle eingesperrt und die Gesellschaft hat uns ausgekotzt. Das verbindet. Die vierte Stufe der Pyramide (Wertschätzung und Anerkennung) habe ich bereits erreicht. Meine fundamentalen Bedürfnisse sind daher befriedigt. Bleibt Stufe fünf, die Selbstverwirklichung. Dafür muss mein sicheres Terrain schrumpfen. Das ist bereits gelungen. Sicher würde ich es hier nicht nennen. Laut Maslow brauche ich neue Erfahrungen. Die bekomme ich hier kostenlos.

Mann, meine Inhaftierung war das Beste, was mir passieren konnte.

Essenszeit. Fortsetzung folgt.

Da bin ich wieder.

Essen hinter den Backenzähnen.

Maslow hat eine Sache übersehen. Meines Erachtens wurde noch nie jemand durch Selbstverwirklichung glücklich. Später stehe ich an der Spitze der Pyramide, und was dann?

*

Es ist Schwachsinn. Bullshit. Gefasel, diese höchste Ordnungsstufe.

Du meine Güte. Ein Tagebuch, als wäre ich ein verdammtes Schulmädchen, das sich in einem Schrank versteckt.

Ich bin ein unglaublicher Schlappschwanz, ja, das bin ich.

Schicksal. Pech. Karma.

Sieh dir die Fakten an. Nur Idioten, nur totale Loser werden gefasst und verurteilt für die Verbrechen anderer.

Wer ist dieser Kerl?

Lacht er sich ins Fäustchen?

Fühlt er sich schuldig?

Oder betrachtet er mich als Kollateralschaden?

*

Ich realisierte, dass die meisten Gefängnisse für männliche Kriminelle gebaut wurden und niemand war darüber erstaunt. In der Debatte um die Dauerinhaftierung von forensisch-psychiatrischen Tätern wurde in erster Linie um gestörte männliche Häftlinge diskutiert, die ihre Tage auf einer Langzeitstation verbrachten. Männer, die für unsere Gesellschaft als gefährlich eingestuft wurden, eine Formulierung, die zu vertuschen versuchte, dass sie oft eine unmittelbare Bedrohung für Frauen darstellten. Die Statistik bewies, dass ein Insasse während eines Hafturlaubs fast immer eine Frau oder ein minderjähriges Mädchen bedrohte und vergewaltigte.

Ich hatte ständig neue Ideen für Bücher, aber es ging mir gegen den Strich, Frauen als hilflose Wesen zu zeigen, Frauen, die weinten, wenn es kompliziert wurde, Tränen, die Waffe der Machtlosen. Die Notizen des Häftlings könnten durchaus der Inspiration eines guten Sachbuchs dienen, aber ich war mir nicht sicher, ob ich das wollte. Mein Verlag beherrschte den Markt der Selbsthilfe-Ratgeber. Ein Erfolgsrezept waren Bücher für weibliche Leser, die die Möglichkeit einer besseren Kommunikation zwischen den Geschlechtern thematisierten. Unverblümt: Frauen wollten über Probleme sprechen, Männer wollten Lösungen.

Für mich ergab es eher Sinn, ein Sachbuch über die Unterschiede der Hormonspiegel beider Geschlechter zu veröffentlichen. Männer kamen aus meiner Sicht nicht vom Mars, Frauen nicht von der Venus. Männer kamen vom Planeten Testosteron und Frauen vom Himmelskörper Östrogen. Auf der Rückseite eines Buches war einfach kein Raum für weitere Nuancen. Es war schwierig vorherzusagen, wann eine Veröffentlichung ein Bestseller wurde, aber Bestseller-Selbsthilfe-Ratgeber hatten eins gemeinsam: Man konnte sie in einem Satz zusammenfassen.

Ich fragte mich, ob die Neigung zu Gewalt und Grausamkeit eines Mannes in seinen Hormonen begründet lag. Richtete sich ihre Aggression gegen Frauen, weil sie nun mal leichte Opfer waren, oder gab es eine andere Erklärung? Um sich gegen bösartige Männer zu schützen, suchten weibliche Opfer Frauenhäuser auf. Männer hingegen brauchten keine anonymen Adressen, weil sie keine Probleme mit Frauen hatten, die töten wollten. Würden sich Frauen ähnlich verhalten, wenn sie eine kräftige Injektion Testosteron bekämen, konzentrierte sich ihre Wut dann gegen Männer oder gegen Artgenossinnen? Es waren offensichtliche Fragen, so offensichtlich, dass niemand sich die Mühe machte, sie zu beantworten. Männer übten die meisten Verbrechen aus, Frauen waren häufig das Opfer. Punkt!

Kapitel 10

Ein ungewisses Schicksal

Ich war nicht mehr in der Lage, mich auf meine Arbeit zu konzentrieren, und den Kollegen fiel es mittlerweile auch auf. Sie sahen mich seltsam an und erkundigten sich, ob alles mit mir in Ordnung sei.

„Ja", antwortete ich dann mit fröhlicher Stimme. In ihrem Beisein hielt ich ständig einen Bleistift in der Hand, um das Zittern meiner Hände vor ihnen zu verbergen. Manchmal hatte ich Angst, dass ich – ohne es selbst zu realisieren – seinen Namen erwähnte: Hermann Wagner. Meine Nerven spielten mir einen Streich.

Warum war ich nicht erleichtert, dass Wagner eine Lektion bekommen hatte? Stattdessen war ich zu keinem klaren Gedanken mehr fähig. Es war zum Verrücktwerden, dass wir nicht wussten, wie es um Wagner stand. Mein Gehirn war wie ein Schnellkochtopf, dessen Deckel jederzeit in die Luft gehen konnte.

Sophie hatte uns zwar versichert, dass bei dieser relativ niedrigen Dosis keine bleibenden Schäden auftraten, aber vielleicht hatte Wagner anders als erwartet reagiert. Vielleicht war er allergisch auf K.-o.-Tropfen. Ein seltener Fall. Hirnschäden, Nierenversagen, Leberschaden ... Meine überschwängliche Fantasie kompensierte den Mangel an medizinischem Wissen.

Kinderschänder, Kinderschänder, Kinderschänder.
Er hat es verdient. Aus Angst vor der Entdeckung malte ich mir weitere Szenarien aus: Wagner im Krankenhaus. Sein Arzt klärte ihn über die Droge auf, Wagner erinnert sich an die Golfmutti in Mokassins, die mit den Schnittchen, Wagner informiert die Polizei ... Großfahndung nach der Häppchenbande, meine Tochter Jenny, die Paul fragt, wo ich sei, seine Antwort: Mama ist im Gefängnis.

Ich bekam einen Schweißausbruch. Wir waren Kriminelle. Ich lebte nicht mehr in einer spannenden Fantasy-Welt, sondern in der harten Realität. Und jetzt mussten wir die Konsequenzen tragen.

Aus Sicherheitsgründen hatten meine Freundinnen und ich beschlossen, bis zu unserem nächsten Treffen nicht miteinander in Kontakt zu treten. Seit ich diese Frauen kannte, fühlte ich mich nicht mehr einsam. Sie konnten zwar die Kälte zwischen Paul und mir nicht nehmen, aber ich bekam stattdessen etwas anderes: eine tiefe freundschaftliche, fast geschwisterliche Verbundenheit. Ich wusste, dass sie immer ein offenes Ohr für mich haben würden, und das machte mich stark. Jetzt wurde ich gezwungen auf sie zu verzichten, und ich stellte fest, wie wichtig sie für mich waren, eine Tatsache, die ich einerseits schön fand, die mir andererseits aber auch ein wenig Angst einjagte, weil ich diese drei Frauen kaum kannte. Ich war süchtig nach ihnen.

Manchmal verlor ich viele Stunden eines Tages. Ich konnte mich nicht erinnern, was ich getan oder mit wem ich gesprochen hatte. Ich saß hinter meinem Schreibtisch, im nächsten Moment stand ich mit meinem Wagen vor einer Ampel, ohne zu wissen, wie ich dorthin gekommen war. Ich ließ die Einkaufstüten im Supermarkt stehen, vergaß den Backofen oder das Licht im Haus auszuschalten.

Als Mutter scheiterte ich kläglich. Ich versuchte, Jenny genügend Aufmerksamkeit zu schenken, aber sie spürte, dass etwas nicht stimmte und ich nicht bei der Sache war. Sie versuchte mich aufzumuntern und stellte mir Fragen, die ich in der Regel mit einer falschen Antwort krönte. In Pauls Augen war ich eine überdrehte Mutter, die ihre Tochter vernachlässigte und zu viel arbeitete.

Am Donnerstagabend sahen Paul und ich uns die Nachrichten an. Meine Gedanken schweiften ab. Ich fühlte mich unwohl und wollte nicht neben ihm auf der Couch sitzen. Hermann Wagner lag mir schwer im Magen, wie ein unverdauter Klumpen. Unter keinen Umständen durfte Paul herausfinden, was wir getan hatten. Ich setzte mich an den Tisch, in einem sicheren Abstand, und nahm die Tageszeitung in die Hand. Ich dachte an meine Freunde. Nur noch vierundzwanzig Stunden und dann konnte ich meine Ängste mit ihnen teilen.

Du übertreibst, machst dich verrückt.

Ich überflog die Zeitung, bis ich die Todesanzeige entdeckte. Mir wurde übel. Die Buchstaben drangen verschwommen in mein Hirn. Ich konnte die Zeitung kaum halten, das Papier wurde zu schwer.

„Möchtest du einen Tee?" Paul stand neben dem Tisch und sah mich fragend an.

In einem Reflex schlug ich die Zeitung zu.

„Alma?"

„Was?"

„Möchtest du einen Tee?"

Schweigen.

Paul ging in die Küche.

„Ja", rief ich hinterher, mit der schrillen Stimme einer Gejagten.

Kapitel 11

Mausetot

Der Nachruf lag auf Maries Schreibtisch. Ich hatte keine Zeit vergeudet und die Zeitung sofort aus meiner Tasche geholt.

„Wie kann das sein?", fragte Sophie zum x-ten Mal. „Von so einer niedrigen Dosis stirbt man doch nicht. Ich habe sie genau überprüft. Von dieser Dosis wird einem speiübel, aber man stirbt nicht daran. Die größte Gefahr bestand vielmehr darin, dass Wagner jemandem von den Häppchen erzählt und irgendeiner vom Klub daraus Rückschlüsse gezogen hätte. Aber ..."

„Zerbrich dir darüber mal nicht mehr den Kopf", unterbrach Greta. Sophie sah sie irritiert an. „Bitte?"

„Dieses perverse Schwein ist nicht mehr in der Lage, einen einzigen Ton von sich zu geben. Er ist mausetot. Kapiert?"

„Greta, das ist nicht lustig", sagte ich.

Sie sah mich schuldbewusst an. „Ach, Alma. Achte nicht auf mich. Du weißt doch, dass ich oft gestresst bin. Ich weiß es schon seit einigen Tagen, aber ich konnte euch nichts sagen."

Mit gekrümmten Fingern bearbeitete Marie ihre beeindruckenden Oberarme, als knetete sie einen Teig. „Aber das war ein Notfall! Du hättest uns das sagen müssen."

„Kein Kontakt. Was auch immer geschieht. So lautete die Abmachung", betonte Sophie. „Bitte sag uns alles, was du weißt, Greta."

„Wagner wurde am Donnerstag von einem Nachbarn tot aufgefunden, der sofort die Polizei verständigt hat. Er lag mit dem Rücken auf dem Boden und sein Körper war mit einer wollähnlichen Substanz übersät." Sie überlegte kurz. „Nein, nicht sein Körper, davon war nicht mehr viel übrig. Ich habe die Aufnahmen gesehen, die der Rechtsmediziner gemacht hat. Ekelhaft. Auf seinem Körper krabbelten mehrere Speckkäfer, die den Körper buchstäblich aufgefressen haben. Da fast nur noch das Skelett vorhanden war, ließ sich die exakte Todesursache nicht mehr feststellen. Wenn Speckkäfer einen Körper auffressen, dann scheiden sie diese ... äh ... Wolle aus, hat mir ein Kollege erklärt. Der Rechtsmediziner hat das in seinem Bericht bestätigt. Eine Knochenanalyse ergab auch keinen verdächtigen Befund. Nichts gefunden. Fazit: natürlicher Tod."

„Ist das dein Ernst?", fragte ich.

„Ich habe den Polizeibericht gelesen. Darin wurde alles fein säuberlich festgehalten und dokumentiert. In dieser Hinsicht sind wir penibel genau."

Ich starrte auf den Teppich, ein zartes Blau mit bunten Tupfen. Zu meiner Schande atmete ich erleichtert auf und fühlte mich wieder wohl. Wie konnte man sich nur nach so einer schrecklichen Tat wohlfühlen?, fragte ich mich. Was geschah mit mir?

„Warum hat seine Familie die Anzeige wohl so spät geschaltet?", fragte Sophie.

„Ich verstehe das auch nicht", antwortete ich. „In der Regel steht eine Todesanzeige doch zwei Tage später in der Zeitung?"

Marie grinste.

„Vielleicht sind seine Angehörigen froh darüber, dass dieser gestörte Widerling nicht mehr unter ihnen weilt. Und wer weiß, wer sich sonst noch über seinen Tod freut."

„Er hat jedenfalls seine verdiente Strafe bekommen", seufzte Greta.

„Nur noch eine Sekunde und dann sind *wir* richtig *stolz* auf uns und klopfen uns wie Affen auf die Brust", sagte ich. „Meine Güte, es fühlt sich nicht gut an. Es fühlt sich verdammt beschissen an." Ich wagte es nicht, dieses eine Wort auszusprechen, tat es aber in Gedanken: *Mord.*

„Es war ein Unfall." Sophies schöne kühle Augen sahen mich an. „Lass uns versuchen, ruhig zu bleiben."

Ruhig?", schoss es aus mir heraus. „Ich bin nicht ruhig. Und ich glaube auch nicht, dass ich es für den Rest meines Lebens sein werde."

Greta kicherte. „Wir sind alle nervös", sagte sie, „und schockiert und verwirrt und erschöpft. Nicht wahr?"

Maries massiger Körper plumpste in das weiche Leder der Couch. „Wir sollten das Ganze von einer positiven Seite betrachten. Was du sagst, Greta, ist wahr: Wagner kann seine Version nicht mehr wiedergeben, sein Pech, unser Glück. Die Polizei verfolgt die Angelegenheit nicht weiter. Wir sind aus dem Schneider."

„Wagner kann sich nie wieder an kleinen Mädchen vergreifen", ergänzte Sophie. „Das war letztendlich unser Anliegen."

Ich stützte mich mit meinen Händen auf die Tischkante. „Warum fühle ich mich dann so verdammt schuldig?"

Sophie zuckte mit den Schultern. „Greta, bitte wiederhole für unsere Alma noch einmal die Details. Vielleicht hilft es ihr."

Ich lauschte Gretas Worten und saugte jede Einzelheit auf. Sophie behielt recht: Es half zu wissen, wie sich die Dinge zugetragen hatten. Ich realisierte, dass Greta für uns ihren Job auf Spiel setzte, wenn sie die Akten ihrer Kollegen durchstöberte, die nicht für sie bestimmt waren.

Greta legte ihre Hand auf meinen Arm. „Geht es wieder, Alma?" Ihre Stimme klang samtweich, nahezu unschuldig, als würde ihre Seele in Buttermilch schwimmen.

„Du bist viel mutiger als ich", seufzte ich. „Ich bin hierfür nicht geeignet. Du hättest mich diese Woche mal sehen sollen. Und da wusste ich noch nicht einmal, dass Wagner ..."

Greta ließ meinen Arm los. „Du bist nicht die Einzige, die ausgeflippt ist. Okay, Ladys, es gibt nur eine Lösung: uns hemmungslos zu betrinken!"

Und das war genau das, was wir taten: Wir tranken Bier, bis wir nur noch Wortfetzen artikulieren konnten. Der Alkohol machte die Situation für uns erträglicher. Es war vorbei.

Ich fühlte mich tatsächlich besser. In wenigen Tagen lag Hermann Wagner unter der modrigen Erde. Mausetot. Für immer. Wunderbar. Es gab uns einen Kick und ein Gefühl von Macht, gestanden wir einander an diesem Abend im Vollrausch. Wir hatten das Leben eines gefährlichen Mannes ausgelöscht. Niemand traute das vier kultivierten Frauen zu.

Kapitel 12

Schattenfrauen

Es war Greta, die damit anfing, glaube ich.

Unser Verhalten änderte sich. Wir kamen uns immer näher, wie es häufiger mit Menschen geschieht, die sich oft sehen und austauschen. Wir bildeten eine Einheit, die mit einem Bündel Hirnmasse funktionierte. Unser gemeinsames Gehirn beschäftigte sich fast nur mit einem Thema. Wir sammelten Zeitungsberichte, die uns schockierten, und tauschten über das Internet Nachrichten aus. Vielleicht war es ein klassischer Fall von selektiver Wahrnehmung, aber wir konnten kaum glauben, wie oft Kinder und Frauen vergewaltigt, misshandelt oder ermordet wurden. Dabei fielen uns zwei Dinge auf: Die mutmaßlichen Täter waren in der Regel Männer, und diese Tatsache wurde als selbstverständlich hingenommen.

Wir betrachteten mit einem Mal die Welt mit anderen Augen und suchten nach weiteren Serientätern. In uns tobte der Zorn. Niemand hätte uns aufhalten können.

Ich wusste, dass es zumindest seltsam war, was wir da taten, aber das hielt mich nicht davon ab, weiterzumachen.

Wir diskutierten kaum noch unsere Eheprobleme. Im Chat äußerte ich mich selten über Paul und erwähnte nicht, wie es zwischen uns lief. Ich arbeitete, kümmerte mich um Jenny, führte den Haushalt, erweiterte die Datei des Manuskripts „Planet Testosteron", walkte in gemäßigtem Tempo durch die Straßen und versuchte, in der Nacht ein wenig zu schlafen.

Während der seltenen Momente, die Paul und ich gemeinsam verbrachten, beäugte ich ihn wie eine außerirdische Spezies. Ich musste vorsichtig sein, dass ich ihn nicht mit offenem Mund anstarrte. Er wanderte unbekümmert durchs Haus, während seinesgleichen die schlimmsten Gräueltaten begingen. Ich fragte mich ernsthaft, wozu Paul fähig wäre. Wäre er im Krieg imstande, Frauen zu vergewaltigen und Kinder zu töten? Ich hatte zu viele Dokumentationen gesehen, um die Antwort zu fürchten. Mein Mann war nicht besser als all die anderen. Seine Lebensumstände waren nur besser. Manchmal hallte dieser Gedanke so laut in meinem Kopf, dass ich mich vor seiner Entdeckung fürchtete.

Paul hatte mich aber nur einmal „Hast du was?" gefragt. Als ich verneinte, hakte er nicht weiter nach und war zweifellos erleichtert, kein schwieriges Gespräch mit mir führen zu müssen.

Meine Freundinnen debattierten hitzig über Täter und Opfer, aber ich war mit meinen Gedanken nicht bei der Sache. Wir hatten unsere Schuhe ausgezogen und hingen wie Teenager auf der Couch. An den Freitagabenden wurde immer mehr getrunken, und auch heute standen bereits reichlich leere Bierflaschen auf dem Boden. Der Alkohol verstärkte unsere gute Laune. Wir kamen uns wie Verbrecher vor, die nicht ohne Drogen funktionierten. Unsere inneren Stimmen, die uns immer wieder wegen Wagner ermahnten, mussten zum Schweigen gebracht werden.

Ich ging davon aus, dass Wagners Tod mich verzweifeln ließ, dass ich danach nicht mehr funktionieren würde, aber das war nicht der Fall. Offenbar war ich in der Lage, Böses zu tun. War ich skrupellos? Hermann Wagner hatte kein Gewissen gehabt, aber hatte ich mich nicht weniger schuldig gemacht?

Zu Hause wurde die Situation immer schwieriger. Ich fragte mich, ob meine Ehe zu Ende ging. Paul und ich entfernten uns immer weiter voneinander. Ich gab mir die Schuld, denn ich verbarg etwas Wesentliches vor ihm und distanzierte mich, um unangenehmen Fragen aus dem Weg zu gehen. Meinen Freundinnen gegenüber äußerte ich meine Skrupel bei unserem nächsten Treffen.

„Nächstes Mal müssen wir es tatsächlich anders angehen", sagte Sophie beiläufig.

Es dauerte eine Weile, bis es mir dämmerte, und ich das Ausmaß ihrer Worte begriff. Meine Bierflasche fiel zu Boden. Scherben.

„Es wird kein nächstes Mal geben, Sophie."

Sie lächelte, aber ihre Augen blieben kalt. „Traust du dich nicht? Dir fehlt der Mut!"

„Es hat nichts mit Mut zu tun", sagte ich und hielt inne. „Ja, du hast vollkommen recht, ich trau mich nicht mehr. Ich bin ein Feigling."

Ich bückte mich, hob die Scherben auf und lachte hysterisch, als würde man mich mit einer frisch gerupften Gänsefeder foltern. Marie reichte mir den Mülleimer und ein zweites Bier.

„Gut zu wissen, dass wir auf dich zählen können", antwortete Sophie.

Stille.

„Es war ein Fehler", sagte ich. „Ein Fehler, den wir nie wieder machen dürfen."

Sophie hob die Hände. „Ups, wir haben Wagner mit Häppchen gefüttert und jetzt ist er tot. Ziemlich verrückt."

Marie grinste.

„Du hast sie Wagner gereicht, Sophie. Schuster, bleib bei deinen Leisten! Hihi."

Sophie sah sie verächtlich an. „Pah, noch ein Feigling."

Gretas Augen weiteten sich entsetzt. „Hey, Ladys. Was soll das jetzt!"

Adrenalin floss durch meine Adern. Heute kippte die Stimmung blitzschnell um. Plötzlich saßen wir kerzengerade – in Alarmbereitschaft, bereit zum Angriff.

Sophie ignorierte Gretas Bemerkung. „Versuchst du, mir den Mord in die Schuhe zu schieben, Marie?"

„Schuldig", antwortete Marie. „Ich muss dir nichts in die Schuhe schieben, du hast es getan. So einfach ist das."

Sophie stand auf und überragte uns mit ihrer Körpergröße. „Oh, ich erledige die Drecksarbeit und ihr wascht eure Hände in Unschuld?"

„Juristisch gesehen habe ich mich der Beihilfe zum Mord strafbar gemacht", antwortete Marie, „lass uns die Angelegenheit sachlich beleuchten."

Ich stand auf und legte eine Hand auf Sophies Schulter. „Komm, setz dich. Marie provoziert dich nur."

„Ist das so?", sagte Marie zynisch.

„Ja, das tust du, Marie. Oder soll Sophie für etwas büßen, das wir gemeinsam getan haben?"

„Wir sind Schattenfrauen, Alma. Wir morden lautlos und unauffällig. Niemand wird juristisch zur Rechenschaft gezogen, weil wir nicht verdächtigt werden."

„Und wenn es doch geschieht?"

Marie strich über ihren Rock. „Dann berufe ich mich auf meine Schweigepflicht."

„Du meinst, du wirst uns nicht ans Messer liefern, um deinen eigenen Arsch zu retten", erwiderte Sophie. „Super."

„Ich bin hier nicht das schwache Glied der Kette, Sophie. Glaub mir ..."

Greta hob den Kopf und räusperte sich. „Themawechsel."

„Welches Thema?", fragte Sophie. Ihr Körper wirkte plötzlich straffer, die Lebensgeister kehrten aus ihren Schmollwinkeln zurück.

„Es gibt kein anderes Thema."

Ich leerte meine Bierflasche in einem Zug. „Wagner ist tot, beerdigt. Es bleibt abstrakt – auf die eine oder andere Weise. Als hätten wir eine Geschichte erfunden."

„Vielleicht sollten wir gemeinsam zur Beerdigung gehen." Sophie machte mit ihren Fingern Gänsefüßchen. „Wegen der seelischen Verarbeitung."

Greta legte den Kopf ein wenig schräg. „Mit einem Schild um unserem Hals: Wir haben dich vergiftet. Zum Schluss noch eine nette Grabrede. Das wär's."

Marie grinste. „Ich möchte auf Hermann Wagner anstoßen, den Mann, der vielen Mädchen eine unvergessliche Kindheit gebracht hat."

Ich lachte laut auf. „Ihr seid wirklich schlimm."

„Gestehe! Es ist doch wunderbar, auch einmal ultimativ böse sein zu dürfen", sagte Sophie. „Ich gebe immer mein Bestes, bin angepasst, anständig, ehrlich. Und was habe ich davon?"

Die angespannte Stimmung der vergangenen Viertelstunde hatte sich in Luft aufgelöst. Das geschah des Öfteren. Es knisterte immer mal wieder zwischen uns, aber die Missstimmung hielt nicht lange an.

„Wagners gesamtes Vermögen geht übrigens an den Verein Ki & Li", berichtete Greta. „Ihr wisst schon, dieser Pädophilenklub."

„Nein", rief Sophie empört.

Greta lachte. „Nein, natürlich nicht. Das war ein Joke."

Wir atmeten auf, lachten mit ihr.

„Hermann Wagner, ein Pädophiler, der unser Leben für immer verändert hat", fuhr Greta fort. „Möchtest du dich den Rest deines Lebens mit diesem Irren auseinandersetzen, Alma?" Sie sah mich an.

Ich führte meine Bierflasche an meinen Mund. „Hermann Wagner kann mich mal."

Marie hievte sich von der Couch hoch. „Ladys, wer möchte noch ein Bier?"

Eine Stunde später malten wir uns die schlimmsten Gräueltaten aus: Opfer als Braten am Spieß, Bungee-Jumping-Opfer am langen Seil, Mordopfer im Fleischwolf, Mann an Löwen verfüttert. Wir ließen unserer Fantasie freien Lauf. So gesehen hatte Hermann Wagner Glück gehabt.

Kapitel 13

Eine beschönigende Umschreibung

Ich erinnere mich immer an die Regentage, an die heftigen Herbststürme oder an den Nebel, der das ganze Jahr sein Kleid über unseren See legt. Nichts bewegt sich, kein Windhauch, außer die sich wandelnden und unwirklichen Farben des Himmels. Aber woran werde ich mich erinnern, wenn man mich fragt, was ich gewusst habe? Der „Speicher meiner Dachkammer" ist ein verräterischer Begleiter. Was werde ich aus meinem Gedächtnis löschen?

Während unserer Zusammenkünfte war das Wetter immer trostlos, wie in einem düsteren Tatort, in dem ein Sturm das Unheil ankündigt. Die Realität vermischte sich mit meiner Fantasie. Hatte es nicht auch Tage gegeben, an dem kein Wettertief vorlag? Der Zeitraum meines Handelns verschmolz allmählich zu einem Klumpen. Meine Dachkammer beherbergte aber präzise Erinnerungen an das Gesagte, an die Kleidung, die meine Freundinnen getragen haben, an ihre Mimik und an ihre Gesten.

Ich hätte gewiss ein Protokoll schreiben können, aber ich bin nun mal ein übermäßig vorsichtiger Mensch. Sollte eine andere Person jemals dieses Dokument lesen, wird er oder sie keine konkreten Beweise finden. Keine Datumsangaben, Ortsnamen, Straßennamen oder persönlichen Daten. Vielleicht unsere Namen, aber wer sagt, dass es unsere realen Namen sind?

Finstere Gedanken, genau so finster und kalt wie das Wetter an diesem Freitagabend, an dem wir einen neuen Plan fassten. Fünf Minuten nach unserem Eintreffen legte Marie eine Boulevardzeitung auf ihren Schreibtisch.

„Auf diesen Mann sollten wir ein Auge werfen." Sie tippte mit dem Zeigefinger auf das Foto. Ihr Fingernagel war abgebrochen und der rote Nagellack blätterte. Das Boulevardblatt berichtete über den Schauspieler Nicki Kramer, der mit dem breiten Grinsen eines Siegers in die Kamera blickte.

Kramer galt als einer der talentiertesten Schauspieler des Landes und mit der Nominierung für den deutschen Filmpreis hatte er das Interesse der Paparazzi geweckt. Der Schauspieler hatte endgültig den Promistatus A erlangt. Nachdem er in einer Talkshow seine mit humorvollen Anekdoten gespickte Geschichte zum Besten gegeben hatte, wurde er ein gern gesehener Gast in Fernsehsendungen. Mich aber störte sein selbstgefälliges Grinsen.

„Unser Filmstar ist nicht nur Schauspieler", fuhr Marie fort. „Er schlägt seine Frau nicht brutal zusammen – er schlägt sie krankenhausreif!"

Greta beugte sich über die Zeitschrift und sah sich das Foto genauer an, das Kramer Arm in Arm mit seiner Frau zeigte. „Allem Anschein nach mag er eine körperliche Herausforderung. Die besonders harte Tour."

„Greta, bitte. Woher weißt du das alles, Marie?", fragte ich.

„Magdalena Kramer hat mich in der Kanzlei aufgesucht, nachdem sie eine Anzeige wegen schwerer Körperverletzung gegen ihren Mann erstattet hatte", erklärte Marie. „Aber als die Polizei ihre Ermittlungen aufnahm, bekam sie plötzlich kalte Füße und zog ihre Anzeige zurück. Ich versuchte ihr klarzumachen, dass es ein Fehler sei, aber ihre Angst war immens."

Greta richtete sich auf, als wollte sie die Angelegenheit so schnell wie möglich über die Bühne bringen. „Ich bin gespannt, was wir in der Polizeiakte über Kramer haben."

Sophie nickte. „Magdalena wurde mit Sicherheit in der Notaufnahme medizinisch versorgt."

„Vielleicht hast du sie behandelt, ohne zu wissen, wer sie war", sagte ich.

Sophie sah mich mit ihren schönen, kühlen Augen an. „Ich erinnere mich an jedes Gesicht und sicherlich an das von misshandelten Frauen, Alma."

„Aber du weißt nicht immer, ob eine Frau misshandelt wurde. Für das gleiche Geld könnte sie die Treppe hinuntergefallen sein", zischte Greta.

Ich war überwältigt von der emotionalen Wucht, die Greta in ihre Worte legte, doch Sophie lächelte – wie immer – unverändert. „Bei der Art der Verletzungen kann ich sehen, was los ist, welche Geschichte eine Frau mir auch auftischt. Männer wie Kramer lassen ihre Frauen für sich sprechen – so klug sind sie schon. Aber währenddessen stellst du fest, dass sie Todesangst hat und nur sagt, was sie sagen soll."

„Erschütternd", sagte ich.

„Ja, Alma, aber es macht mich auch wütend. In solchen

Situationen möchte ich diese Frau liebend gern rütteln und sie anschreien: Verlasse den Scheißkerl! Sei mutig, kämpfe für dich. Wie oft möchtest du denn noch krankenhausreif geschlagen werden? Aber das alles sage ich nicht, sondern ich flicke sie zusammen, damit sie mit ihrem reizenden Mann wieder nach Hause gehen kann. Und nur wenige Tage später fängt alles wieder von vorn an."

Sie hielt inne. „Ihn zu verlassen, ist ihre schwierigste Entscheidung."

„Wenn sie ein geringes Selbstwertgefühl hat, ist es für einen Mann vom Typ Schläger ein leichtes Spiel, sie zu demütigen", sagte Marie leise, als würde sie ihre Gedanken lieber für sich behalten. „Irgendwann glaubt sie tatsächlich, dass sie ihn braucht, auch, wenn er sie zuvor fast halb totgeschlagen hat. Und am Ende glaubt sie, dass sie ohne ihn nichts wert ist."

Sophie strich über das Sofakissen. „Dann hat er sie genau dort, wo er sie haben will."

„Nicki Kramer hat seine Hände nicht unter Kontrolle." Greta klappte die Zeitschrift zu und legte sie beiseite. „Ich kann dieses Gesicht nicht mehr ansehen. Was für ein Dreckskerl."

Marie lehnte sich zurück und zog ihren schwarzen Pullover weiter über ihren Bauch. „Seine Hände nicht unter Kontrolle zu haben, ist eine beschönigende Umschreibung", sagte Marie. „Er hat Magdalena fast jeden Knochen im Körper gebrochen."

Ich ballte meine Fäuste. „Ich wünsche diesem Mann das gleiche Schicksal."

„Das könnte man in die Wege leiten", antwortete Greta trocken.

Ich ignorierte ihre Bemerkung.

Sophie zündete sich eine Zigarette an und beugte sich vor.

„Magdalena glaubt, dass es einen Ausweg für sie gibt, aber das ist eine Illusion. Sie sitzt in der Falle, Alma Rösler."

Die Art und Weise, wie sie meinen vollen Namen aussprach, wie sie die Knie anwinkelte und eine Hand auf die Armlehne legte, verursachte mir Gänsehaut. Ein Raubtier auf der Lauer, das mir sagen wollte: Wir wissen, wer er ist, wir wissen, wo wir ihn finden werden.

„Ich werde mich nicht darauf einlassen." Meine Worte kamen zögerlich, das leise Pochen der Unentschlossenheit.

„Ich dachte, du wolltest ein schlechter Mensch sein?", sagte Greta.

Ich hatte diesen Gedanken im Chat noch nie ohne den Kontext

erwähnt. „Ich möchte das machen, was ich will, statt die Bedürfnisse anderer zu befriedigen. Aber das bedeutet nicht ...“

„Oh, haben wir unsere Grenzen überschritten?“ Der Spott in Gretas Stimme entging mir nicht. Das frostige Echo hallte in meinem Kopf nach. „Und jetzt denkt sie endlich mal an sich. Hm ... wunderbar, dieses Streben nach Selbstsucht.“

„Ich weiß, es ist ein klischeehaftes Verhalten.“ Ich hielt inne und fragte mich, warum ich mich in die Defensive drängen ließ.

„Wenn sie nicht will, dann will sie eben nicht“, sagte Marie.

Gretas Augen weiteten sich. „Aber sie möchte schon. Sie möchte sogar sehr gerne. Sie gesteht es sich nur nicht ein.“

Ein ungutes Gefühl machte sich in mir breit. „Ach ja?“

„Ja, Alma. Du hast deine Zügel gelockert und bist zu Tode erschrocken.“

Sophie betrachtete ihre schlanken, knochigen Hände. „Die Kontrolle über die Kontrolle zu verlieren, ist immer schwierig. Ich weiß alles darüber.“

„Wir sind alle Kontrollfreaks, dafür muss man sich nicht schämen“, sagte Marie. „Okay, ich habe jedenfalls Lust, diesem Schauspieler eine Lektion zu erteilen.“

Das plötzliche Schweigen zerrte an meinen Nerven. „Was ist mit dir geschehen, Marie?“

Sie grinste. „Mir reicht es. Ich habe genug davon. Das ist geschehen.“ Sie zeigte auf die Zeitschrift. „Von Männern, die Frauen das Leben schwer machen. Von Männern, die glauben, sie seien besser als wir, Bullshit-Persönlichkeiten, die unsere Gutmütigkeit missbrauchen. Von Männern ...“

„Ich rate dir, deine Probleme zu Hause zu lösen, Marie“, erwiderte ich.

„Du meinst wohl deine Schwierigkeiten mit deinem Mann.“

„Der Käfigvogel papageit. Sprich lieber für dich, Marie!“ Zu meinem Entsetzen bemerkte ich Tränen in ihren Augen. „Es tut mir leid.“

Plötzlich, inmitten meiner Zweifel, kam die Antwort. Mein Widerstand war zwecklos. Greta hatte es erkannt: Ich wollte nicht, aber ein Teil von mir hungerte danach. Und wenn die anderen mich jetzt weiter ermutigten, würde ich nachgeben. Mord war wie Heißhunger, der nach dem Leeren des Kühlschranks nicht gestillt war. Nichts konnte uns aufhalten. Ein Gedanke, der mir wie ein Karussell schwindelerregend durch den Kopf kreiste.

Kapitel 14

Nicki Kramer
So könnte es gewesen sein ...

Das Prügeln macht Nicki Kramer keinen Spaß. Jedes Mal sieht Magdalena ihn entgeistert an, als könnte sie es immer noch nicht fassen, dass er es ist, der erbarmungslos auf sie einschlägt. Auch jetzt wieder. Hat sie wirklich geglaubt, dass sie ihn hinters Licht führen kann? Dass er sie nicht durchschaut?

Magdalena hat ein süßes, kleines Gesicht. Zarte Wangen, ein Mund, der gerne lächelt und große Augen, mit denen sie die Welt gewogen mustert, dabei ist sie keinen Deut besser als all die anderen dämlichen Weiber. Frauen wie Magdalena glauben, dass sie mit ihrem Barbie-Aussehen alles erreichen können. Frauen wie sie sind die schlimmsten.

Sie terrorisiert ihn. Ihre Haut ist so zart, dass es schmerzt, sie zu berühren. Seine Fingerspitzen ertragen diese Anmut nicht. Perfektion ist auf Dauer unerträglich. Die Striemen auf ihrer Haut halten nur dann bis in alle Ewigkeit, wenn er sich Mühe gibt. Aber er muss bei der Sache einen klaren Kopf behalten. Keine Verletzungen an Hals und Unterarmen. Hände und Füße auslassen. Der Preis, den er für ein Leben im Rampenlicht zahlen muss. Je lauter sie ihn anfleht, je brutaler schlägt er zu. Immer wieder macht sie ihn zum Sündenbock, der seine arme, unschuldige Frau krankenhausreif prügelt. Dieses eine Mal war ein Fehler, aber Magdalena wird für immer einen Groll gegen ihn hegen, darauf kann er sich verlassen.

Er war dumm gewesen, hätte es nie so weit kommen lassen dürfen. Sie schwelgt in ihrer Opferrolle, das überlässt er ihr. Das Gejammer hängt ihm gewaltig zum Hals heraus, aber dennoch beherrscht er sich. Er weiß, was er tut, wo seine Schläge sie treffen müssen, damit sie bei Bewusstsein bleibt. Du kannst dich auf die Organe konzentrieren, aber wohldosiert. Ein einziger Tritt in die Nieren ist erlaubt, aber nicht durchtreten, das ist tückisch. Nachdem er die Luft aus ihren Lungen geprügelt hat, wartet er, bis sie wieder atmet.

Er steht unter enormem Druck. Magdalena täuscht Anteilnahme

vor, aber ihr Einfühlungsvermögen ist armselig. Sie glaubt, ihn zu verstehen. Blanker Hohn. Wenn sie ihn auch nur ein wenig verstehen würde, würde sie ihm das hier ersparen. Es fällt schwer, mit dieser Frau zu leben. Der Aufstieg zum A-Promi ist einfacher – er muss es wissen. Er muss der Stärkste sein, in jeder Hinsicht.

Sie winselt ständig um Gnade. Falsch. Sie will für ihre Fehler bestraft werden, auch wenn sie es nicht sagt. Buße tun ist einfach. Magdalena nimmt an, dass sie mit diesen paar Schlägen davonkommt, während er die ganze dreckige Arbeit leisten muss. Der Priester hört dem Sünder zu und erteilt die Absolution. Der Sünder verlässt erleichtert den Beichtstuhl, weil er keine Minute über sein Verfehlen, und was er damit anrichtet, grübelt. Er kehrt befreit heim, während der Priester mit der schweren Bürde zurückbleibt.

Magdalena lernt nicht aus ihren Fehlern. Sie sündigt immer wieder. Sie kann nicht genug davon bekommen. Es hat lange gedauert, bis er die Erkenntnis gewonnen hat: Sie will sündigen. Danach lechzt sie nach einer Bestrafung, mit den großen Augen und dem gutmütig lächelnden Mund. Sie glaubt, dass sie ihm einen Gefallen erweist, indem sie wie ein Hund hinter ihm herläuft und stets Ja und Amen sagt. Und nur wedelt. Und nur geifert.

Er gibt zu, dass er sich von ihr hinters Licht hat führen lassen. Er glaubte, dass Magdalena ein Engel war, zu gut für diese Welt. Das Fleisch ist schwach. Sie hatte ihr seidenes Kleid getragen, als er ihr das erste Mal begegnete. High Heels, sodass er einen guten Blick auf ihre schlanken Waden nehmen konnte. Roter Lippenstift. Eine Pracht dunkelblondes Haar, das ihre Schultern umspielte. Der Deckmantel einer Teufelin. Sie wollte alles über die Schauspielerei erfahren. Er erzählte und sie hörte zu, tat, als hätte sie niemals einen interessanteren Mann kennengelernt.

Nach der Hochzeit entdeckte er plötzlich die Hörner unter dem langen Haar. Diese Frau – oder ist sie ein Tier – wird alle Hebel in Bewegung setzen, um ihn zu zerstören. Auf eine Art kann man sie sogar als intelligent bezeichnen, obwohl die Verlogenheit tief aus ihrem Inneren kommt und vermutlich keine Frage des freien Willens ist.

Wenn er darüber nachdenkt, kommt die Angst. Tiere töten nur, wenn sie hungrig sind. Ein gesundes Urbedürfnis. Ein funktionelles Verhalten. Wenn sie genug gegessen haben, verlieren sie das Interesse an ihrer Beute. Diese Frau wird von dem gleichen

Urinstinkt getrieben, aber sie beißt nicht – täte sie es doch nur.

In ihrer Grausamkeit fährt sie fort, mit ihrem Opfer zu spielen. Sie saugt allmählich das Leben aus ihm heraus, frisst es auf, obwohl sie umkommt vor lauter Nahrung, an der sie sich erquickt. Nicht nur an der Nahrung im herkömmlichen Sinn, sondern auch an Luxus, Reichtum, geistiger Nahrung.

Ein wenig Dankbarkeit wäre angebracht. Aber nein. Tag und Nacht hört er ihre stillen Schreie: Du bist schlecht und ich bin gut.

Diese Frau ist nicht gut. Sie ist eine scheinheilige Kreatur. Könnte er sie nur loswerden. Er schafft es nicht, sie zu verlassen. Wenn sie ihn verlässt, geht es mit ihm bergab. Sie genießt ihre Macht über ihn.

Heute Abend ist er zu weit gegangen. Sie wartete in diesem seidenen Kleid, in High Heels und einem zarten Make-up auf ihn. Der Tisch war mit einer Tischdecke aus weißem Leinen und Tafelsilber gedeckt. Sie servierte ein viergängiges Menü, in Schüsseln, die noch von seiner Großmutter stammten. Hervorragend gekocht. Nichts zu mäkeln. So hält sie ihm Tag für Tag ihre Perfektion vor Augen. Vollkommenheit ist wie ein heftiger Schlag in sein Gesicht. Ist es denn so schwierig sich zu merken, dass er sich an einen Trainingsplan halten muss? Sie weiß, dass er für den neuen Film ein Sixpack braucht. Die Regel ist einfach. Essen = Treibstoff. Alles, was nicht als Treibstoff infrage kommt, dient dem Ballast. „Ja, aber ich dachte ... eine Ausnahme ... ein hervorragendes Essen darf sein."

Hervorragendes Essen bedeutet, dass sie ihm viermal ein Gericht mit gesättigten Fetten serviert hat. Er hat ihr einmal erklärt, was gesättigte Fette im Körper anrichten können. Statt sich zu entschuldigen, starrt sie wie ein verstörtes Kind auf den Teller. Sie will belohnt werden.

Die Belohnung kann sie haben. Er nimmt die Spitzen der Tischdecke in die Hand und zieht das Leinen ruckartig vom Tisch. Schade um das Porzellan seiner Großmutter, die nicht weiß, dass er mit einer Schlampe verheiratet ist. Großmutter würde sich aus dem Grab erheben.

Magdalena hat nicht mehr die Kraft aufzustehen. Das Spiel beginnt ihn zu langweilen. Immer wieder hat er Erbarmen mit ihr. Der Preis ist hoch. Seine größten Ängste wagt er nicht laut auszusprechen. Dass er den Promistatus A verliert. Dass er nicht mehr an der Spitze steht. Dass er nicht mehr als Topseller der Branche gehandelt wird. Dass er nicht mehr für die Lola nominiert wird, weil sie das Beste aus ihm aufgesaugt hat. Seine Stärke. Seine

Einsicht. Seinen Scharfsinn. Sie frisst ihn mit Haut und Haar.

Er fragt sich, ob Magdalena den Anstand besitzt, aufzustehen. Sie muss das Chaos aufräumen, bevor sie ins Bett geht. Immer wieder geht sie ins Bett. Immer wieder zieht sie sich wie ein verwundetes Tier zurück. Schon längst reicht es ihm. Hätte sie sich an seinen Menüplan gehalten, wäre nichts geschehen. Nudeln mit Tomatensoße steht donnerstags auf der Speisekarte. Ein leichter Salat. Eventuell ein Joghurt. Intelligenz ist nicht ihre Stärke, aber das sollte selbst sie begreifen.

Er verlangt nicht nach Genuss. Er will keine Sinnesfreude. Er will das Gegenteil. Ein Schauspieler quält sich, zweifelt, hat Höhen und Tiefen und geht durch die Hölle, bis irgendwann der Erfolg einsetzt. Der Schmerz löst den Hochgenuss aus. Schauspieler schweigen. Sie konzentrieren sich auf ihr Ziel. Und wenn es erreicht ist, quälen sie sich zum nächsten Ziel. Der Weg dorthin, das ist der entscheidende Punkt. Nur Schauspieler und Sportler kennen das Gefühl der Allmacht, die zusammenwirkt mit dem absoluten Bewusstsein von Nichtigkeit. Wer glaubt, ohne Schmerz gewinnen zu können, wird enttäuscht. Hochmut kommt buchstäblich vor dem Fall. Da Magdalena nicht die Willenskraft und die Hartnäckigkeit besitzt, ein Ziel zu erreichen, muss er ihr auf eine andere Weise veranschaulichen, worum es geht. Aber sie ist ein einziger stiller Vorwurf. Sie versteht ihn nicht. Es kursieren Gerüchte, dass er seine Kontrolle häufig und schnell verliert, aber das Gegenteil ist der Fall. Nur mit größter Selbstbeherrschung kann er dem entgegentreten.

Er fragt sich, ob er trotzdem einen Fehler gemacht hat. Sie bewegt sich nicht. Er flüstert ihren Namen, aber sie antwortet nicht. Er überprüft, ob sie simuliert, und tritt sie ein letztes Mal. Sie weiß, dass die Demütigung ungeheuer sein wird, sollte er wieder den Notarzt anrufen müssen. Als er 112 wählt, zittern seine verdammten Finger.

Gut. Wenn es das ist, was sie möchte, kann sie es bekommen. Sie gewinnt.

Kapitel 15

Marie vertraut mir Einzelheiten aus ihrem Eheleben an

Marie steht im Flur, ihren Haustürschlüssel in der Hand, den Mantel offen, weil er sich nicht mehr zuknöpfen lässt. Die überflüssigen Pfunde zwischen ihr und einer geschlossenen Jacke, sind nur ein vorübergehendes Problem. Seit der Mantel sich nicht mehr schließen lässt, fährt sie mit dem Auto in die Kanzlei.

„Hallo", ruft sie heiter, obwohl sie von fröhlich sein weit entfernt ist.

Keine Antwort. Marie glaubt, dass Menschen positive Gefühle in anderen hervorbringen können. Wird sie selbst gut gelaunt begrüßt, springt der Funke über. Nur nicht in diesem Haus, denkt sie.

Sie seufzt.

Durch die geschlossene Wohnzimmertür hört sie detonationsartige Geräusche, die ihr den Mut nehmen, noch einmal mit einem „Hallo" auf sich aufmerksam zu machen. Sie betritt das Wohnzimmer. Ihre beiden Söhne hängen vor dem Fernseher: Mit leicht geöffnetem Mund und beduseltem Ausdruck in den Augen, wie geistig Zurückgebliebene. Ihr Mann liegt auf der Couch. Von der Attraktivität auf dem Foto auf Maries Schreibtisch ist jetzt nichts zu erkennen. Unter seinem Wollpullover wölbt sich sein Bauch. Seine verschlissenen Socken zeigen Löcher am dicken Zeh. Wie ein großes Kind wirft er einen Blick zur Seite und sieht dann wieder zum Fernseher, wo eine gnadenlose Verfolgungsjagd zu sehen ist.

Ich bin es nur, Marie, sagt sie in Gedanken.

In dem Moment trieft sie vor Selbstmitleid. Einmal hat sie eine Vision von einer warmherzigen Familie gehabt, gemütlich beisammen am Tisch sitzend. Casper und sie lächeln sich an, verliebt in ihre zwei schönen Kinder, in das Leben und, na ja, warum nicht, ineinander. Sie klammert sich manchmal immer noch an das Idealbild, von dem sie weiß, dass es wenig mit der Realität zu tun hat.

Marie will nicht, dass ihre beiden Söhne stundenlang vor dem Fernseher sitzen, schon gar nicht, um sich diesen Gewaltbrei anzusehen, aber sie ist zu müde, um etwas zu sagen. Casper weiß sehr wohl, wie Marie darüber denkt. Allerdings erwartet er, dass seine Ehefrau die Jungen ermahnt, damit er sich weiterhin der Rolle des jovialen Vaters widmen kann.

„Hast du schon gegessen?"

Casper nickt.

„Sauerkraut?"

„Ja."

„Habt ihr etwas für mich übrig gelassen?"

„Wir haben alles weggeputzt."

„Weggeputzt? Toll, sehr schön."

Casper gähnt und streckt alle viere von sich. „Sei froh, dass die Kinder einen gesunden Appetit haben." Er seufzt. „Du kannst nicht erwarten, dass wir mit dem Essen auf dich warten, wenn du so spät nach Hause kommst."

Marie will sagen: „Wenn ich nicht mit euch esse, lasse ich es euch immer wissen. Außerdem habe ich euch nicht gefragt, ob ihr mir eventuell aus Höflichkeit eine Portion übrig lassen würdet." *Blödes Arschloch.* Stattdessen: „Wie war dein Tag?"

„Nichts Besonderes."

Marie wünscht sich ein wenig Aufmerksamkeit: *Wie war dein Tag, Liebling? Harter Tag? Mach es dir gemütlich, ich hole dir ein Glas Wein.*

Sie konzentriert sich auf die Jungen. „Wollt ihr eure Mutter nicht begrüßen?"

„Hallo", sagt Erik.

Finn antwortet nicht und starrt weiterhin regungslos auf die Flimmerkiste, vermutlich aus Angst, dass sie ihm das Fernsehen verbieten wird. Im Alter von acht Jahren scheint er noch immer zu glauben, dass er sich Marie auf diese Weise entziehen kann.

„Nun, dann sehe ich mal nach, ob ich für mich im Kühlschrank etwas Essbares entdecke." Sie hasst den forciert heiteren Ton ihrer Stimme. Ihre Mutter hat schon ihr ganzes Leben mit einer passiv-aggressiven Heiterkeit zu kämpfen gehabt. Ist sie auf dem Wege, wie ihre Mutter zu werden?, fragt sich Marie häufiger.

„Ich glaube, es ist noch eine Portion Salat übrig", sagt Casper.

„Von Salat wird man schlank, Mama", grinst Erik.

„Danke für den Tipp."

Sie will den Fernseher aus dem Fenster schmeißen.

Sie will ihren Mann an seinen Haaren von der Couch ziehen und durchs Wohnzimmer schleifen.

Sie will schreien, bis ihre Stimme versagt. *Troddel-Arschloch.*

In der Küche geht sie zum Abfalleimer und bricht mit einer weiteren guten Absicht, nicht mehr alles zu überprüfen, als seien ihre Jungs noch immer im Kindergartenalter. Im Abfalleimer liegen drei leere Chipstüten. Sie braucht nicht weiterzuwühlen, der Sauerkrautauflauf lacht ihr bereits entgegen.

„Troddel!" Sie brüllt dreimal, bis er in die Küche kommt. Wortlos zeigt sie ihm den offenen Abfalleimer.

Casper zuckt die Achseln. „Ich wollte dich nicht enttäuschen."

Vor Gericht ist Marie in der Lage, selbst die unerbittlichsten Argumente eines Richters zu entkräften, aber jetzt versagt ihre Stimme. Sie erstickt fast an ihrer Wut, und sie sieht, dass Casper es auch bemerkt.

„Die Jungs mögen kein Sauerkraut. Ich übrigens auch nicht", sagt er. „Ich finde es ekelhaft, und du weißt das."

„Ekelhaft?"

Er sieht seine Frau nachdenklich an. „Wie lange sind wir jetzt verheiratet, Marie? Zwanzig Jahre? Seit einundzwanzig Jahren ist Sauerkraut für mich das widerlichste Gericht auf der Welt, und du setzt es mir immer wieder vor."

Marie ist fassungslos. „Wie bitte?"

„Ich habe mich schon als Kind davor geekelt. Frag meine Mutter, sie wird es dir bestätigen."

„Darauf freue ich mich schon jetzt. Auf ein gutes Gespräch mit deiner Mutter über deine Essgewohnheiten."

„Komm runter und beruhige dich", sagt er. „Du magst doch selbst kein Sauerkraut."

In einem anderen Leben wären die Eheleute jetzt in Gelächter ausgebrochen. In einem anderen Leben ist Marie eine vergnügliche Frau mit Sinn für Humor, der es völlig egal ist, dass ihr Mann und ihre Kinder Junk-food essen. Macht es ihr wirklich etwas aus oder ist es nur ein Vorwand, wütend und stinksauer zu sein und dabei immer diese Stimme im Kopf zu haben, die ihre Motive infrage stellt?

Während Casper auf seinen Socken vor Marie steht und eine Zehenspitze nach der anderen knacken lässt, dreht Marie sich wortlos um und verlässt die Küche. Mantel, Schal, Schlüssel, Geldbörse.

Draußen stellt sie fest, dass sie den Mantel genommen hat, der sich nicht schließen lässt.

Falsche Entscheidung.

Es ist kalt, aber sie weigert sich, wieder ins Haus zu gehen. Im Eiltempo überquert sie die Straße. Casper öffnet nicht die Tür, läuft nicht hinter ihr her und er sagt nicht: „Komm zurück, Liebling. Du wirst dich noch erkälten!"

Marie wird zornig bei dem Gedanken. Nehmt euch alle in Acht! Ich bin keine Verfechterin von Selbstjustiz und zu klug, um Krawall zu schlagen und auf mich aufmerksam zu machen. Es entspricht eher meinem Stil, einen Schalter kurzzuschließen oder euer Abendessen heimlich mit einem Schlafmittel zu versetzen.

Sie schnaubt wie ein altes Pferd nach Luft und verlangsamt ihren Schritt, als sie an einer Imbissbude vorbeikommt. Sie ist davon überzeugt: Ihre Familie zwingt sie förmlich, eine Tüte Fett in Form von Pommes in sich hineinzustopfen. Für wen sollte sie Gewicht verlieren?, fragt sich Marie. Ihre Kinder kennen nur diesen unförmigen Körper. Casper ist genauso übergewichtig wie sie und denkt nicht im Traum daran, etwas zu ändern. Marie weiß, dass ihr Mann sich für einen Adonis hält und sich dementsprechend benimmt.

Marie betritt die Imbissbude. Die Luft darin raubt ihr den Atem.

„Was darf es sein?", fragt der Mann hinter der Theke.

Sie sieht sich um und gerät in Panik, wie ein Tier, das nach einem Ausweg sucht, blickt zur Tür, zum Fenster, das eine dicke Frau mittleren Alters reflektiert. *Ich kenne dich.*

„Und?"

„Nichts", sagt sie und reißt die Tür auf.

Marie hetzt davon, schnell, schneller, ihr Mantel bläht sich auf wie ein Fallschirm. Sie muss sich anderweitig ablenken – und sie weiß auch schon wie. Sie will, wie ich, ein böses Mädchen werden.

Kapitel 16

Marie berichtet uns ...
Winterjasmin

Es sei ein seltsamer Tag gewesen: Der überraschende Schnee, ihre merkwürdige Verkleidung, der Moment tiefster Scham, ein Cognac auf leeren Magen, das unvorhergesehene Gedränge im Verkehr.

Doch dann steht Marie vor dem dunkelgrauen Hochhausturm mit seinen vierzehn Stockwerken und zwölf Luxus-Appartements mit Blick auf den Englischen Garten. Es ist ein typisches Hochhaus, in dem die Bewohner in einer diskreten Anonymität leben und sich kaum begegnen.

Marie überprüft in der verspiegelten Eingangstür den Sitz ihres Kopftuchs. Sie hat ihre Augen stark geschminkt und trägt eine Brille mit getönten Gläsern. Ihre Jacke aus Kunstleder umhüllt ihren Körper wie ein Kartoffelsack, und der synthetische Stoff der Hose scheuert in der Taille. Maries Füße stecken in billigen Slippern vom Wühltisch. Im Grunde bedarf es einer weit größeren Anstrengung, sich als erfolgreiche Anwältin zu kleiden als ein Mitglied der Arbeiterklasse darzustellen, schießt ihr durch den Kopf. Sie grinst. In der Kanzlei genießt Marie heimlich den irritierten Blick in den Augen der Klienten, sobald sie sie begrüßt. Doch dieses Mal ist ihre geschmacklose Kleidung zu ihrem Vorteil, heute gibt es keine anstrengenden Überlegungen vor dem Kleiderschrank. Sie kann das Walross raushängen lassen. Aber paradoxerweise hat ihre Verwandlung eine radikale Wirkung. Ihr Äußeres entspricht nicht nur das einer anderen, sie fühlt sich auch wie diese fremde Person. Wenn Marie dieser Frau auf der Straße begegnen würde, würde sie sie nicht erkennen. Die Maskerade gibt Marie zwar eine gewisse Sicherheit, aber bald liegen die Nerven blank und sie spürt ein Kribbeln im ganzen Gesicht wie von zahllosen Nadelstichen.

Marie postiert sich vor der Eingangstür, wo sie die Dinge besser im Auge behalten kann. Niemand wird sich fragen, wer sie ist und was sie dort tut. Darüber hinaus ist das Gebäude tagsüber so gut wie verlassen. In diesem Viertel leben nahezu ausschließlich Doppelverdiener mit Universitätsabschluss und hohem Einkommen.

Man wird sie für eine Frau ausländischer Herkunft halten, die die Bewohner dieser Gegend zwangsläufig in die Kategorie Reinigungskraft einstufen.

Um sich abzulenken, überprüft sie in Gedanken noch einmal die To-do-Liste. Sie hat sich gut vorbereitet und alle erdenklichen Zufälle einkalkuliert. Falls etwas Unvorhergesehenes eintritt, ist sie bestens mit Alternativen gewappnet. Als Rechtsanwältin ist sie es gewohnt, sich gründlich auf eine Gerichtsverhandlung vorzubereiten. Aber hier geht es um viel mehr.

Irgendwo quengelt ein Kind in der Appartementanlage. Marie fühlt förmlich die Vibrationen der Geräusche im Kopf und überlegt, die Flucht zu ergreifen und wieder nach Hause zu fahren. Doch dann bleibt ihr Blick in der Ferne an einem auffälligen Farbtupfer hängen: Ein Tuch um den Hals einer Frau, mit losen Enden, mit denen der kalte Wind spielt. Blau, wie Rauch in der Luft. Das wird sie wohl sein, vermutet Marie.

Die Mitarbeiterin von Staubkorn & Co., einer Gebäudereinigungsfirma, die Putzkräfte vermittelt, ist eine mollige Frau in weißen Turnschuhen, die sich schwerfällig auf den Eingang zubewegt und ein Handy am Ohr hält. Mit den überproportional großen Füßen erinnert sie Marie an die Marionette in einer Kinderzeichnung. Das blaue Kopftuch hebt sich von dem dunklen Haar ab. Vermutlich eine Philippina. Die helle Haut und das flache breite Gesicht lassen keinen anderen Rückschluss zu. Am Eingang zieht sie einen Schlüsselbund aus ihrer Jutetasche mit dem Aufdruck „Staubkorn & Co.".

„Hallo, ich bin Berta Meier", sagt Marie fröhlich. „Wir sind Kollegen." Sie zeigt ihr den gefälschten Ausweis, die Kopie einer Abbildung aus dem Internetportal des Unternehmens. „Ich putze die Wohnung in der Zehn. Frau Mahler in der elften Etage hat Handwerker im Haus. Ich soll dir ausrichten, dass sie dich diese Woche nicht braucht."

Während ihrer Recherchen hat sie erfahren, dass Kristin Mahler in der Regel nicht zu Hause ist, wenn die Reinmachfrau dort arbeitet und dass Staubkorn & Co. die Ersatzschlüssel der Wohnungen verwaltet und ihre Mitarbeiterinnen häufig wechselt.

„Sie konnte dich nicht rechtzeitig benachrichtigen", fährt Marie fort, „aber die Mahler hat mir ein Trinkgeld für dich gegeben, weil du völlig umsonst gekommen bist."

„Und warum stehst du hier vor der Tür?", fragt die Frau

argwöhnisch.

„Ich habe eine Zigarette gequalmt. Fatalerweise habe ich den Schlüssel in der Wohnung liegen lassen und mich ausgesperrt. Du hast doch einen Wohnungsschlüssel und könntest mich hereinlassen. Oder du gibst mir den Schlüsselbund und ich bring ihn später zur Firma. Dann brauchst du nicht zur Zehn mitzukommen."

„Was für ein Glück. Ich muss nämlich ins Krankenhaus. Mein Mann hat mich vorhin angerufen. Er hat sich das Knie aufgeschlagen und wenn ..."

Marie lacht laut auf. „Wenn Männer was haben, schreien sie sofort los!"

„Wem sagst du das. Meiner ist besonders schlimm!" Die Frau zuckt mit den Schultern, öffnet die Eingangstür und gibt Marie den Schlüsselbund der Appartements.

„Schmeiß den Schlüssel einfach in den Briefkasten von ‚Staubkorn'. Dann fällt es nicht auf. Du weißt ja, wie empfindlich die sind, wenn's um die Schlüssel dieser feinen Bewohner geht."

Mit klopfendem Herzen nimmt Marie den Schlüsselbund und drückt der Frau einen Fünfzigeuroschein in die Hand. „Du sollst nächste Woche zur gewohnten Uhrzeit wiederkommen, hat die Mahler gesagt."

„Danke. Ich muss dann mal. Der Bus kann jeden Moment kommen."

Am Eingangstor dreht sich die Frau noch einmal um und Marie befürchtet, dass sie es sich anders überlegt hat. Aber sie hebt nur die Hand zum Gruß und verschwindet aus ihrem Blickfeld.

Marie fährt mit dem Aufzug in den elften Stock. Der Korridor strahlt mit seiner stimmungsvollen Beleuchtung Ruhe aus. Der dicke dunkelblaue Teppichboden dämpft ihre Schritte. An der Eingangstür des Appartements zieht Marie Einwegschuhe und Handschuhe über, öffnet die Wohnungstür und schlüpft wie ein Verbrecher hinein. Sie atmet erleichtert auf, als die Tür wieder ins Schloss fällt. Wie eine Schlafwandlerin geht sie durch die Wohnung und lässt ihre Gedanken treiben. Wie arglos die Menschen doch sind. Die Putzfrau hat überhaupt keinen Verdacht geschöpft.

Marie denkt an Casper, stellt sich sein Gesicht und seine Fassungslosigkeit vor, wenn sie ihm von dem Plan erzählt, seine harten Worte und seine Frage nach dem Warum, oder wie sie in eine solche Situation geraten kann, und seine Missbilligung. Ihr Gehirn produziert unersprießliche Gedanken. Sie hat im Moment weder

Lust noch Energie, nach Antworten auf all die Fragen zu suchen, die ihr durch den Kopf spuken. Laut Zeitplan muss sie die kommenden siebenundzwanzig Minuten überstehen. Marie trifft die Entscheidung, die Wohnung aufzuräumen. Sie weiß, dass sie für diese Art Job ebenso wenig geeignet ist wie für die Ausführung eines Mordes, aber wenn sie sich darüber Gedanken macht, ist beides zum Scheitern verurteilt.

Es dauert eine Weile, bis sie in der Wohnung ein Staubtuch findet und sich der hirnlosen Tätigkeit des Staubwischens widmet. Kristin Mahler wird von den Ereignissen in ihrer Wohnung nichts mitbekommen und beim Betreten ihres Appartements lediglich eine blitzblanke Wohnung vorfinden. Kein Hinweis auf das Eindringen einer ihr unbekannten Person, kein Hinweis auf ein Verbrechen.

Marie sagt sich, dass eine gründliche Reinigung vielleicht Verdacht erregt und wischt nur oberflächlich über die Regale.

Wieder sieht sie auf ihre Armbanduhr, dann nach ihrer Tasche.

Du meine Güte, was denkt Marie sich bloß dabei? Dass diese von Zimmer zu Zimmer wandert? Die Tasche liegt noch immer an ihrem Platz, ein in sich zusammengefallenes Objekt ohne Rückgrat, wie sie.

Marie geht zur Terrasse und starrt auf den Pflanzenkübel mit einem üppigen Winterjasmin, der auf dem Mauervorsprung hinter dem Balkongeländer steht und mit einem Seil an den Gitterstäben befestigt ist. Sie hatte vor einigen Tagen die Terrasse mit einem Fernglas inspiziert und den schweren Topf entdeckt. Sie lehnt sich über das Geländer und wartet.

Marie empfindet Freude, weil unsere gemeinsamen Vorbereitungen viel Zeit in Anspruch genommen haben und sie jetzt die Früchte trägt. Gut für mich, denkt Marie!

Fünf Minuten später rast ihr Herz. Sie hält den Atem an, ringt nach Luft. Ihre Kiefermuskulatur verkrampft, ihre Augen verengen sich. Der Oldtimer von Nicki Kramer passiert die Einfahrt zum Gebäude und steuert den Parkplatz an.

Irgendwo in ihr brennt das kindliche Verlangen, dass der Plan doch noch misslingt, dass die Eigentümerin des Appartements, das über Nicki Kramers Wohnung liegt, heute mit ihren Gewohnheiten bricht und in wenigen Sekunden ihre Haustür aufschließt.

Marie grübelt. Sie hat im Laufe der Jahre einen immensen Selbsthass entwickelt: Sie hasst ihre Gutmütigkeit und ihren Körper, der als nutzloser Sack an ihrem Kopf festgeschraubt ist – auch wenn sie ihren Freunden vorgaukelt, ihren Umfang zu mögen. Sie hat das fette Monster, das sie im Spiegel anstarrt, systematisch geschändet, indem sie es mit gesättigten Fetten und Süßigkeiten vollgestopft hat. Die Fressorgien üben wiederum eine willkommene betäubende Wirkung auf ihr Hirn aus. Aus diesem Halbschlaf aufzuwachen, ist kein Vergnügen. Aber in dieser Sekunde, in der sie wieder diese harmlose, übergewichtige Frau mit ihrem geordneten Leben sein will, hat sie diese Chance für immer vertan.

Niemals wird sie ihren Freundinnen anvertrauen, dass der Gedanke an den geplanten Mord sie mit echter Verzweiflung erfüllt. Das hat Marie nur mir gestanden.

Ich will nicht, sagt ihre innere Stimme.

Marie blickt nach unten und beobachtet Nicki Kramer, der aus dem Wagen steigt und auf das Haus zugeht. Mit ihm kommt die Wut und ihr eigener, aufgestauter, unausgesprochener Zorn.

Marie hat in der Kanzlei fassungslos dagesessen und Tränen des Entsetzens weggeblinzelt, als Magdalena Kramer ihr ihre Geschichte erzählt hat, die die grauenvollen Aufnahmen aus der Polizeiakte dokumentieren. Sie erinnert sich mit qualvoller Rohheit an die schrecklichen Schilderungen von Magdalena Kramer.

Obwohl Marie vor ein paar Tagen Kramers Gewohnheiten beobachtet hat, zählt sie jetzt noch einmal seine Schritte – eineinhalb Sekunden pro Schritt. Sechzig Sekunden bis zur Haustür. Zehn Sekunden, bis ein Körper aus dem elften Stock unten auf dem Boden zerschmettert. Blut auf Beton.

„Zwanzig, neunzehn, achtzehn ...", flüstert sie.

Niemand ist weit und breit zu sehen. In elf Sekunden steht Kramer genau an der richtigen Stelle. Marie fühlt, wie der Hass durch ihre Adern pulsiert.

Jetzt!, schreit die Stimme in ihrem Ohr, die vorhin versucht hat, sie aufzuhalten. Sie hört ihr frostiges Echo. *Jetzt ... Jetzt ...*

Wenig später stürzt der Winterjasmin in die Tiefe.

Kapitel 17

Robin Hood – feminin

Heute Abend würde ich meine Freunde wiedersehen. Als ich im Begriff war zu gehen, kam Paul aus der Küche.

„Viel Spaß, Alma."

Ich kramte in meiner Handtasche nach dem Haustürschlüssel, um ihm nicht in die Augen sehen zu müssen, und fühlte mich schuldig. Das Lügen fiel mir leicht. Ich könnte zu Hause bleiben, den Frauen den Rücken kehren und mein Leben leben wie bisher. Als wäre nichts geschehen. *Geh nicht hin, Alma*, warnte eine innere Stimme.

Aus dem Kinderzimmer hörte ich Jenny nach Paul rufen. Offenbar war sie wieder aufgewacht. Ich lächelte. „Geh schnell zu ihr."

Paul zögerte, sein Blick wurde weich. „Auf Wiedersehen, Alma." Seine Stimme hatte einen ernsten Klang, als wäre es ein Abschied für immer. Als er die Treppe hinaufging, zog ich meinen Mantel an. Im Garderobenspiegel suchte ich nach den verräterischen Zeichen meines Handelns. Vielleicht die feinen Linien um meinen Mund, die vorher nicht da gewesen waren?

Zum ersten Mal hatte ich Bedenken, meine Verbündeten zu treffen. Sie erinnerten mich an unsere Taten. Ich warf meinen Schal um den Hals und zog meine Handschuhe an. Es war kalt, Winterwetter, das jede halbwegs vernünftige Frau veranlasste, das Haus nicht zu verlassen, und ich dachte, dass ich nur Pauls Ehefrau und Jennys Mutter sein wollte. Bürgerlich vorhersehbar. Morgens fuhr ich ins Büro und machte einen guten Job. Niemand zwang mich, ein Büro mit drei Menschen zu betreten, die ich bis vor einigen Monaten nicht einmal kannte. Aber eine unsichtbare Kraft trieb mich in die winterliche, nasskalte Nacht. Der Spaziergang durch die eisige Kälte fühlte sich wie eine gerechte Strafe an.

Ich wünschte, ich wäre nicht hingegangen. Sophie redete ununterbrochen und sah dabei glücklich aus, ein Zustand, in dem ich sie noch nie erlebt hatte. Marie, Greta und ich saßen ihr gegenüber auf der Couch und ich versuchte, mich auf die Geschichte zu konzentrieren.

„Kramer wurde in der vergangenen Nacht mit einem subduralen Hämatom eingeliefert", sagte Sophie. „Die Hirnblutung tritt nach schweren Schädel-Hirn-Traumata mit Gehirnerschütterung auf." Sie grinste. „Wie nach dem Aufprall eines Blumentopfes auf den Kopf. Es kommt zu Ausfallerscheinungen und dergleichen. Ein Subduralhämatom ist eine tickende Zeitbombe."

Mit leuchtenden Augen und bühnenreifen Gesten erläuterte Sophie uns die medizinischen Details. Das war ihr Terrain. Eine Fülle an Informationen drang zu mir durch. Zu viert erträgt man die Summe aller Dinge leichter, dachte ich. Mit ihnen wurde ich zu einer nicht zu unterschätzenden Frau, mit ihnen kam aber auch eine Urkraft, die mich erschreckte.

„Die Polizei ging davon aus, dass er betrunken war, weil er taumelte und Kauderwelsch sprach."

Marie nickte. „Nach dem Aufprall stand Kramer merkwürdigerweise wieder auf und irrte eine Zeit lang über den Parkplatz. Ich habe in Windeseile die Scherben aufgesammelt und sie mit dem Jasmin in den Container geworfen. Niemand hat mich gesehen. Danach ging ich zu Kramer. Er hatte blutunterlaufene Augen. Den Rest kennt ihr. Ich habe die Polizei verständigt und von einem betrunkenen Mann auf der Straße berichtet, der Menschen belästigt."

„Öffentliches Erregen durch Trunkenheit. Als die Polizeibeamten einen Alkoholtest durchführen wollten, wurde Kramer aggressiv. Doch er verlor unmittelbar danach sein Bewusstsein. Als er zu uns kam, hatte sich sein Zustand deutlich verschlechtert."

„Ist er tot?", fragte Greta.

„Hör mir zu, dann werde ich nur ..."

„Um Gottes willen, Sophie, spann uns nicht so auf die Folter!"

Sophie gab sich mit einem Seufzer geschlagen. „Er starb heute Nachmittag um 15.43 Uhr."

Wir stießen einen Schrei der Erleichterung aus. Marie kniff meinen Arm und ich umarmte sie.

„Wie kommt es, dass bis jetzt nichts darüber berichtet wurde", fragte ich einen Augenblick später. „Man könnte meinen, dass die Nachricht über Netzwerke ..."

„Auf Antrag der Familie wird sie bis morgen zurückgehalten. Aber sie kann immer durchsickern. Er war immerhin ein A-Promi ...", antwortete Sophie.

„Hat Kramer noch etwas gesagt?", wollte Greta wissen. „Ich

meine, wissen sie, dass ihm ein Winterjasmin seinen Kopf gestreichelt hat?"

Sophie schüttelte den Kopf. „Die Beamten konnten ihn im Krankenhaus nicht verstehen und später war der Patient nicht bei Bewusstsein."

„Der Patient", wiederholte Greta leicht spöttisch.

Sophie strich sich eine Haarsträhne aus dem Gesicht. „Sorry, berufliche Verunglimpfung. Kramer hatte eine Platzwunde am Kopf. Die Polizei vermutet, dass er sich den Kopf aufgeschlagen und wegen der Erde auf seiner Kleidung längere Zeit in einem Blumenbeet gelegen hat."

„Ich hoffe, du hast nicht dein eigenes Handy benutzt, als du die Polizei angerufen hast, Marie", sagte Greta und beugte sich vor, die Nase ebenso spitz wie ihr Tonfall.

Marie blickte verärgert auf. „Für wie blöd hältst du mich? Ich habe Kramers Handy benutzt. Ich war schon weg, als die Polizei eintraf."

„Prima. Dann ist doch alles bestens."

Ich fixierte einen Punkt direkt über Gretas rechter Schulter. „Er muss doch fürchterlich geblutet haben? Was ist mit den Blutspuren?"

Greta straffte die Schultern. „Sie spielen laut Ermittlungsakte keine Rolle, da Kramer über das ganze Gelände taumelte. Er hat eine regelrechte Blutspur hinterlassen. Glück gehabt, Marie!"

Marie und ich umarmten uns. „Magdalena Kramer ist sicher", sagte ich leise. „Er kann sie nie mehr schlagen oder ihre Knochen brechen, oder noch Schlimmeres ... Das verdankt sie dir, Marie."

„Uns", berichtigte Marie mich. „Das verdankt sie uns. Aber ich hatte Angst. Für das gleiche Geld hätte ich mein Ziel verfehlen können."

Ich fröstelte. „Das hast du großartig gemacht."

Marie löste sich aus meiner Umarmung. „Glücksache, wie Greta schon sagte." In ihrem Tonfall schwang eisige Kälte mit.

„Der Anruf bei der Polizei war ein genialer Schachzug. Sei einmal richtig stolz auf dich."

Gretas Stimme hallte in meinem Kopf wider, lauter als die Klimaanlage in Maries Büro. Ich fragte mich, warum sie nicht endlich ihren Mund hielt.

„Nun, trotzdem ...", Marie stand der Schweiß auf der Stirn.

Sophie lachte. „Mordsweiber! Ihr seid unglaublich. Ich erinnere mich, dass euch vor Kurzem noch schreckliche Gewissensbisse plagten. Und jetzt seid ihr stolz."

Da war sie wieder, unsere Laune und zu ihr gesellte sich erneut das Gefühl der Zugehörigkeit.

„Ich habe die Schlagzeilen der Bildzeitung schon vor Augen." Marie zog eine Linie in die Luft. „Berühmter Schauspieler unerwartet jung verstorben!"

„Deutschland trauert", sagte Greta. „Ein Verlust für dieses Land. Die Welt wird nie mehr dieselbe sein."

„Ein Held war er", sagte Marie verhalten, „der nicht nur sein eigenes Leben, sondern auch das seiner Frau in Gefahr brachte."

Wir kicherten wie pubertäre Mädchen über unsere makabren Scherze. Marie holte Bier aus dem Kühlschrank. Wir sprachen über Aktienkurse, ob man seine Beinbehaarung im Winter rasiert, über die Bestsellerliste und die Abscheu vor dem morgendlichen Aufstehen, während es noch dunkel ist – unsere Sehnsucht nach Ablenkung. Mühelos betätigten wir den Schalter der inhaltlichen und oberflächlichen Themen, wie das nur Frauen können.

Doch plötzlich sprachen wir über Beziehungen. Marie war zu dem Ergebnis gekommen, dass sie nur wenige Paare kannte, die glücklich waren – und erst recht keine, die verliebt waren. Traurige Liebesgeschichten pflasterten nun mal Mutter Erde, behauptete sie. Ich hörte den anderen zu, die sich über die Liebesdramen prominenter Persönlichkeiten unterhielten, als hätten sie sie selbst erlebt. Man betrog oder wurde betrogen. Weil ich mich kaum an ihrer Unterhaltung beteiligte, fiel mir auf, welche Abgründe sich vor meinen Augen auftaten. Je extremer die Dramen der Prominenz, desto lebhafter wurde die Stimmung in diesem Raum. Der Liebeskummer der anderen brachte die schärfsten Kanten ihrer eigenen Liebesleben hervor. Ich lachte mit ihnen, aber nicht von Herzen, denn ich wusste, wie sich eine miserable Ehe anfühlte. Während meiner Kindheit glänzte mein Vater durch Abwesenheit und meine Mutter hatte kein freundliches Wort für ihn übrig. Mitte der Siebzigerjahre waren Trennungen in progressiven Kreisen an der Tagesordnung, aber nicht in der Gegend, in der ich aufgewachsen bin. Dort blieb man wegen der Kinder verheiratet. Als Kind gab ich mir das Versprechen, niemals eine Ehe wie die meiner Eltern zu führen. Ich wollte von einem Mann aufrichtig geliebt werden.

Während meine Gedanken in die Vergangenheit abgeschweift waren, hatte die Unterhaltung einen neuen Verlauf angenommen. Greta, Sophie und Marie äußerten sich offener als je zuvor über ihre

Eheprobleme. Der Winternebel lichtete sich und Unschönes kam an die Oberfläche. Ich lauschte dem ironischen Geplänkel über die Szenen einer Ehe, die meine eigene Ehe widerspiegelten – ich konnte es nicht mehr leugnen. Wir gehörten zu den Frauen, die aufgrund unserer Feigheit eine Scheidung nicht in Betracht zogen, obwohl wir nicht glücklich waren. Wir gaben uns lieber der Apathie trostloser, aneinandergereihter Tage einer kaputten Ehe hin, nicht fähig, Glück oder Unglück zu spüren. Eine Situation, die sich über Jahre hinziehen könnte, im Wechsel der Zeiten, in denen unsere Seele den Schmerz hinausschrie. Vielleicht waren es nicht die schlimmsten Momente, denn ein Gefühl war immerhin besser als eine emotionale Leblosigkeit.

Als ihnen auffiel, dass ich bislang kaum ein Wort gesagt hatte, brach ich mein Schweigen. Ich erzählte ihnen von meiner Abneigung gegen die Ehe mit Paul, und dass ich diese Erkenntnis bislang geleugnet hatte. Es geschah eher unbewusst, eine Art Reflex, der mich vor dem katastrophalen Verlust beschützte. Trotz der Erfahrungen in meiner Jugend hatte ich hohe Erwartungen an meine Beziehung gehabt und in kindlicher Naivität geglaubt, dass ich es anders – besser – als meine Eltern machen würde.

An diesem Abend legten wir unsere Probleme offen auf den Tisch. Durch ihr schmerzliches Echo veränderte sich etwas radikal in mir. Als hätte jemand still und leise das Mädchen und ihre Träume umgebracht und mich in eine neue, desillusionierte Version meiner selbst verwandelt. Die Verwandlung setzte an der Stelle ein, als Greta, Sophie und Marie ein Resümee zogen. Mit viel Gelächter, aber was sie sagten, war nicht besonders schön. Aus Faulheit, Angst oder dem Wunsch nach Sicherheit hatte keine von uns eine Trennung in die Wege geleitet. Auch wollten wir nicht, dass unsere Familien auseinanderbrachen und die Kinder verletzt wurden. Meine Mutter hatte nicht den Mut aufgebracht, meinen Vater zu verlassen, und ich fühlte mich ständig schuldig. Kein Kind möchte seinen Vater und seine Mutter unglücklich sehen. Ich fühlte mich wie jemand, der angeschossen wird und danach noch einige Schritte weiter in die angestrebte Richtung geht.

Marie wechselte das Thema und erwähnte eine Studie des Bundeskriminalamtes, die aufzeigte, dass neunzig Prozent der Mörder männlich waren. Laut Experten spielte Testosteron eine große Rolle. Frauen wurden nur selten wegen Mordes angeklagt oder verurteilt. Wenn Frauen zu Mörderinnen wurden, ging dem in der Regel eine jahrelange körperliche und seelische Grausamkeit voraus. Marie nahm den Bericht aus der Schreibtischschublade und Sophie las uns lebhaft daraus vor. Frauen, die einen Erwachsenen töten wollten, legten aufgrund ihrer mangelnden physischen Kraft ein hohes Maß an Einfallsreichtum an den Tag. Als Sophie zitierte, dass Frauen als Giftmischerinnen bekannt waren, brach ein Gelächter aus.

„Die in Ketamin getränkten Häppchen entsprechen doch wohl einer aktuelleren Methode", sagte Greta. „Historisch betrachtet, haben wir also den richtigen Weg beschritten."

Sophie wehrte ab. „Heutzutage wählen Frauen oft ein Messer", las sie laut.

„Oder eine Pflanze", grinste ich.

Sophie lachte laut auf. „Typisch für die spontane Tat! In jeder Küche gibt es ein geeignetes Messer, mit dem Frauen töten könnten. Ich glaube, es kostet enorme Kraft, jemanden zu erwürgen."

„In diese Statistik werden wir jedenfalls nicht aufgenommen", antwortete Marie. „Spontanität ist alles."

„Warum?", fragte ich. „Möchtest du deinen Mann umbringen?"

„Manchmal könnte ich ihn erwürgen", antwortete sie, „aber das bedeutet nicht, dass ich es auch tun werde."

Greta lächelte. „Deshalb tötest du lieber andere Männer. Logisch."

Ich spürte ein leises Zittern in meiner Kehle und wie sich in mir ein Widerstand regte.

„Wir sind lediglich ein Haufen frustrierter Ehefrauen", protestierte Marie.

Sophie legte eine Hand auf Maries Arm. „Im Gegenteil. Wir sind die neue Robin Hoods."

„Robin Hood war ein Mann", entgegnete Greta trocken.

„Robin Hood war ein Held", sagte ich, „und Jeanne d'Arc brannte. Das ist der Unterschied."

Greta schaute mich irritiert an. „Meines Wissens stahl Robin Hood Geld von den Reichen, um den Armen zu helfen. Wir sollten nichts beschönigen."

„Meine Liebe", sagte Sophie, „betrachte es metaphorisch. Wir helfen Frauen in Not."

„Indem wir gefährlichen Männern ihr Leben rauben", schlug ich vor.

Sophie nickte. „Richtig."

„Ihr seid verrückt", stellte Marie fest, „aber deshalb liebe ich euch."

„Sind wir jetzt offiziell entgleist?", fragte ich.

„Uns traut man solche Taten nicht zu, Alma. Deshalb werden wir auch nie als Prototyp in einer Studie aufgeführt. Wir sind viel zu zivilisiert, um Verdacht zu erregen."

„Du redest wie ein Anwalt", sagte Greta.

Marie gähnte. „Ich bin Anwältin! Ich fahre jetzt nach Hause und lege mich brav neben Troddel ins Bettchen."

Das war das Signal für den Aufbruch. Wir sammelten die Flaschen ein und beseitigten sämtliche Spuren unserer Zusammenkunft.

Als ich nach Hause fuhr, hatte ich das Bild einer Frau vor Augen, die neben dem Bett ihres toten Mannes saß und seine kalte Hand hielt. Die ganze Zeit hatte ich in Magdalena Kramer nur das Missbrauchsopfer gesehen. War es möglich, dass sie trotz der Demütigung und der Schmerzen ihren Ehemann geliebt hatte? Wäre sie dankbar, wenn sie wüsste, was wir getan hatten? Wir hatten die Entscheidung für sie getroffen und nun war Magdalena allein. Zugegeben, aus mir war eine Frau geworden, die ihre Träume begraben hatte und aus Gewohnheit an der Ehe festhielt. Aber zumindest hatte ich einen Ehemann, zu dem ich heimkehren konnte.

Du bist armselig, Alma, sagte meine innere Stimme, ehe ich neben Paul einschlief.

Kapitel 18

Greta schenkt mir ihr Vertrauen

Greta zieht sich in der Regel zum Abendessen eine halbe Stunde vorher um. Tom hat versprochen, gegen sieben Uhr zu Hause zu sein, aber sie hat das Szenario längst klar vor Augen. Dabei sitzt sie um Viertel vor sieben auf der Couch, eine Zeitung auf dem Schoß, auf die sie sich nicht konzentrieren kann. Sie will die Wartezeit so angenehm wie möglich verbringen, aber das gelingt ihr nie. Tom verspätet sich um mindestens eine Stunde und ist sich dessen nicht einmal bewusst.

Folglich behält Greta ihre Jeans und die Wollweste an.

Sie geht im Wohnzimmer in den selbst gestrickten Socken ihrer verstorbenen Großmutter auf und ab. Nicht, dass sie sich dabei wohlfühlt. Sie behält die Uhr des DVD-Rekorders im Auge, zählt die gnadenlos davonschreitenden Minuten und macht sich, wie so oft, Vorwürfe, dass sie fortwährend pünktlich ist. Früher ist sie das zuverlässigste Mädchen in der Klasse gewesen. Jetzt will sie eine Freundin anrufen und sich mit ihr besinnungslos betrinken, ohne Tom eine Nachricht zu hinterlassen.

Es ist Toms Idee, heute Abend essen zu gehen. Greta glaubt, dass er sie mit einem Abendessen in einem Gourmetrestaurant überraschen will. Er tut es ihr zuliebe, sagt Greta mir, ihm reicht auch die Kneipe nebenan, die neuerdings für kleines Geld eine gutbürgerliche Küche bietet. Ums Essen wird dort nicht viel Aufhebens gemacht. Greta nennt es: Beschönigung für einfallsloses Essen in deprimierender Atmosphäre.

Um zwanzig nach sieben geht Greta ins Schlafzimmer. Sie zieht ihr Lieblingskleid an und glaubt, es sei kindisch, in ihrem Alter so zu denken. Sie wühlt in der Kommode nach einer Strumpfhose ohne Laufmasche. Die Aktion dauert sieben Minuten. Sie steckt ihre Füße in rote High Heels, zieht sie wieder aus und entscheidet sich für bequeme graue Wildlederpumps. Vor dem Spiegel nimmt sie das Gummibändchen aus ihrem Zopf und kämmt ihr Haar. Weitere drei Minuten sind vergangen. Sie tuscht ihre langen Wimpern, die prompt verkleben. Irritiert sieht sie in den Spiegel. Greta kommt sich vor wie eine Gruselpuppe aus einem amerikanischen Horrorstreifen und entfernt das Augen-Make-up. Wieder fünf Minuten zerschlagen – insgesamt fünfzehn Minuten vergeudet. Ein Rekord. Ein Blick in den Spiegel sagt Greta, dass sie wie immer aussieht. *Bravo.*

Acht Uhr. Greta erreicht den Siedepunkt. Sie denkt nicht im Traum daran, Tom anzurufen. Stattdessen tippt sie eine SMS, die sie nicht sendet. Innerlich tobt sie: Was bildet dieser Scheißkerl sich ein! Um den ärgsten Hunger zu stillen, stopft sie ein großes Stück Emmentaler Käse in sich hinein.

Um halb neun hört sie den Schlüssel im Schloss. Sie setzt sich blitzschnell, schleudert ihre Schuhe von den Füßen, legt ihre Beine hoch und schlägt die Zeitung auf.

„Hallo, Schatz", ruft Tom, „I'm home!"

Als er das Wohnzimmer betritt, blickt sie nicht auf und raschelte laut mit der Zeitung.

Er legt seine Tasche ab. „Irrenanstalt! Ich konnte den Laden nicht früher verlassen. Nicht böse sein, okay?"

„Ich bin nicht böse", zischt Greta. „Warum sollte ich? Du bist nur anderthalb Stunden zu spät."

„Lass uns schnell essen gehen. Ich habe einen Bärenhunger."

„Für wann hattest du reserviert? Der Tisch wurde bestimmt bereits anderweitig vergeben."

„Ich dachte eher an unsere Kneipe um die Ecke. Komm, Schatz, wir machen uns einen schönen Abend."

Greta kocht vor Wut. Unsere Kneipe? Dein Gourmettempel!, denkt sie. Sie faltet die Zeitung zusammen und steht auf. „Ja, das machen wir."

In der Kneipe sind nur wenige Tische besetzt. Dennoch dauert es mehr als eine Dreiviertelstunde, bis das Hauptgericht serviert wird. Bis zu diesem Zeitpunkt hat Greta den Brotkorb leer gegessen und ist weitgehend gesättigt.

Sie nimmt einen Schluck vom Hauswein, den Tom ohne Rücksprache bestellt hat. Er schmeckt nach Korken.

Tom nimmt einen Bissen von dem zähen Stück Fleisch. „Ich habe einen großartigen Plan. Was meinst du, wollen wir eine Reise machen?"

Ohne Gretas Antwort abzuwarten, fährt er fort. „Ich meine keinen herkömmlichen Urlaub, sondern wirklich reisen, du und ich, wir beide."

Wenn er jetzt von Indien anfängt, werde ich verrückt.

„Heute ging mir plötzlich meine Wanderung durch Indien durch den Kopf. Wie alt war ich damals? Neunzehn, zwanzig? Ich hatte mein ganzes Geld für ein Flugticket ausgegeben, aber das war mir egal. Nur mein Rucksack, ansonsten mittellos. Ich habe mich noch nie so frei gefühlt."

Greta häuft den erbärmlichen Kartoffelbrei auf ihren Teller.

Tom knirscht mit den Zähnen und sieht in Richtung Theke. Sie folgt seinem Blick. Das Mädchen hinter der Bar ist kaum älter als achtzehn Jahre und trägt ein freizügiges Top.

Greta bekommt eine Gänsehaut.

„Ohne Ballast", sagt Tom grimmig.

Sie holt tief Luft. „Was?"

Er sieht sie an. „Nichts ist besser, als ohne Ballast zu reisen."

Greta wedelt mit ihrem Besteck. „Hattest du nicht damals eine schwere Magen-Darm-Infektion? Durchfall, Erbrechen ..."

Die Zornesfalten zwischen Toms Augenbrauen werden tiefer. „Das war damals. Die Hygiene hat sich kolossal verbessert. Du machst dir ein falsches Bild von Indien, weißt du das? Außerdem warst du niemals da. Ein wenig auf Luxus zu verzichten, hat auch seinen Charme."

„Oh." Greta lächelt zart. „Ich kann es kaum erwarten."

„Wie auch immer." Toms Blick wandert wieder zur Theke.

Stille tritt zwischen den Eheleuten ein. Wie oft haben sie dieses Gespräch schon geführt?

Tom schneidet das Thema immer wieder an.

Greta nimmt einen tiefen Atemzug. „Du machst ein Vermögen mit deiner Firma und arbeitest dich dafür fast zu Tode. Und jetzt möchtest du, um dich zu entspannen, für einen Dollar pro Tag durch dieses von Armut geplagte Land reisen."

Tom antwortet nicht.

„Du kannst dich aufführen, als wärst du immer noch ein mittelloser Student, aber das ergibt keinen Sinn. Du bist ein Geschäftsmann. Du schwimmst in Geld."

Er sieht Greta mit leuchtenden Augen an. „Ich bin ein Unternehmer und ich habe fast das gesamte Kapital wieder in mein Geschäft reinvestiert. Wir sind nicht reich."

Sie lacht. „Hey, gestehe ein einziges Mal, dass du etwas erfunden hast, dass dir ein Vermögen einbringt."

Tom klappert mit seinem Besteck auf dem Teller. „Weißt du, das machst du immerzu. Wenn ich für etwas Feuer und Flamme bin, machst du es zunichte."

Gretas Blick wandert von seinem schütter werdenden Haar über die feinen Linien in seinem Gesicht, die sich allmählich zu Falten entwickeln, seiner halb geschlossenen Trainingsjacke, die schon immer da gewesen ist, seit sie ihn kennt, zu dem verblichenen T-Shirt mit einem Ausschnitt, aus dem ein labbriger Hals zum Vorschein kommt.

Tom sieht seine Frau nicht an. „Du kannst hierbleiben. Du musst mich nicht begleiten."

Greta starrt auf ihren Teller. Ein graues Stück Kabeljaufilet und eine undefinierbare Soße, die sich mit dem Kartoffelbrei vermischt hat, nehmen ihr den letzten Rest Appetit. *Darauf will er also hinaus.*

Tom beabsichtigt nicht, Greta mitzunehmen. Er weiß, dass sie dicht macht, wenn er diese Karte auf den Tisch legt. Greta stopft vor Wut den kalten Fisch in sich hinein. Jetzt erst sieht Tom sie an.

„Du solltest endlich mal erwachsen werden", sagt Greta nach dem letzten Bissen. „Für einen Enddreißiger ist dein Verhalten bemitleidenswert und peinlich, Tom."

„Was willst du? Zwei Kinder und aufs Land ziehen, so mit Haus, Garten und Landrover vor der Tür, damit das Loch in der Ozonschicht noch größer wird?"

„Beängstigend, nicht wahr? Ein Leben, wie viele andere es leben."

Er leert sein Weinglas. „Wir könnten auch nach Disneyland Paris fahren und dort unseren Urlaub verbringen."

„Das wäre in unserem Fall mal was Originelles."

Tom seufzt. „Du hast mir den Abend gründlich verdorben. Ist dir das bewusst?"

„Und das ist auch gut so", sagt sie wütend und fügt in Gedanken *Arschloch!* hinzu.

„Was mich betrifft, darfst du mich gerne nach Indien begleiten. Du hast die Wahl."

Plötzlich befürchtet sie, in Tränen auszubrechen. Sie macht einen tiefen Atemzug. „Du arbeitest dich fast zu Tode. Du bist nie da. Und dafür sollen wir einen Monat lang mit Kakerlaken belohnt werden?"

„Glaubst du wirklich, dass du in einem hässlichen Fünfsternehotel und einem Marmorbad glücklich wirst?"

„Ich glaube schon, ja. So weit reicht wenigstens meine Intelligenz."

„Ein Hotel mit einem Golfplatz, der so viel Wasser verbraucht, dass die Menschen in der Region einen chronischen Mangel an Trinkwasser haben."

„Hört sich gut an."

Schweigen.

„Möchtest du noch etwas?", fragt er.

Sie schüttelt den Kopf.

Tom winkt dem Mädchen hinter der Theke. „Ein Wodka ohne Eis, bitte!"

Die Kellnerin bringt seinen Drink. „Bitte, für Sie."

Greta kann ein Lächeln nicht unterdrücken. Sie weiß, wie schrecklich Tom es findet, mit „Sie" angesprochen zu werden.

Er nimmt einen kräftigen Schluck. „Bewusste Unternehmensführung, Greta. Das ist wichtig. Daran arbeite ich, verdammt hartes Ficken, und es interessiert dich nicht die Bohne."

„Du meinst, das bisschen Edelmut, um deine Schuldgefühle wegen der Korruptionsgeschäfte zu kompensieren? Obwohl, im Grunde fantastisch, du bist so ein bewusster Selfmademan. Oh Verzeihung, Unternehmer. Vielleicht könntest du mal bewusster mit deinem Umfeld umgehen."

Tom hält sein Glas hoch und starrt den Boden an, als läge dort die Antwort. „Es gefällt dir, es mir zu zeigen."

„Wie bitte?"

„Ein weiterer Beweis, dass ich versagt habe, nicht wahr, Greta? Nur zu, gib mir die Schuld an der Misere. Weißt du was, wir werden drei Wochen in einem Scheiß-Fünfsternehotel verbringen und uns zu Tode langweilen."

„Ich möchte nicht in ein Fünfsternehotel."

„Was willst du dann, Greta?", ruft er. „Was willst du?"

„Lass uns zahlen und gehen", antwortet sie leise.

Tom schiebt seinen Stuhl zurück und geht zur Bar, um die Rechnung zu begleichen. Dort wechselt er einige Worte mit dem Mädchen und Greta hört ihr helles Lachen.

Greta sieht weg und starrt auf den Tisch, auf das schmutzige Geschirr.

Ich kann mir jetzt weismachen, dass ich keine Tops mag, aber in Wahrheit traue ich mich nicht, sie anzuziehen.

Kapitel 19

Code Zero

Irgendwo ertönte draußen auf der Straße ein Klirren, ähnlich wie der Klang der Glöckchen, die am Lenker meines Fahrrads hingen. Oder entstammte das Geräusch meiner Einbildung, weil Greta mit schriller Stimme ununterbrochen auf uns einredete? Vielleicht war es aber auch nur das beständige Stöhnen des Windes, das lauter wurde und durch das Bürofenster in mein Ohr drang. Ich warf einen kurzen Blick zum Fenster, zuckte mit den Schultern und nahm meine Zuhörerposition wieder ein.

Wir saßen zu dritt auf der Couch, Maries Körperfülle beanspruchte mittlerweile einen Sessel. Sie nahm immer mehr an Gewicht zu und schien sich dabei nicht sonderlich unwohl zu fühlen.

Unsere Treffen wurden immer kürzer. Vielleicht, weil wir vermeiden wollten, dass die Heimatfront misstrauisch wurde, oder weil wir weniger Worte brauchten. Wir trafen uns immer noch in Maries Büro und es war für mich so selbstverständlich, dass ich dem Interieur kaum noch Aufmerksamkeit schenkte. Später erinnerte ich mich jedoch an jedes einzelne Detail.

Plötzlich fiel mir etwas auf. Gretas Stimme klang lauter und selbstbewusster als sonst. Das Fragezeichen am Ende ihrer Sätze, das ihre Stimme eine Oktave in die Höhe schnellen ließ, war verschwunden und wurde durch einen Schlusspunkt ersetzt. Ihre gestikulierenden Hände faszinierten mich am meisten. Greta, aus ihrem Käfig entflohen, und ihre Hände. Flügel schutzloser Vögel waren sie. Während ich darüber nachdachte, wurde mir bewusst, dass die anderen mich ansahen.

„Was?", fragte Greta mit einer Prise Ungeduld. „Sag es, raus damit."

Ich antwortete nicht. Die Erkenntnis, dass sie sich verändert hatte – und dass mein Schmerz, mein Entsetzen über die Untreue meines Mannes und meine Wut mich hierhergeführt hatten – brachte mich aus dem Gleichgewicht. Ich hatte meine eigene Wandlung zutiefst gewollt, aber ich war schockiert, dass es tatsächlich geschehen war. Bis jetzt hatte ich immer geglaubt, dass ich jeden Moment damit aufhören könnte. Ich sagte mir, dass ich freiwillig an einem spannenden Projekt teilnahm; wenn ich genug hätte, würde ich einfachheitshalber mein altes, sicheres Leben wieder aufnehmen. Ich hatte das Bild einer Bootsfahrt vor Augen, auf dem offenen Meer: gefährlich, aber wir konnten immer umkehren.

Sophie weitete ihre Augen und hob die Hand. „Alma, wo bist du mit deinen Gedanken?" Sie klang, als wäre sie eine Mutter, die ihr Kind zum Reden bringen möchte.

Auf hoher See, antwortete ich in Gedanken. „Ich bin hier, bei euch."

Das war ich auch – physisch – und es war mein schreckliches Privileg. Mein Gehirn erfasste Gretas Geschichte. Mittels ihrer neuen Gesten hatte sie die Stärken und Schwächen unserer Handlungen analysiert. Sie klang wie die Vorstandsvorsitzende eines großen Unternehmens, die ihren Aktionären den Geschäftsbericht vorlas. War es das, warum unsere Treffen kürzer wurden? Waren wir mehr und mehr zu einer professionellen Organisation mutiert, in der statt Geselligkeit die Effizienz von größter Wichtigkeit wurde? Niemand fand es seltsam, was Greta an Kritikpunkten vortrug, mich eingeschlossen. Aber tief in meinem Inneren entflammte ein Gedanke, er glühte vor Hitze, brannte ein Loch in mein Gehirn: *Sie sind verrückt. Sie sind vollkommen übergeschnappt.* Und ich war es auch. Ich konnte mich nicht von ihren Aktionen distanzieren, das wäre feige und ungerecht. Wenn sie das Böse repräsentierten, dann traf das auch für mich zu. Vier achtbare Frauen saßen anständig zusammen; als spezifische chemische Formel bildeten sie eine gefährliche Mischung.

„Du meinst, wir sollten weiterhin kritisch auf uns schauen", sagte ich.

Gretas Blick war voller Ironie. „Das ist richtig, Alma."

„Typisch weiblich, diese ewige Selbstkritik", sagte Sophie. „Männer schlagen sich siegesbewusst auf die Brust. Frauen befürchten, einen Fehler gemacht zu haben."

„Wir haben Schweißausbrüche, stehen mit dem Rücken fast zur Wand, denn wir können nicht mehr zurück", sagte ich gelassen. „Begreifst du denn nicht, dass wir uns verändert haben? Wen glaubst du, siehst du jeden Morgen im Spiegel? Das ist die Frage."

„Du meinst, wir können nicht aufhören", antwortete Greta leise.

Wir sahen einander an, aber ich antwortete nicht. Greta kann nicht mehr aufhören, dachte ich. Aber war ich selbst noch dazu in der Lage? Ich wusste es nicht, meine Gedanken drehten sich im Kreis, dass mir schwindelig wurde. Es fühlte sich großartig an, sich für die Gerechtigkeit einzusetzen, aber das war es nicht allein. Das Adrenalin, das während jeder „Aktion" freigesetzt wurde, machte süchtig, und das Wissen, zu etwas Schrecklichem imstande zu sein, gab uns auf eine seltsame Weise einen Kick. Ich fühlte mich grandios, wie eine Jugendliche, die sich mit der charakteristischen Arroganz der Jugend für etwas Besonderes hielt. Vielleicht war ich deshalb glücklicher geworden, ein Wort, das ich eine Weile nicht mehr benutzt hatte. Gleichzeitig flößte mir der Wunsch nach mehr Angst ein.

Greta zog eine Akte aus der Tasche, legte sie auf meinen Schoß und tippte mit dem Finger drauf. „Der Ehrenmord ...", sagte sie, „ist ein großes Problem in Deutschland, das unsere Politik systematisch verdrängt. Der ..."

„Der Begriff Ehrenmord bezeichnet die Tötung eines Mitglieds der Familie des Täters", unterbrach Marie Greta, „zur Abwendung einer ihm drohenden oder bereits zugefügten, als solche aufgefassten gesellschaftlichen Herabsetzung, aufgrund der Verletzung gesellschaftlicher Verhaltensregeln seitens der zu ermordenden Person."

In meinem Kopf klang ein zweites Klirren. Ich wusste, was jetzt kam: ein Kräftemessen zwischen Marie und Greta.

„Was als religiöse Überzeugung angesehen wird", fuhr Greta fort, „ist in Wahrheit ein kulturelles Problem, erklärte mir neulich ein Kollege, der sich intensiv mit solchen Fällen und der damit einhergehenden Problematik auseinandergesetzt hat. Vierzehn Frauen werden pro Jahr von ihren Familien in Deutschland ermordet. Die Hälfte von ihnen wird auch sexuell missbraucht."

„Eine Familie kann in diesem kulturellen Verständnis auch dann entehrt sein, wenn der oder die Betreffende keine Schuld an den Vorkommnissen trägt. Bezeichnend ist, dass oftmals der Aspekt der Ehrverletzung höhere Aufmerksamkeit bekommt als die Umstände, die dazu geführt haben. Zum Beispiel kann eine Frau, die vergewaltigt wurde, ebenso einen Familienmakel darstellen wie eine, deren Mann sie bezichtigt, ihn verlassen zu wollen. Für die Entscheidung, ob ein Ehrenmord begangen werden soll oder nicht, ist die Vorgeschichte, die zur Verletzung der Familienehre geführt hat, von untergeordneter Bedeutung. In erster Linie zählt hier, dass die Ehre verletzt wurde und wie man sie wiederherstellt." Marie hielt kurz inne und sah Greta mit zusammengekniffenen Augen an.

Auf Gretas Stirn hatte sich eine tiefe Falte gebildet. „Wir können nicht ewig hiermit weitermachen. Dann laufen wir irgendwann vor die Wand und am Ende verbringen wir die nächsten dreißig Jahre in einer Zelle. Ist es das, was du uns sagen willst, Marie?"

„Zwanzig Jahre, mit ein wenig Glück", sagte Marie.

Ich reagierte nicht auf ihre Bemerkung, sondern sah Greta an.

„Lies die Akte, Alma", sagte sie, „und sag uns, was du davon hältst."

Es klang mehr nach einem Befehl als nach einer Bitte. Trotz meines Wollkleids bekam ich eine Gänsehaut und die Hitze stieg mir ins Gesicht. Greta ging davon aus, dass ich schwach werden würde, sobald ich mich mit dem Fall beschäftigte. Aus dem Grund hatte sie mir die Akte auf meinen Schoß gelegt.

Greta legte los. „Für das Mädchen in dieser Datei gilt der ‚Code Zero'. Das bedeutet, sie ist in Gefahr. Ihre Familie stammt aus Afghanistan, aber sie wurde hier geboren. Ihr Vater hat sie halb tot geprügelt und will, dass sie einen älteren Cousin heiratet. Dann landet sie in jener Hölle, aus der sie gerade geflohen ist. Sie hält sich momentan in einem Frauenhaus auf. Ihr Vater hat sie mithilfe der Polizei kontaktiert, und das Mädchen hat einem Treffen zugestimmt. Die Wahrscheinlichkeit, dass dieser Mann sie zu Tode prügelt, liegt bei neunzig Prozent, aber die Polizei darf nur eingreifen, wenn etwas geschieht. Lies: *bis er seine Tochter tötet*."

Greta klang gereizt. Ich schüttelte den Kopf.

„Hör mir gut zu, Alma", sagte Marie kalt. „Ein neues afghanisches Gesetz wird es Männern erlauben, ihre Frauen, Kinder und Schwestern ohne Angst vor Strafverfolgung zu schlagen, zu missbrauchen, gegen ihren Willen zu verheiraten und sogar zu ermorden. Schließlich soll es Verwandten von Angeklagten verboten werden, gegen diese auszusagen – obwohl Gewalt gegen Frauen in Afghanistan meist innerhalb der eigenen Familie passiert. Damit das Gesetz in Kraft tritt, fehlt nur noch die Unterschrift des Präsidenten Hamid Karzai."

Maries eisiger Blick fand meine Augen. Dann sah sie Greta an und nickte.

„Ihr Name ist Kira", fuhr Greta fort. „Sie ist klug und könnte studieren, würden ihre Eltern es ihr nicht verbieten."

„Das ist ja schrecklich", sagte Sophie, die sich bestimmt wunderte, dass sie nicht ‚angefunkt' wurde. „Das ist ja wirklich schrecklich."

Für einen Moment dachte ich, sie meinte es ironisch, aber sie sah Greta mit ernster Miene an.

Greta schüttelte ihr Haar zurück. „Wir können einen Mord verhindern. Wir müssen eingreifen, ehe es zu spät ist. Am kommenden Dienstag findet das Treffen zwischen Kira und ihrem Vater statt. Und ich weiß, wo das sein wird." Sie sah demonstrativ in den Kreis. „Und niemand weiß, dass ich es weiß."

Ich schlug die Akte auf, sah mir die Bilder der grauenvollen Misshandlungen an, und begann zu lesen. Drei Minuten später blickte ich wieder auf. „Wenn wir hier eingreifen, können wir es uns nicht leisten, irgendwelche Fehler zu machen."

Greta nickte. „Wenn wir sichergehen wollen, dass die Aktion ein erfolgreiches Ende nehmen soll, müssen wir da sein, wenn der Mann stirbt. Das ist Punkt eins."

Sie wandte den Blick von mir ab und mir wurde schlagartig bewusst, dass sie uns manipulierte. Aber taten wir das nicht alle?

„Code Zero", sagte Sophie. „Ich sehe zu viele junge Todesopfer in der Ambulanz und ich kann es in letzter Zeit kaum noch ertragen."

„Das ist seltsam", antwortete ich, „man könnte meinen, wir sind unempfindlich, aber das Gegenteil ist der Fall. Ich kann auch keine Ungerechtigkeiten mehr tolerieren."

„Und Grausamkeit," ergänzte Greta, „und Unterdrückung und Sadismus und ..."

„... alles, was skrupellose Menschen anderen antun", warf Marie ein.

„Was skrupellose Männer fast immer anderen *Frauen* antun", flüsterte Sophie.

Eine Pause entstand. „Lasst uns versuchen, dieses Mädchen zu retten", seufzte ich. „Aber danach hören wir auf. Okay?"

Sophie hielt ihre Hand hoch, wie bei einem Eid. „Ich verspreche es."

Wir folgten ihrem Beispiel. „Versprochen", sagten wir feierlich.

Ich spürte Gretas bohrenden Blick fast körperlich. „Wie wollen wir es machen?"

Greta runzelte die Stirn. „Wir müssen eine einfache Methode wählen", sagte sie und schloss damit nahtlos an ihre bisherigen Argumente an. „Wir müssen die Risikofaktoren minimieren. Kira trifft ihren Vater an einem öffentlichen Ort. Der Punkt ist: Wie können wir den Mann isolieren, ohne dabei Aufsehen zu erregen?"

Marie hob eine Augenbraue. „Du möchtest ihn in der

Öffentlichkeit abmurksen, ohne dabei Aufsehen zu erregen?"

„Und Kira wird von alldem nichts mitbekommen", sagte Greta munter. „Das Mädchen soll über jeden Verdacht erhaben bleiben und deshalb darf sie niemals etwas erfahren."

„Vielleicht möchte sie gar nicht, dass ihr Vater stirbt", protestierte ich leise.

„Lies die Akte", wiederholte Greta mit Nachdruck. „Entweder er oder sie. Er wird sie töten, Alma, glaub mir. Meine Kollegen können formal nichts unternehmen, aber blöd sind sie nun auch nicht."

Ich hob meine Hände. „Okay, okay!" *Jetzt gestikulierte ich auch schon wie unser Gretchen.*

„Es wird nicht einfach. Er ist ein Meter neunzig groß und seinen Adrenalinspiegel dürfen wir auch nicht unterschätzen, das macht ihn doppelt so stark", warnte Greta.

„Was uns körperlich fehlt, kompensieren wir mit einer überlegenen Manipulation und einer gründlichen Vorbereitung", sagte ich mit einem Lächeln auf den Lippen.

Woher ich diese Binsenweisheit hatte, war mir entgangen, aber jetzt lachten die anderen. Und urplötzlich geschah es wieder.

Ich befand mich wieder in einem Film mit witzigen Dialogen und einem spannenden Plot, eine Erweiterung der Realität, die unmöglich mein Leben sein konnte. Wie sehr ich mich auch anstrengte, ich fasste es noch immer nicht, dass ich es war, die solche Töne von sich gab. Wir teilten uns die Aufgaben, die Sophie schmunzelnd *Hausaufgaben* nannte und dachten nicht mehr über die möglichen Folgen nach.

Spannung lag in der Luft. Mir wurde bewusst, dass ich dabei war, eine weitere Grenze zu überschreiten, weil die Barriere Rechtsempfinden nicht mehr vorhanden war. Aus einer Mittäterin sollte eine Mörderin werden und die Motivation würde jede Kriminalstatistik sprengen. In dieser Nacht erklangen in meinen Träumen mehrere Töne: Ich hörte einen Körper zu Boden fallen, ein Blumentopf zerschmetterte auf dem Pflaster, der Wind trug die Schreie eines Mädchens davon. Ich hörte Greta, Marie und Sophie laut lachen und wachte schweißgebadet aus meinem Albtraum auf.

„Schlecht geträumt?" Paul stand mit nacktem Oberkörper vor dem Ehebett, um die Hüften hatte er ein Handtuch geschlungen. Er war hübsch, wenn er lächelte und er wusste es.

Ich drehte mich zur Seite, drückte meine rechte Faust an mein Herz und versuchte wieder einzuschlafen. Doch das fremde Etwas in meinem Herz hinderte mich daran.

Tick ... Tick ... Tick ...

Kapitel 20

Farid Azraq
So könnte es gewesen sein ...

Farid spricht die Worte langsam und deutlich, als sei seine Tochter diejenige, die ein holpriges Deutsch spricht. „Du bist nichts wert."

Tränen glänzen in Kiras Augen, sie sagt kein Wort. Seine Frau hat Kiras Schultasche überprüft, als sie aus der Schule kam, wie er es ihr aufgetragen hat. Darin hat sie weder Zigaretten noch einen Lippenstift gefunden. Auch hat sie das Gesicht ihrer Tochter mit einem Reinigungstuch abgewischt, um zu überprüfen, inwieweit Spuren von Make-up zurückgeblieben sind. Seine Frau hat ihm soeben gesagt, dass Kira nichts Unrechtes getan hat, nur traut er dem Ganzen nicht. Kira kennt keine Demut, ihr Blick irritiert ihn. Er ist brutal. Gleichgültig. Spöttisch. Deutsch.

Er liest alles in ihren Augen, nur nicht die Demut, die er von seiner Tochter erwartet. Er möchte schreien: Ich bin dein Vater.

Das ist eindeutig das Problem in diesem bedauernswerten Land. Er ist der Mann im Haus, aber das ist in Deutschland ohne Bedeutung. Er hat versucht, ihr Ergebenheit beizubringen, ihre Ohren sind aber mit dem Unrat gefüllt, die sie außerhalb dieser vier Wände wahrnimmt. Sie sollten sie in der Schule lehren, eine gute Tochter zu sein. Aber das lernt sie dort nicht.

Im Gegenteil. Die Lehrer lassen sich mit dem Vornamen ansprechen, und er soll zu ihnen kommen, um mit ihnen über die Zukunft von Kira zu sprechen. Sie sind der Meinung, er habe eine Tochter mit scharfem Verstand, sie solle studieren. Sie versuchen, aus Kira einen Jungen zu machen. Wenn er protestiert, besitzen sie die Unverschämtheit, ihm zu sagen, was das Beste für sein Kind sei. Sie haben den Teufel in ihren Kopf gebracht und finden es seltsam, dass er versucht, die böse Macht mit Schlägen zu vertreiben.

In Afghanistan hat er ein hohes Ansehen genossen, und auch hier ist er innerhalb der afghanischen Gemeinde ein Mann von Bedeutung. Aber nun behaupten seine Freunde, er habe seine Tochter nicht unter Kontrolle. Die Nachricht verbreitet sich schnell. Sein Onkel in Afghanistan hat ihn bereits wissen lassen, dass seine

Tochter eine Schande für die Familie sei. Ihr Name, sein Name, der Name der Familie muss gereinigt werden. Seine Frau bittet ihn immer wieder, dass er Kira nicht zu hart bestrafen soll – er möchte sie zum Schweigen bringen, ihr Jammern beenden.

Er kann Kira nicht bezwingen. Zu Hause gehorcht sie und erledigt, was man ihr aufträgt, aber mit stolzem Ausdruck in den Augen. Sie spricht kein Wort, doch er weiß, in ihrer Stille nennt sie ihn einen Versager. Mit aller Macht versucht er, ihr mit Schlägen Ehrfurcht einzuflößen, auf dass sie eines Tages ebenso demütig und unterwürfig zu ihm aufblickt wie seine Frau. Aber sie weigert sich, ihm ihre Schwäche zu zeigen, auch dann nicht, wenn sie vor Schmerzen ohnmächtig wird.

Als sein drittes Kind – ein Mädchen – vor fünfzehn Jahren geboren wurde, schlug er mit der Faust im Krankenhaus gegen die Wand. Das Baby quälte seine Mutter sechsunddreißig Stunden lang, und das war ein schlechtes Omen. Er hatte sehnlichst auf einen dritten Sohn gehofft, bis er die Wahrheit nicht mehr leugnen konnte. Zum Glück hatte er zwei Söhne, der einzige Trost an diesem verfluchten Tag. Die Schwester reichte ihm seine Tochter, aber er weigerte sich vehement, das Baby auf den Arm zu nehmen. Er beugte sich über sie, erwartete das Ebenbild ihrer Mutter und rang nach Atem. Das Baby sah ihn mit seinen schwarzen Augen an. Augen, die ihm vertraut waren, weil sie ihm jeden Tag im Badezimmerspiegel entgegenblickten. Seine Söhne, Walid und Samir, waren wie zerknitterte Wesen zur Welt gekommen, die Augen zusammengekniffen und mit Runzeln über den unverhältnismäßig großen Nasen. Aber dieses Kind nahm sofort seine endgültige Gestalt an – wie eine Erwachsene, die nur noch gedeihen musste. Ein schmales, fein gemeißeltes Gesicht, welliges Haar, buschige Augenbrauen und ein breiter Mund: Ohne Frage, sie glichen einander sehr.

„Na, man erkennt in ihr eindeutig den Vater wieder!", rief die Schwester fröhlich.

Dass eine unbekannte Frau ihm seine Unfähigkeit ins Gesicht schleuderte, brachte ihn so in Rage, dass er dem Baby keinerlei Beachtung mehr schenkte. Seine Aufmerksamkeit galt jetzt seiner Frau, die aus einem Dämmerschlaf erwachte. Sie hatte viel Blut verloren, und ihr Arzt wollte sie in die Überwachungsstation verlegen. Farid wusste, was das Wort Überwachungsstation bedeutete. Er hatte dort selbst nach einem Herzinfarkt gelegen, sein

Herz, das in diesem beschissenen Land langsam zugrunde ging. Er kannte viele deutsche Wörter, aber das behielt er für sich, wie seine Träume von der Heimat, die ihn mit stechenden Kopfschmerzen aufwachen ließen. Wenn der Krieg sein Hab und Gut nicht zerstört hätte, wäre er niemals fortgegangen. Er gehörte nicht hierher, er wollte auch nicht ein Teil dieses Landes sein, er wollte sich nicht integrieren. Dieses Land hatte ihm nichts Fruchtbares gebracht, nicht einmal den heiß ersehnten dritten Sohn.

Die Frucht seines Unglücks lag mit rosa Schleifchen in einer Wiege. Er ignorierte das Kind, tat, als wäre es nicht vorhanden. Obwohl das Baby kaum schrie, konnte er seine allgegenwärtige Präsenz unmöglich leugnen. Seine Frau sprach ihm ihr Bedauern aus, aber er konnte ihr nicht verzeihen. Nach der dritten Geburt hatte man ihr von einer weiteren Schwangerschaft abgeraten. Die Gefahr sei zu groß, dass sie sie nicht überleben würde. Kiras Geburt raubte ihm weitere zukünftige Söhne; nicht einmal einen Tag alt, wusste sie schon, wie sie seine Seele zutiefst verletzen konnte.

Kira wurde als einziges seiner Kinder in Deutschland geboren, in diesem Land ohne Moral, in dem Männer einen schwachen Charakter hatten und ihre Töchter verwöhnten, als wären sie Söhne Allahs. Seit er und seine Frau mit den beiden Kindern vor zweiundzwanzig Jahren in dieses verrottete Land gekommen waren, ging es bergab mit ihnen, sosehr er auch um seine Familie kämpfte. Dieses Land hatte ihm eine unterbezahlte Arbeit, Verachtung und einen Herzanfall gebracht. Ohne Familienehre war er niemand. Auf Drängen seiner Frau, die sich um seine Gesundheit sorgte, suchte er vor zwei Monaten einen Arzt auf. Der Mann trug keinen Kittel, dafür bunte Turnschuhe. Nachdem er ihn gründlich untersucht hatte, gab er Farid den Rat, mit jemandem zu sprechen, womit der Hausarzt keinen Kardiologen, sondern einen Psychologen meinte. Der Arzt nannte das Wort „Depression". Farid verließ die Praxis, ohne dem Mann in den bunten Turnschuhen die Hand zu schütteln, und weigerte sich seitdem, einen deutschen Arzt aufzusuchen.

Depression, das Wort versteht er sofort. Sein Herz fängt unheilvoll an zu pochen, sobald er das Wort wiederholt. Die Deutschen wollen ihn in den Wahnsinn treiben, ihn für verrückt erklären. Sie sehen nicht, dass er mental viel stärker ist als dieses schwache Volk. Sonst wäre er nach allem Elend bereits gestorben. Der Deutsche weiß nicht, was ein Rückschlag bedeutet. Sobald sie ein bisschen Gegenwind spüren, schlucken sie Pillen. Nun soll er zu einem Zombie mit einem schwachen Willen mutieren. Einen Verlierer, einen Idioten wollen sie aus ihm machen, dem sie erzählen können, was er alles falsch gemacht hat. Nur über seine Leiche!

Er braucht keinen Psychologen, der ihm sagt, was in seinem Leben falsch gelaufen ist – in dieses gottlose Land zu reisen, mit der Hoffnung auf ein besseres Leben, das war ein Fehler. Alles, was gut war, hat er zurückgelassen, und als Strafe bekam er Kira, die ihn jeden Tag an seine fatale Entscheidung erinnert. Je älter sie wird, umso ähnlicher wird sie ihm. Er kann sie nicht ansehen. Er versucht, sie mit Schlägen aus seiner Ordnung zu entfernen, aber sie steht Tag für Tag wieder auf, obwohl sie mit Blutergüssen übersät und schwer verletzt ist. Sie isst an seinem Frühstückstisch Lebensmittel, von denen sie größer und dicker wird und nimmt tagtäglich an Volumen zu. Sie wird wachsen, bis sie ihn mit ihrer Leibesfülle erstickt. Er weiß, dass sie Lippenstift aufträgt und raucht, auch wenn seine Frau keine Beweise findet. Er hat gehört, dass manche afghanische Mädchen sich heimlich in der Schule umziehen. Sie tragen kurze Röcke und malen ihr Gesicht an, wie Huren. Auch Kiras Name wird in diesem Zusammenhang erwähnt.

Seine Frau findet keine entartete Kleidung in Kiras Schränken oder in ihrer Tasche, aber er lässt sich nicht von seiner Tochter täuschen. Sie kam nur zur Welt, um ihm zu trotzen. Wenn sie auf eine plumpe, kindliche Art und Weise den Ungehorsam zeigen würde, könnte er ihr sogar verzeihen.

Obwohl in seiner Gegenwart jeder Teil ihres sündigen Körpers mit Stoff bedeckt und ihr Gesicht verschleiert ist – insbesondere dann, wenn Männer aus seiner Heimat sein Haus betreten, geht sie mit gesenktem Kopf die Treppe hinauf – durchschaut er ihr Spiel. Kira lügt und sie betrügt, wie eine erwachsene Frau.

Die Menschen der afghanischen Gemeinde tuscheln über sie. Es gibt Gerüchte, dass sie mit deutschen Mädchen ins Kino geht. Sie soll sogar mit einem deutschen Jungen dort gesehen worden sein.

Kira hat ihm mitten ins Gesicht gesagt, dass sie nicht daran denkt, seinen um fünfzehn Jahre älteren Neffen zu heiraten. Die Schande ist groß. Sie verdient den Tod, aber er schlägt nicht hart genug zu. Dieses Land hat ihn weich werden lassen und er hasst sich dafür. Als seine Frau ihm in dieser Nacht mit ängstlichen Augen erzählt, dass Kira sich nicht in ihrem Zimmer aufhält, wo er sie am Nachmittag eingesperrt hat, um sie daran zu hindern, das Haus zu verlassen, erstarrt er.

Seine Frau weint, und er müsste sie bestrafen, aber er tut es nicht. Er sitzt regungslos in seinem Sessel am Fenster. Seine Söhne bestätigen ihm, dass ihre Schwester fort ist. Ruhe ergreift ihn, sein Herz schlägt regelmäßig. Er lässt sich Zeit. Er weiß, was die Familie von ihm erwartet.

Fünf Monate später bekommt er von einer Polizeidienststelle eine Nachricht. Kira hält sich in einem Frauenhaus auf. Sie schreiben, dass seine Tochter in Sicherheit ist, sich aber weigert, ihren Aufenthaltsort preiszugeben. Zwischen den Zeilen liest er, dass sie glauben, seine Tochter sei das Opfer.

Er reißt sich zusammen, hat aus seinen Fehlern gelernt und weiß, wie man das Spiel spielt. Er schreibt Kira einen Brief: Sie sei in seinem Haus willkommen, er wird sie nicht bestrafen. Farid quält sich, wenn seine Feder die Worte zu Papier bringt: *Deine Mutter vermisst dich und ihr Herz ist gebrochen.* Er geht zur Polizei und bittet, den Brief weiterzuleiten.

Zwei Wochen nach dem Schreiben steht eine Kontaktperson der Polizei vor seiner Haustür. Kira möchte ihre Familie sehen, aber nicht zu Hause, das wagt sie nicht. Er schluckt seinen letzten Rest Selbstachtung hinunter und erklärt sich bereit, seine Tochter an einem neutralen Ort zu treffen. Seine Frau möchte ihn begleiten, aber er lehnt ihre Bitte ab.

Walid schwört seinem Vater, als ältester Sohn die Familienehre zu retten, und er küsst den Jungen voller Dankbarkeit auf die Stirn. Seine Worte machen ihn stolz, so stolz wie er einst gewesen war.

Er erzählt seinem Erben, dass er persönlich dafür Sorge tragen wird, dass Kira nach Hause kommt. Als Oberhaupt der Familie hat er keine Rechte in diesem Teufelsstaat. Seine Tochter muss offiziell bestätigen, dass sie ihre Familie freiwillig trifft, sodass die Behörden nicht verantwortlich gemacht werden können, wenn ihr etwas zustößt. Die Kontaktperson, eine Frau, nennt ihm die Adresse, als wäre er ein Hotelpage, der eine Nachricht überbringen soll. Sie glaubt, dass er und seine Frau Kira in der Hotel-Lobby treffen werden.

Worte, immer nur Worte. Die Deutschen glauben, mit Worten alles beheben zu können, dass sie ihre größten Feinde mit Worten besiegen oder ihre Ehre wiederherstellen können, obwohl niemand in diesem Land wirklich weiß, was Ehre bedeutet. Deutsche Menschen sehen auf Afghanen hinab, wie sie auf alle Zuwanderer hinabsehen – nach zweiundzwanzig Jahren nennen sie ihn immer noch Ausländer. Währenddessen werden aus ihren Töchtern Schlampen und ihre Söhne wissen nicht, was es bedeutet, ein Mann zu sein.

Er hat wieder einmal einen Anruf von seinem Onkel aus Afghanistan erhalten, der von ihm erwartet, dass er die Familienehre wiederherstellt. Er rät ihm, seine Tochter in einen Raum ohne Fenster einzusperren und jeglichen Kontakt mit der Außenwelt zu untersagen – keine Bücher, keine Zeitschriften, weder Radio noch Fernsehen, kein Handy, kein Stift und Papier. In der Regel taten Frauen wie Kira nach einem halben Jahr Buße, bis dahin sollte Kiras schwarze Seele mit täglichen Schlägen gereinigt werden. Danach wird sie dem Bösen den Rücken kehren, statt es zu umarmen.

Wer Schande über die Familie bringt, muss die Ehre der Familie wiederherstellen. Als gebrochener Mann findet er weder einen Platz in der Gemeinschaft noch nimmt die Familie ihn in Afghanistan auf.

Seine Frau wird weinen, bis ihre letzte Träne vergossen sein wird, obwohl Kira ihr nur Unglück gebracht hat. Sie ist die Mutter dieser Hure, aber auch die Mutter seiner Söhne. Ihr Verrat schmerzt ihn und er will nicht mehr von ihr berührt werden. Sie kocht sein Essen, wäscht seine Kleider und macht sein Zuhause sauber. Aber sobald sie Zeit findet, schlüpft sie in Kiras Zimmer und glaubt, dass er es nicht bemerkt. Durch die geschlossene Tür hört er, wie sie sanft mit ihrer abwesenden Tochter spricht. Er hasst sie wegen ihrer Liebe, die ihre Wangen mit dem Salz ihrer Tränen benetzt. Sie ist schwach. Sie ist eine Frau. Er kann von ihr nichts erwarten. Dieses Mal wird er sich nicht beugen. Er wird allen zeigen, wer hier das Sagen hat.

Kapitel 21

Außer Reichweite

Greta hatte gute Vorarbeit geleistet. Aus der Polizeiakte wusste sie, wo sich Kira aufhielt und war nach Köln gereist, um das Mädchen in seinem Versteck aufzusuchen. Zu ihr als Mitarbeiterin der Kripo München fasste Kira sofort Vertrauen. Sie erzählte Greta nicht nur von den Qualen, die sie durch ihren Vater erdulden musste, sondern Greta erfuhr auch Einzelheiten über die Gewohnheiten des Vaters: Um welche Uhrzeit er aufstand, was er für gewöhnlich aß, wo er arbeitete und wann er nach Hause kam. Kiras Vater musste aufgrund der Entfernung eine Übernachtung einplanen – darauf lief alles hinaus.

Mit Präzision kartierte Greta den Tagesablauf von Farid Azraq. Sie schlug Kira auch einen Treffpunkt vor: Ein heruntergekommenes Hotel in unmittelbarer Nähe der Autobahnausfahrt, nicht weit vom Frauenhaus entfernt. In den frühen Morgenstunden war die Hotelhalle sehr belebt. Dort stand ein kleiner Nierentisch mit vier burgunderroten Klubsesseln. Die Hotelgäste mussten auf dem Weg zum Frühstück an dem Mädchen vorbeigehen oder beim Auschecken – eine Hotellobby, ein roter Sessel und ein idealer Zeitpunkt für ein Treffen. Mit Farid Azraqs Zimmerreservierung schloss Greta schließlich ihre Vorbereitungen ab.

„Er ist ein Mann der Rituale", beendete Greta ihre Ausführungen. „Azraq nimmt jeden Tag zur gleichen Zeit ein Bad und liegt dabei immer eine volle Stunde in der Badewanne, bis seine Haut aufgeweicht und faltig ist. Er glaubt – das behauptet Kira –, dass die sündige Außenwelt auch irgendwann an ihm haftet und deshalb schrubbt er seinen Körper fanatisch sauber, manchmal sogar wund."

Gretas Bericht brachte mich auf eine Idee. „Wie wäre es denn damit: Wir werfen einen Gegenstand in die Badewanne und erzeugen einen Stromschlag? Sehr effektiv."

„Einen Stromschlag?" Marie seufzte. „Das ist aus der Vorkriegszeit."

„Das gilt es herauszufinden", antwortete ich. Greta hatte die Akte nicht grundlos auf meinen Schoß gelegt. Es war das Signal, dass ich nun am Zug war. Sophie hatte sich Hermann Wagners angenommen und Marie hatte Nicki Kramer in die ewigen Jagdgründe befördert. Nun hieß es: Greta oder ich. Wer von uns beiden würde sich um den Afghanen kümmern?

Greta lächelte süffisant. „Wir können für den gewünschten Effekt einen alten Föhn nehmen. Moderne Haartrockner verfügen leider über eine eingebaute Sicherung, aber in meinem Keller liegt irgendwo noch ein älteres Modell ..."

Mir fiel auf, dass sich Gretas Körpersprache veränderte, wie sie zitterte vor Aufregung. Ihre Augen sprühten Funken. Sie leuchtete förmlich.

Sophie hob irritiert eine Augenbraue. „Du könntest ihm in der Badewanne die Nase fest zuhalten und Abflussreiniger in seinen Mund schütten", sagte Sophie. „Das Brennen ist überwältigend, es wird seine Kehle verbrühen und danach seine Speiseröhre. Das sehe ich häufiger in der Notaufnahme."

Greta biss sich auf ihre Unterlippe und grinste uns an. „Hey, Leute, das war ein Scherz."

Das stimmt nicht, dachte ich. Das war der blanke Hass, der sich uns da offenbarte. Wir starrten Greta an. Ich spürte ein Kribbeln in meinem Gesicht, das sich wie eine Flutwelle über meinen Körper fortsetzte.

„Ich weiß doch, Alma", fuhr Greta fort, „dass dir für diese Methode die physischen Qualitäten fehlen. Du nimmst den Föhn!"

Schweigen. Marie und Sophie warfen mir einen Blick zu: *Keine Widerrede. Wir haben unseren Part geleistet.*

Ich nickte. Damit war die Entscheidung gefallen. Ich sollte den Fall Azraq zu Ende bringen. Meine innere Stimme rebellierte: *Du hättest dich wehren können. Nichts dergleichen. Du hast dich Gretas Dominanz gegenüber von Anfang an unterlegen gefühlt. Das ist armselig.*

Schweiß brach aus meinen Poren. Ich brauchte den Schlüssel zu seinem Hotelzimmer, den Föhn, um ihn kurz nach neun in die Badewanne zu werfen, und danach konnte ich wieder gehen. Aber was wäre, wenn Azraq eine Pistole besaß oder ein Messer? Was, wenn er nicht um neun Uhr in der Badewanne lag?

Paul tischte ich eine weitere Lüge auf. Ich faselte etwas von einer Verlagskonferenz in Osnabrück und dass ich einen Tag früher anreisen würde. Der Ernst der Lage wurde durch den unschuldigen Ausdruck in einem Kindergesicht unterstrichen und ich hatte Mühe, mich beiläufig von Jenny zu verabschieden. In ihren Augen las ich, dass ich die beste Mutter der Welt sei. *Du hast keine Ahnung, wie böse deine Mutter ist.* Ich streichelte ihre Wange und gab mich fröhlich. „Bis bald, mein Schätzchen."

Als ich losfuhr, begann es zu regnen. Der Himmel war fast weiß. Tiefe Wolken belagerten die Stadt, wie zerklüftete, milchige Schatten. Ich liebte den glatten Film des Regens, die Art, wie er den Blick aus jeder Windschutzscheibe, aus jedem Fenster verzerrte. Ich drehte die Musik laut auf, aber sie wurde übertönt von dem Kratzen der Scheibenwischer.

Meine innere Stimme meldete sich. *Du solltest dir die Frage stellen, ob du diesen Mann wirklich töten willst.* Plötzlich zitterte ich am ganzen Körper. Ich fuhr auf einen kleinen Parkplatz und schaltete das Radio aus. Die plötzliche Stille beruhigte mich.

Das sind Schuldgefühle. Ich biss mir auf die Unterlippe und öffnete die Autotür. Ich wollte aussteigen, konnte aber meinen Körper kaum einen Millimeter bewegen. „Beruhige dich."

Ich schaffte es nicht einmal, ruhig oder flach zu atmen, und konnte mein schweres Keuchen nicht verlangsamen, das wie ein Schluchzen klang.

Sophie hatte im Chat einmal gesagt, dass die ganzen Ehebruchsgeschichten leichter zu ertragen wären, wenn sie mit uns viel Zeit verbringen würde. Darin stimmte ich ihr zu. Meine Veränderung hatte mich überrascht. Ich hatte sie Paul zu verdanken und nicht der Tatsache, dass ich auf dem besten Wege war, eine Mörderin zu werden. *Sekundäre Nebenreaktion.*

Als ich wieder losfuhr, fühlte ich mich besser, von Angst und üblen Gedanken befreit. Ich hatte meine Emotionen wieder unter Kontrolle. Meine Ratio hatte gesiegt. *Es ergibt keinen Sinn, dich verrückt zu machen,* meldete sich meine innere Stimme. *Bewahre einen kühlen Kopf und halte dich an den Plan, den du mit den anderen ausgearbeitet hast.*

Meine Gedanken lagen feinsäuberlich sortiert und zusammengefaltet vor mir wie ein Stapel Urlaubskleidung auf dem Weg in den Koffer. Keine Hintergedanken. Keine Zweifel. Ich dachte nicht darüber nach, was noch schiefgehen oder, was als Nächstes kommen könnte.

Das Hotel lag abseits der Straße und war von der Autobahn leicht zu erreichen. Vier Stockwerke hoch, roter Ziegel, Fenster: eine treffende Zusammenfassung. Der Versuch, den Eingang des Gebäudes mit einem gläsernen Kuppeldach reizvoller zu gestalten, war kläglich gescheitert.

Wer übernachtete hier schon freiwillig? Handelsvertreter vielleicht? Kein Tourist würde seinen Urlaub hier verbringen wollen. In der Lobby standen ein paar verdorrte Pflanzen, die die Hoffnung auf Wasser und Sonnenlicht aufgegeben hatten. Die Empfangsdame hatte einen starken Kölner Akzent, den ich kaum verstand. Ihre Mimik zeugte eher von Beileid statt von einem Willkommensgruß. Sie war eine Frau Ende fünfzig in einer Uniform, die bessere Zeiten gesehen hatte.

Ich gab beim Check-in einen falschen Namen an, zahlte bar im Voraus und gab ihr ein großzügiges Trinkgeld. Vielleicht war das der Grund, warum sie mich nicht nach meinem Ausweis fragte und mir wortlos den Zimmerschlüssel überreichte.

Am Donnerstagabend gab es kaum Gäste und ich hatte den Aufzug für mich allein, der mich in den ersten Stock führte. Im Zimmer ließ ich den Blick durch den Raum schweifen: Gelbliche Verfärbungen an der Decke, die von einem Wasserschaden stammen mussten, kleine Brandlöcher im verblassten, burgunderroten Teppichboden, keine Vorhänge. Obwohl es ein Nichtraucherzimmer war, stank es nach abgestandenem Zigarettenrauch. Ich wollte gehen. Ich wollte nach Hause. Es war eine Zumutung, hier eine Nacht und einen Tag verbringen zu müssen. Nur der Gedanke an Kira hielt mich hier.

Ich wollte das Mädchen retten und würde alles tun, um ihrem gewalttätigen Vater das Handwerk zu legen.

Dieser Mann war zu allem fähig.

Kapitel 22

Zimmer 306
Ich hätte es nicht tun dürfen

Da hinten kommt er. Jetzt kommt er.

Durch die Drehtür, vorbei an einem der Blumenkübel.

Vier Meter von mir entfernt, fünf vielleicht.

An der Frau mit der dunklen Perücke, den getönten Brillengläsern und dem zu großen Kleid vorbei.

Farid Azraq, exotisches Aussehen, braun gebrannt, groß, böse.

Er sieht die Frau nicht an.

Er muss sich beeilen. Es ist eine Stunde zu spät für sein Bad.

Er geht zum Aufzug, sieht sich nervös um.

Wir haben beide den gleichen Gedanken: Mord.

Ein Mann wie Azraq nimmt ein Bad, ehe er seine Tochter tötet.

Vielleicht ist er ja müde und geht sofort zu Bett.

Ich stehe auf, gehe zum Aufzug und fahre in den dritten Stock. Es ist Freitag, letztes Mal war auch ein Freitag. Es ist nicht dasselbe Gefühl. Ist irgendwie weniger geworden. Fast ein wenig abgestumpft.

Im Treppenhaus und im Flur ist niemand. Ich bin allein.

Ich lausche an der Tür von Zimmer 306, das Greta für Azraq gebucht hat und warte.

Ich strenge mich an, glaube, dass eine Tür geöffnet wird. Dann höre ich es: Wasser fließt in eine Badewanne.

Ich warte weitere fünfzehn Minuten. Mein Gegner ist gefährlich.

Wer einen Ehrenmord begehen will, hat keine Angst.

Er will sein Kind töten. Ich ihn.

Ich denke nicht an Jenny, nicht an Paul, nicht an meine sichere Existenz.

Rückblickend sehe ich nur eine Karriere in der Verlagswelt, eine Familie, Freunde. Die wohlüberlegten Entscheidungen einer erfolgreichen Frau, die mir heute fremd ist. Eine, die die ganze Zeit glaubte, dass Richtige getan zu haben.

Adieu, Karrierefrau.

Adieu, liebevolle Ehefrau.

Adieu, fürsorgliche Mutter.

Adieu, hilfsbereite Freundin.

Adieu, treue Tochter.

Es tut mir leid, Leute, Katze im Sack. Meine wahre Bestimmung liegt in der Badewanne von Zimmer 306.

Ich streife Schuhe aus Papier über, ziehe Einweghandschuhe an und stecke die Identkarte, die ich dem Zimmermädchen heute in einem unachtsamen Moment entwendet habe, in den Schlitz. Langsam drücke ich den Türgriff nach unten und öffne die Tür.

Emotionslos scanne ich den Raum. Die Badezimmertür ist geschlossen. Der Koffer liegt auf dem Bett, er ist nicht ausgepackt. Azraq hat seine Schuhe ausgezogen.

Tick, tick. Tick, tick.

Die Töne kommen aus meinem Herzen, meine Herzklappe protestiert.

Ich atme langsam ein und aus.

Töte ihn, sagen die Stimmen in meinem Kopf.

Ich sehe die Steckdose. Ich stecke den Stecker in die Dose und schalte den Haartrockner ein – Stufe drei.

Mit schnellen Schritten gehe ich Richtung Badezimmer, die Verlängerungsschnur schlängelt hinter mir.

Ich öffne die Tür.

Farid Azraq ist überrascht. Er umfasst den Badewannenrand. Wasser schwappt über.

Ich werfe den Föhn ins Wasser.

Sein Körper zuckt heftig, eine Zeit lang. Dann sackt er zusammen. Stille.

Ich wische den Boden trocken, stecke Föhn und Schnur wieder in meine Tasche, wische den Türgriff ab.

Ich verlasse Zimmer 306.

Leise.

Zurück bleibt ein toter Mann in der Badewanne.

Ich fahre mit dem Lift in die zweite Etage. Dort steht in der Abstellkammer der Putzwagen des Zimmermädchens. Ich lege die Identkarte zwischen einen Stapel Handtücher.

Der Lift bringt mich wieder in die erste Etage. Niemand ist im Aufzug.

In meinem Zimmer setze ich mich auf den Boden, atme tief ein und aus, werde ruhiger.

Noch eine weitere Nacht bleibe ich hier, zur Sicherheit.

Ausziehen, duschen, Zähneputzen, dann ins Bett. Ein Kleidungsstück neben dem anderen, sozusagen aufgereiht, wie zu einer Ausstellung. Das Kleid zusammengefaltet, BH, Unterhose, Strümpfe, Schuhe, alles in einer ordentlichen Reihe, sorgfältig ausgestellt, zwei Zentimeter dazwischen, zwei Zentimeter bis zum nächsten Kleidungsstück.

Meine innere Stimme demonstriert ihren Zorn. Ich spüre ihre Verachtung.

Ich hätte es nicht tun dürfen.

Ich habe es getan.

Kapitel 23

Ein schönes Leben

Um keinen Verdacht zu erregen, gehe ich sieben Stunden später in die Hotellobby. Ich bin vom Schlafmangel benommen und nicht imstande zu frühstücken. In der Nacht hatte ich die digitale Uhr im Blick und ihre Sprünge angestarrt, bis es Morgen wurde. Ich trinke einen Kaffee aus dem Automaten. Das Personal macht ebenfalls einen verschlafenen Eindruck. Nichts deutet darauf hin, dass sie Azraq in seinem Badezimmer tot aufgefunden haben.

Gegen halb acht betritt ein Mädchen mit dunklem Haar und auffallend großen Augen die Hotellobby. Kira. Sie trägt eine Lederjacke. Um ihre rechte Schulter hängt ein Rucksack. Sie gleicht kaum dem Foto, das ich von ihr gesehen habe. Sie sah darauf wesentlich jünger aus, nicht wie eine junge Frau, sondern wie ein Kind mit einem traurigen Gesichtsausdruck. Kira ist das Ebenbild ihres Vaters: dasselbe dichte, schwarze Haar, dieselben schwarzen Augen, die gleiche Gesichtsform. Der Termin mit ihrem Vater ist für acht Uhr geplant. Ich will nicht warten, bis Kira sich am Empfang nach Azraq erkundigen wird.

In meinem Zimmer putze ich mir die Zähne und trage ein wenig Rouge und Lippenstift auf. Ich habe Angst und verliere allmählich die Kontrolle über meine Gefühle, weil ich befürchte, jeden Moment verhaftet zu werden. Ich habe Visionen von einer Verrückten – mir –, die in der Lobby „Ich bin eine Mörderin!" ruft.

Ich nehme die Tasche und rolle meinen Koffer zum Aufzug. In der Lobby werfe ich einen letzten Blick auf Kira, die auf ihr Smartphone starrt.

Adieu Kira, mach dir ein schönes Leben.

Am Empfang lege ich meine Zimmerkarte auf den Counter. Die Dame nickt kurz, sieht mich aber nicht an. Tut mir leid, dass ich hier war!

Als ich losfahre, sagt meine innere Stimme: *Sei still, sei bloß still.* Aber ich will schreien: Ich bin entkommen!

Kapitel 24

Schweißperlen

Auf der Rückfahrt nagte die Erinnerung an mir. Wie in Trance fuhr ich ohne Zwischenstopp den ganzen Weg nach Hause zurück. Das schärfste Bild, das mir blieb, zeigte einen nackten Mann in der Badewanne, sein heftiges Zucken, seine toten Augen. Daran erinnerte ich mich sehr gut und es hinterließ einen bitteren Nachgeschmack, weil ich stets verdrängte, was ich nicht sehen wollte. Erst als ich mich meinem Haus näherte, fiel der Vorhang der Erinnerung.

Ich steckte den Schlüssel ins Schloss und unterdrückte mein Unbehagen. Paul war in der Firma und Jenny übernachtete bei einer Freundin, aber mir kam es vor, als hielte sich jemand im Haus auf. Ich kämpfte gegen den Drang, die Tür wieder zu schließen und mich aus dem Staub zu machen. Wurde ich erwartet? Von wem? Ich stand im Flur und horchte. Ich spürte es. Da war jemand ... mehrere Personen. Polizeibeamte, die ihre Waffen zogen und sich gegenseitig Zeichen gaben, die mich überwältigen und verhaften wollten ...

Farid Azraq hatte man zweifellos gefunden. Ich malte mir aus, dass der Gerichtsmediziner, der die Leiche untersuchte, die Meinung vertrat, dass etwas nicht stimmte. Die Polizei wurde hinzugezogen. Sie stellte fest, dass hier ein Stümper am Werk gewesen war. Vielleicht hatte ich doch in Azraqs Hotelzimmer meine Fingerabdrücke hinterlassen. Die Empfangsdame erwähnte eine verdächtige Frau, die zwei Nächte im Hotel verbracht hatte. Es gab doch eine Zeugin, die gesehen hatte, wie diese in das Zimmer von Azraq gegangen war ...

Die Stille war unerträglich.

„Hallo ...“

Ich schlich wie eine Fremde durch mein Haus. Die Reste des Frühstücks standen auf dem Tisch. Jenny hatte die Brotkrusten nicht aufgegessen, Paul hatte sich mit einem Kaffee zum Frühstück begnügt. Der Fußboden war mit Spielzeug übersät, im ganzen Haus lagen Kleidungsstücke verstreut herum, wie nach einem Einbruch. In der Regel störte mich das Chaos, jetzt empfand ich es eher beruhigend: die Lebenszeichen meiner Familie. Keine Polizisten, die mich verhaften wollten. Mein Adrenalinspiegel stürzte in die Tiefe und mich überfiel eine bleierne Müdigkeit. Erst im Schlafzimmer zog ich den Mantel aus, ließ ihn zu Boden fallen und legte mich aufs Bett. Pauls vertrauter Körpergeruch zwischen den Bettlaken wahrzunehmen, war zu viel für mich. Tränen rannen über mein Gesicht. Ich wollte an Kira denken, stattdessen hatte ich den großen, behaarten Mann vor Augen. Ich hörte das raue Pfeifen und Gurgeln seiner Atmung, als der Föhn ins Wasser fiel, sah seinen entsetzten Gesichtsausdruck, seinen Körper, der verkrampfte, hörte seinen Atem, der stockte, das letzte kurze Krächzen vor seinem Tod.

Wie gerne hätte ich Greta, Marie und Sophie angerufen oder Paul den Mord gestanden. Ich war mir der Konsequenz bewusst, aber ich fühlte mich so elend, dass sie für mich auf einmal keine Rolle spielte. Ich igelte mich unter meiner Bettdecke ein wie ein Embryo und wartete vergeblich auf den Schlaf.

Als die Haustür ins Schloss fiel, fuhr ich vor Schreck hoch. Wie spät war es? Ich musste wohl doch eingeschlafen sein. Schweißperlen bedeckten meinen Körper.

Aus dem Flur rief eine klare Stimme. „Mama! Wo bist du?"

Ich räusperte mich. „Ich komme, Schatz!"

Ich sprang aus dem Bett und strich mein Kleid glatt. Der Blick in den Badezimmerspiegel sprach Bände: eine unnatürliche Blässe und tiefe Ränder unter den Augen. In meinem Schädel hämmerte ein Schlaglochbohrer. Mir war kalt. Ich warf in Windeseile eine Strickjacke über und eilte die Treppe hinunter.

Jenny kam auf mich zu und umarmte mich heftig, Paul saß am Esstisch, wir lächelten einander an, während ich Jenny hochhob und sie küsste. Familienidylle. Ein schwacher Trost.

„Wie war es in Osnabrück?", erkundigte sich Paul.

Osnabrück ...? Ich fühlte mich in diesem Moment unvorbereitet und wusste nicht, was ich sagen sollte. Ich war nicht in Osnabrück, Paul, ich war in Köln und habe dort einen Menschen getötet.

„Anstrengend."

Ich setzte mich, nahm Jenny auf den Schoß und lauschte ihren Geschichten. Zum Glück lebte meine Tochter im Hier und Jetzt. Sie fragte mich nicht, was ich in den vergangenen zwei Tagen gemacht hatte. Fröhlich erzählte sie mir von ihren eigenen Erlebnissen.

„Heute wird nicht gekocht, heute essen wir ein Sandwich zu

Abend", sagte ich tonlos.

Jenny klatschte vor Freude in die Hände. Derzeit verabscheute sie warme Speisen. Ich legte eine Hand auf meine heiße Wange.

„Bist du krank?", fragte Paul.

„Ich fühle mich nicht so gut."

Mein Unwohlsein entpuppte sich als willkommene Gelegenheit, seinen Fragen auszuweichen. Krank. Ins Bett. Nichts tun. Keine Fragen.

Paul sah mich an. „Ein Grippevirus ist im Umlauf. Ich würde Temperatur messen." Hinter seinem Blick lauerte der Schatten eines alten Vorwurfs.

Ich nickte und wollte sagen: „Hör mir jetzt gut zu, Paul. Keine Lügen mehr. Keine Täuschungen. Ich will nicht, dass wir Dinge voreinander verschweigen. Wir waren einmal so offen zueinander. Wir waren mal in der Lage, uns alles zu sagen. Erinnerst du dich?"

Stattdessen gab ich aus Angst, er könnte wieder Fragen stellen, mit einem lapidaren „Okay" nach.

Paul blickte zu mir auf, mit unglaublich traurigen und verlorenen Augen, und ich spürte, wie ich plötzlich wieder von starken Schuldgefühlen erfasst wurde, dass ich es ihm beinah erzählt hätte.

„Ich frage mich, wann das mit uns aufgehört hat", sagte er enttäuscht.

Der Moment ging vorbei. Jenny rutschte von meinem Schoß. „Deine Kindersendung fängt gleich an. Papa wird dir ein Sandwich machen, Liebes."

Das Fieberthermometer zeigte 38,8° C. Konnte es sein, dass mein Körper auf den Stress so extrem reagierte, dass ich wirklich krank wurde? Ich umarmte Jenny, nahm den Tablet-Computer und legte mich damit ins Bett. Im Chatroom wurden wir immer vorsichtiger. Ich meldete mich kurz, erwähnte meine Grippe und teilte ihnen mit, dass der Föhn in Ordnung sei, was so viel bedeutete wie: Die Operation ist gelungen, Azraq ist tot, ich bin nicht in Not, sie sind uns nicht auf der Spur. Wenig später bekam ich einen Anruf auf meinem Handy von einer mir unbekannten Nummer.

„Hallo."

„Greta hier. Kann ich etwas für dich tun?" Sie sprach so leise, dass ich sie kaum verstand.

„Wir können jetzt nicht telefonieren, Greta. Das weißt du doch."

„Hast du die Tasche noch?"

Mich ergriff eine merkwürdige Beklemmung. Ich hatte die Tasche im Kofferraum verstaut, dort, wo das Reserverad lag. Laut Plan hätte ich den Haartrockner und die Verlängerungsschnur auf zwei Müllcontainern in der Stadt verteilen müssen.

„Bist du noch da?", fragte Greta.

„Mist. Ich hab's vergessen. Mir geht's nicht gut."

„Leg die Tasche heute Nacht gegen ein Uhr vor deine Haustür. Ich kümmere mich drum."

In dieser Nacht träumte ich, dass ich im Dunkeln am Küchentisch saß. Mein Kardiologe stand neben mir und grinste mich an. Er zeigte auf mein Herz, das er meinem Körper entnommen hatte und das auf dem Tisch lag. „Das Herz ist der Mittelpunkt von Verstand und Gefühl. Du hast das Recht darauf verspielt, Alma Rösler!"

Kapitel 25

In meinen Träumen

Zu unserem nächsten Treffen kam ich spät. Ich eilte durch den langen Korridor der Kanzlei und schleifte den weiten Mantel über den Boden. Außer Atem betrat ich Maries Büro und blieb mitten im Raum stehen.

Mir bot sich ein seltsamer Anblick. Sophie lehnte sich gegen die Fensterbank und spielte mit ihrem Handy. Marie stand hinter ihrem Schreibtisch und starrte auf den Computerbildschirm. Greta saß auf der Couch und kaute an ihren Fingernägeln. Drei Frauen, jede mit sich selbst beschäftigt. Drei Fremde in einem Wartezimmer, die aus ihrer Trance erwachten, als sie mich sahen.

„Alma!" Marie war die Erste, die mich fest umarmte. Ihr Körper schmiegte sich an meinen. Ich fühlte mich schlagartig geborgen, als würde ich in ein großes, weiches Bett sinken. Auch Sophie und Greta umarmten mich liebevoll.

„Wir dachten, du kommst nicht mehr zu unseren Treffen, wir dachten, du lässt uns im Stich", sagte Greta erleichtert.

Im Stich lassen? Wie kann ich euch im Stich lassen? Ich habe getötet und ihr seid meine Mitwisser.

„Azraq weilt unter den Toten", sagte ich nur.

Marie strahlte vor Begeisterung und gab mir einen Klaps auf die Schulter. „Gut für ihn."

„Geh behutsam mit ihr um", warnte Sophie „Alma sieht aus, als bricht sie jeden Moment zusammen."

„Ich war die ganze Woche krank und habe ein bisschen abgenommen. Macht euch keine Gedanken."

Wenn ich in den Spiegel blickte, sah ich blasse, eingefallene Wangen mit einem Hauch Make-up. Dass mein Gewissen meine Tage und Nächte überschattete und ich auch ohne Grippe keinen Bissen zu mir nehmen konnte, erwähnte ich nicht. Sophie nahm meine Hand und führte mich zur Couch. Marie schenkte Tee ein. Dann sahen sie mich erwartungsvoll an, sie wollten sämtliche Einzelheiten über die Operation Föhn hören. In kurzen Sätzen erzählte ich von dem trostlosen Hotel, dem Dialekt der Empfangsdame, meinem heruntergekommenen Zimmer im ersten Stock und von dem Übergriff auf Azraq in Zimmer 306. Mehr nicht. In meinen Träumen lag er in der Badewanne, mit schiefem Kopf und starren Augen. Sein großer behaarter Körper, der mir auf eine seltsam intime Weise immer wieder entgegenkam.

Greta erzählte uns, dass Azraqs lebloser Körper vom Hotelpersonal gefunden wurde. Die Familie wollte ihn nach islamischer Tradition beerdigen, aber die Staatsanwaltschaft orderte aufgrund der Vorgeschichte die Obduktion der Leiche an. Dem Bericht des Gerichtsmediziners war zu entnehmen, dass das Herz des Verstorbenen vergrößert war, was auf einen Herzinfarkt hindeutete. Die Schlussfolgerung lautete: Farid Azraq sei eines natürlichen Todes gestorben.

Greta, Sophie und Marie waren erleichtert und glücklich. Sie diskutierten heftig über Adrenalin und Serotonin, die ihre euphorischen Reaktionen verursachten. Bei mir stellte sich dieses Gefühl nicht ein. Ich betonte, dass wir nicht immer Glück haben konnten und dass es keinen Grund zum Jubeln gab, dass ich nicht mehr mitmachen würde. Marie und Sophie reagierten verärgert, weil ich ihnen den Spaß verdarb.

Greta starrte vor sich hin. „Alma hat eine schwere Zeit hinter sich. Sie war krank, das ist nicht so lustig. Und die Operation Föhn steckt ihr noch in den Knochen. Dass sie nicht vor Freude in die Luft springt, kann ich gut nachempfinden." Sie schlug einen Arm um meine Schultern und gab mir einen Kuss auf die Wange. „Du wirst dich bald wieder besser fühlen, da bin ich mir sicher. Kira hat dank dir ihr Leben wieder. Vergiss das nicht." *Sie ist wie eine zornige Schlange,* meldete sich meine innere Stimme. *Hypnose, Gift, Hypnose. Nimm dich in Acht.*

Aber Greta hatte recht, und mit einem Mal fühlte ich mich nicht mehr so traurig und gebot meiner inneren Stimme Einhalt. Ich hatte diesen behaarten Widerling zur Strecke gebracht, hatte etwas getan, das ich nie für möglich gehalten hatte. Die Chance, dass jemand Verdacht gegen eine gewisse Alma Rösler schöpfen würde, war gleich null.

Ich dachte an Kira, hatte sie vor Augen, eine junge Frau, die in der Hotelhalle ihren Cappuccino schlürfte. Lebenslustig, temperamentvoll und stark, ein Mädchen, das die Freiheit verdiente. Ich malte mir aus, dass sie mit Freunden um die Häuser zog, einen Freund hatte und die Universität besuchte. Vielleicht wird sie Anwältin wie Marie oder Ärztin wie Sophie. Sie konnte sich nach dem Tod ihres Vaters frei entscheiden.

Unter dem Vorwand, dass ich mich nicht gut fühlte, verabschiedete ich mich nach einer Stunde. Zu Hause ging ich sofort zu Bett.

In der Nacht schreckte ich aus dem Schlaf auf, stand auf und ging zum Schlafzimmerfenster. Ich stand still da und blickte in den Garten. Meine Wut und mein Zorn hatten Auslauf gefunden und mussten sterben. Ich wusste nicht, woher meine geballte Wut kam, warum sie so unerhört stark war, aber nun war es eben so. Zeit und Alter gaben mir ein Recht, so zu sein wie ich war, mich nicht mehr erklären zu müssen. Andere glaubten, für diese Stimmung ein Wort zu haben, sie nannten es Verbitterung.

Die absolute Reglosigkeit der Nacht verwirrte mich, wie mein Traum. Ich reckte den Hals, um zu sehen, ob da irgendwer im Garten war, konnte aber nichts erkennen. Ich sah nur Dunkelheit, Schnee und Mondlicht.

Kapitel 26

Schlechte Nachrichten

„Ein Serienvergewaltiger treibt neuerdings im Englischen Garten sein Unwesen. Er vergewaltigt dort junge Frauen", sagte Marie.

Sophie hob eine Augenbraue. „Stimmt. Ich habe in der Zeitung auch über diesen Kerl gelesen. Die Polizei hat ihn immer noch nicht, oder? Apropos, wo bleibt denn Greta?"

Marie zuckte die Schultern. „Keine Ahnung. Sie wollte pünktlich hier sein."

„Die meisten Vergewaltiger werden nie erwischt", sagte ich.

Ich war oft genug in der Nacht zu Fuß unterwegs, aber ich hatte keine Angst, seit ich einen Mann getötet hatte. Den Gedanken, dass Jenny eines Tages in die Hände eines Vergewaltigers geraten könnte, konnte ich allerdings nicht ertragen.

Wir sprachen über unsere unangenehmen Erfahrungen mit Männern. Marie hatte einen sexuellen Übergriff erlebt, aber sie winkte ab, sobald das Thema aufkam. Sie redete nicht mit uns darüber und wir bohrten nicht in Wunden, die niemals heilen würden.

Meine Gedanken schweiften ab. Ich fragte mich, ob Paul mich verlassen würde. Meine innere Stimme antwortete mit *„Ja"*, und ich spürte eine matte Resignation. Ich wünschte, ich hätte mir diese Frage nicht gestellt. Und ich wünschte, ich hätte gesagt, was ich sagen wollte. Ich wünschte, keine Mörderin zu sein. Dieses schreckliche Wagnis nach all den Ehejahren, die anfangs voller Liebe und Zärtlichkeit und Zuneigung gewesen waren, nach all dem Schmerz und Kummer und dem geteilten Leid. Sollte das das Ende sein? Ich hatte in dem Moment weder Lust noch Energie, nach Antworten auf all die Fragen zu suchen, die mir durch den Kopf spukten. Ich wusste nur eins: Ich liebte meinen Ehemann.

Oft konnte ich nicht schlafen. Ich lag da und malte mit den Augen Muster an die Decke. Es drängte mich, aufzustehen, nach unten zu gehen, mich in die Küche zu setzen und den Versuch zu machen, alles zu verarbeiten und mich mit Paul auszusprechen. Aber er arbeitete oft bis spät in die Nacht. Ein Lichtstreifen drang unter der

Tür seines Arbeitszimmers hindurch, und ich hörte das Rascheln von Papier, das Hämmern auf einer Tastatur durch die Holzdielen. Die leisen und gedämpften Telefonate hatten allerdings nachgelassen. Vielleicht wollte er unserer Ehe auch eine letzte Chance geben. Ich stellte mir seine Fassungslosigkeit vor, weil seine Ehefrau in eine derartige Situation geraten war. Ich stellte mir das alles vor und wollte mich nicht damit auseinandersetzen. Seine unausgesprochene Missbilligung wäre schmerzlicher als die harten Worte, die zwischen uns fallen würden, und ein Teil von mir war einfach dermaßen erschöpft, dass ich ein klärendes Gespräch mit Paul nicht ertragen könnte. Ich blieb in solchen Nächten auf dem Bett liegen, starrte an die Decke und fragte mich, wie es so weit hatte kommen können.

Mir kamen Zweifel. War ich zu tolerant gewesen, zu aufgeklärt, zu liberal? So ganz im Einklang mit meinem gesellschaftlichen Umfeld. Und so absolut falsch.

Du wolltest ein schlechter Mensch werden, meldete sich meine innere Stimme. *Nun bist du ein schlechter Mensch. Was nun? Keine Befriedigung, sondern Zweifel? Was willst du, Alma Rösler?*

Das Klappern von Bierflaschen riss mich aus meinen Gedanken. Das Bier ging zu Neige und Marie holte aus dem Kühlschrank Nachschub. Die Wut gegen Vergewaltiger schlummerte in uns und auch wohl in jeder Frau. Es war ein grundlegendes Gefühl von Ungerechtigkeit. Frauen hatten Angst vor Männern mit üblen Absichten. Der Durchschnittsmann kannte dieses Gefühl nicht und lebte mit einer beneidenswerten Unbekümmertheit. Sie waren die *sichere* Straße gewohnt. Wenn ein unbekannter Mann einen anderen nach dem Weg fragte, dachte der andere sich nichts dabei. Eine Frau war in dieser Situation besonders auf der Hut. Sie wusste, dass Vergewaltiger überall auftauchen konnten: Männer mit zu viel Testosteron und ohne Moral. Männer, die Frauen als Beute betrachteten.

„Wir sollten uns darum kümmern", sagte Sophie entschlossen.

Ich trank einen Schluck aus meiner Bierflasche. „Du weißt, was ich davon halte."

„Du triffst die Entscheidung?", fragte Marie. „Du sagst, dass es vorbei ist. Du allein. In der Politik nennt man das ein soziales, demokratisches Verhalten. Toll."

Ich sah ihr in die Augen. „Tu, was du nicht lassen kannst, aber ohne mich. Ich sage nur, dass ich nicht mitmachen werde. Nie wieder."

„Taff, taff", sagte Marie. „Alma hat Charakter."

Und dann spürte ich, wie es hochsprudelte, an die Oberfläche drängte, verlangte, ausgesprochen zu werden – das dunkle Etwas, das ich in mir trug seit dem Abend, an dem Azraq starb. Das Etwas, das so schwarz und hässlich war, dass ich es einfach nicht über mich brachte, es ans Licht zu holen, es auszusprechen, aus Angst, es würde alles zerstören, was zwischen uns allen war. Meine Tränen brachen Bahn. „Ihr habt zugelassen, dass ich ihn töte", sagte ich mit einem würgenden Schluchzer. „Ihr habt zugelassen, dass ich einem Mann beim Sterben zusehen musste. Ihr habt das alles zugelassen, obwohl ihr wusstet, dass ich es kaum verkrafte, einen Menschen zu töten und eine Mörderin zu sein und damit leben zu müssen. Das habt ihr vorher gewusst und ihr habt es trotzdem zugelassen."

Sobald ich es ausgesprochen hatte, wusste ich, dass ich zu weit gegangen war. Sie starrten mich an, fixierten mich mit einem kalten Blick, während ich vor ihnen weinte.

Ich saß eine Weile da, geschockt über das, was ich gesagt hatte. Die ganze Zeit hatte ich den Gedanken mit mir herumgeschleppt, und jetzt, wo ich ihn ausgesprochen hatte, erwartete ich, irgendetwas zu empfinden – Erleichterung, Gewissensbisse, Bedauern? Stattdessen fühlte ich mich bloß taub.

Die Bürotür öffnete sich langsam, und Greta kam herein. Sie spielte mit der Spitze ihres Haarzopfs und sah uns nervös an. „Es ist etwas Schreckliches geschehen." Plötzlich fiel ihr auf, dass ich meine Tränen trocknete. „Alma? Alles in Ordnung?"

Ich schüttelte den Kopf und fing wieder an zu weinen. Greta kam zu mir und beugte sich über mich, drückte meinen Kopf an ihre Brust und streichelte mir übers Haar. „Ist ja gut", flüsterte sie wieder und wieder.

Allmählich beruhigte ich mich und zog meinen Kopf von ihr weg. Ich wollte nur noch nach Hause fahren und mich hinlegen. „Es tut mir leid. Ich weiß nicht, was in mich gefahren ist." Ich blickte zu Marie, Greta und Sophie auf und spürte ein Kribbeln im ganzen Gesicht, wie von zahllosen Nadelstichen. Ob sie mich jetzt verachteten?

Marie sah mich mit einem verkniffenen Gesichtsausdruck an. Sie nahm meinen Arm und ich spürte den festen Griff um meinen Oberarm, den beschwörenden Ausdruck in ihren Augen. „Mach das nie wieder mit uns, Alma", fauchte sie mich an. „Hörst du? Nie wieder. Wir stecken genauso tief drin wie du. Auch wir müssen einen

Weg finden, damit klarzukommen. Aber wir haben die Welt von drei Widerlingen befreit. Nur darauf kommt es an. Also reiß dich gefälligst zusammen!"

Greta mischte sich ein. „Lass Alma los, Marie. Wir müssen reden. Es ist etwas Schreckliches geschehen." Sie stockte.

„Spuck's aus!", befahl Marie. „Spann uns nicht so auf die Folter."

Greta atmete tief ein. „Kiras ältester Bruder hat seine Schwester auf offener Straße erschossen. Die Staatsanwaltschaft zieht in Erwägung, Azraqs Leiche noch einmal obduzieren zu lassen. Farids Sohn, Walid, hat in der Untersuchungshaft behauptet, dass sein Vater ermordet wurde." Gretas Stimme klang zwei Oktaven tiefer als sonst. Sie hatte dunkle Tränensäcke unter den Augen und ihr Haar fiel über ihr Gesicht.

„Es wird eine Untersuchung geben. Es sieht nicht gut aus."

Stille. Ich konnte das Ticken meiner Herzklappe hören. Mein Herz schlug unregelmäßig, oder bildete ich mir das nur ein? Die ganze Zeit hatte ich mich vor einer solchen Nachricht gefürchtet, gehofft, dass sie nie eintreffen würde, und jetzt traf sie mich wie der Blitz.

„Scheiße", sagte Marie leise. „Scheiße. Scheiße. Scheiße."

„Gibt es einen Link?", erkundigte sich Sophie.

„Sie haben keine Verdächtigen, wenn es das ist, was du meinst. So schnell geht das nicht", antwortete Greta. „Sorry, ich bin ein nervöses Wrack." Sie verbarg ihr Gesicht in ihren Händen. „Ihr habt nichts zu befürchten, es gibt nicht den geringsten Hinweis, der zu uns führen könnte. Und jetzt bitte keine weiteren Fragen mehr. Bitte. Ich kann jetzt nicht."

Marie legte eine Hand auf Gretas Arm. „Ruhig atmen."

Greta sah mich an „Hast du meine SMS gelöscht, Alma? Wir müssen alles löschen. Alles. Du musst auch deine Datei über Männer und ihren Testosteronspiegel löschen. Nichts, aber auch gar nichts darf zu Papier gebracht werden. Jede Spur ..."

„Sehr deutlich!", unterbrach Sophie. „Ich gehe davon aus, dass wir alle unseren gesunden Menschenverstand benutzen."

Ich schaute sie irritiert an. Der Begriff „Menschenverstand" schien mir absurd. Zwangsläufig kam mir ihr Spitzname in den Sinn: Eiskönigin.

„Manche Leute geraten in Panik, andere wiederum regeln ihre Angelegenheiten", fuhr Sophie fort, als ob sie meine Gedanken lesen konnte. „Ich gehöre zu der zweiten Kategorie."

„Es tut mir leid, dass ich dir eine SMS geschickt habe. Ich bin heute auch nur gekommen, um euch zu sagen, dass wir uns nicht mehr sehen können. Wenn ich jetzt bei den Kollegen schnüffle, fällt es auf." Greta spielte mit einer Haarsträhne. „Dies war das letzte Mal. Ich ..."

Greta sah verloren aus. Ich wollte sie umarmen, aber etwas hielt mich zurück.

„Greta sieht das vollkommen klar. Wir dürfen mit diesem Fall nicht in Verbindung gebracht werden", sagte Marie. „Lasst uns gehen."

Ihre Worte hatten etwas Endgültiges. Draußen umarmten wir uns ein letztes Mal.

„Keinen Kontakt!" Gretas Stimme war leise. „Nie wieder."

Wir blieben noch einen kurzen Moment stehen, als wollten wir diesen letzten Augenblick festhalten.

GEGENWART

Tagebuch eines Häftlings

An unserem Hochzeitstag trug sie ein schwarzes Kleid. Ich glaube, dass sie sich damals für Schwarz entschieden hatte, weil sie wusste, dass ich diese Farbe besonders mag, eingebildet, wie ich nun mal bin. Sie wusste, dass ich sie geheiratet habe, weil sie es wollte und nicht, weil ich daran wahrhaftig geglaubt habe. Als wäre dieser Fetzen Papier ein Garant für ewige Treue und lebenslanges Beisammensein.

Sie wollte eine Hochzeitstorte, ich nicht.

Sie wollte einen Brautstrauß über die Schulter werfen. Blumen? Hör bloß auf!

Sie wollte ein Abendessen, das niemandem geschmeckt hat.

Auf den ersten Tanz mit ihrem Vater hat sie Gott sei Dank verzichtet.

Ich durfte ihr Kleid vor dem großen Tag nicht sehen und war auf das Schlimmste vorbereitet: So ein altbackenes, weißes Kleid mit einer Schleppe, einem Vorhang, der über den Boden schleift. Sorry, ich übertreibe oft. Sie sieht keinen Augenblick geschmacklos aus, obwohl sie sich die größte Mühe gibt. Selbst in ihrem alten, karierten Pyjama sieht sie zum Anbeißen aus. Aber in ihrem schwarzen Kleid – ein phänomenaler Anblick!

Ich hatte stets Angst, dass sie mich eines Tages verlassen würde, dass ich ihr nicht mehr genügte. Zweifellos war ich eifersüchtig. Ich gab vor, dass es mir nichts ausmachte, wenn andere Männer sie ansahen, oder versuchten, heftig mit ihr zu flirten. Manchmal geschah es selbst in meinem Beisein. Bastarde!

„Bis dass der Tod uns scheidet" hielt ich für groben Unfug. Wer kann ohnedies die nächsten fünf Jahre überblicken? Ich gab vor, auch ohne sie über die Runden zu kommen. Sie glaubte mir. Es ist ihre Art, den Menschen, die sie liebt, zu vertrauen.

Ich kümmerte mich ausschließlich um meine Angelegenheiten. Und nun ist es so weit. Endlich wurde ich verlassen ... Zumindest brauche ich mich nicht mehr zu ängstigen, dass es geschehen könnte. Ich habe oft davon geträumt, dass sie mich verlässt, aber, wenn ich schweißgebadet aufgewacht bin, ließ ich sie schlafen.

Eines Tages kommt sie mich besuchen.
Dann sage ich ihr, dass ich sie liebe.
Dann erzähle ich ihr die Wahrheit.
Erst jetzt habe ich Klarheit. Das schwarze Kleid war ihre Antwort. Ich dachte, sie hätte diese Farbe für mich gewählt. Sie ließ mich in dem Glauben.
Ich Idiot.
An unserem Hochzeitstag trug sie die Farbe der Trauer. Dieser Weitblick zollt meinen Respekt.
Gratulation.

*

Einst las ich eine Geschichte über Mönche, die an einem öffentlichen Platz für einen guten Zweck ihre Körper einem Flammenmeer aussetzten. Ich erinnere mich nicht mehr, woher sie kamen und ihre Beweggründe sind mir ebenfalls entfallen. Die Mönche waren in den Augen der anderen Helden, aber für mich sind sie Fledermäuse. Verwöhnte Affen. Sobald du ausgiebig meditierst, wirst du herausfinden, dass das Leben sinnlos ist. Zeit für etwas Neues!

Hey, weißt du was, wir zünden uns an. Offensichtlich glauben Mönche, dass es darauf ankommt. Dass die Welt sich verändert, sobald sie ein Streichholz an ihre Second-hand-Kutte halten.

Mit der Passion Jesu brauchen sie mich hier auch nicht zu behelligen. Statt sich ein bisschen zur Wehr zu setzen, ließ er sich an den höchsten Pfahl kreuzigen. Und um die Sache für jedermann einfach zu machen, schleifte er auch noch selbst das Kreuz über den Boden. Was müssen ihn die Jungs, die neben ihm hingen, gehasst haben. Wofür hätte er sich entschieden, wenn er die Wahl gehabt hätte: An einem Kreuz zu hängen oder mit einigen Jüngern im Schlepptau über einen See zu hüpfen. Es war Dads Entscheidung, kommentierte Jesus. Okay, Kumpel, aber was wolltest du denn?

Pubertät übersprungen, weil du zu sehr damit beschäftigt warst, Papis Lehren zu verkünden. Zu schwach, um dich von deinem Vater zu lösen.

Nein, Jesus war notwendig, um die Welt zu retten. Apropos Ego.

Ich wurde in ein Gefängnis gesteckt. Auch kein Vergnügen, mein Freund. Nieten durch die Knöchel sind ärgerlich, aber zumindest weißt du, dass es endlich ist. Und vergessen wir nicht die Belohnung: Heiligsprechung. Ich habe lebenslänglich bekommen, meine Gefängnisstrafe dauert mindestens fünfzehn Jahre. Kein Picknick, keine Freunde. Bonus: Ich werde als Mörder in die Geschichte eingehen.

Die Mönche hatten die Wahl: sich anzünden oder leben. Das nenne ich Luxus. Vielleicht bin ich aber auch nur eifersüchtig.

Gott sei Dank lese ich keine Zeitungen und sehe nicht fern. Die Justiz hat beschlossen, dass ich nicht mehr Teil der Gesellschaft sein darf. Folglich ist die Gesellschaft auch nicht mehr mein Part. Ich bin für Fair Play.

Es wird Zeit, Junge, dass du gestehst, Fehler gemacht zu haben, statt in deiner Unschuld zu schwelgen.

Ja, Dad.

Ich könnte fortan wütend auf „den Staat" oder „die Justiz" sein, indes hätte ich mich klüger verhalten sollen. Meine Darstellung als Unschuldslamm war nicht überzeugend. Demzufolge bin ich jetzt hier, in dieser Strafanstalt. Treffende Bezeichnung – Strafanstalt. Verrückte, von einem Zaun umgeben, viel mehr stellt ein Gefängnis nicht dar.

Werde ich möglicherweise verrückt? Kein Psychiater da, den ich fragen könnte. Ich bin leider noch nicht so gestört, meint der Gefängnisarzt. Obwohl mein Anwalt dagegen war, habe ich mich auf eine psychiatrische Untersuchung eingelassen und wurde für zurechnungsfähig erklärt.

Habe ich schon erwähnt, dass das Essen beschissen ist?

*

Hierfür würde ich töten:

1. Eine Joggingrunde im Park.

2. In meinem eigenen Bett Zeitung lesen.

3. Nach Hause kommen und meine Frau küssen. Achtlos ...

4. Vor dem Kamin nackt mit meiner Frau auf dem weichen Bärenfell liegen und eine Viertelstunde Kuschelsongs von Cat Stevens hören.

5. Duschen, bis die Haut aufgeweicht und runzelig ist.

6. Meine Mutter besuchen – oh, sie ist ja schon tot. Habe ich glatt vergessen.

7. An einem Sommerabend durch den lauwarmen Regen spazieren.

8. Essen gehen. Umständlich sein in Sachen Restaurantauswahl.

9. Nach einem Langstreckenflug heimkehren.

10. Ein Brötchen auf der Straße essen. Okay, vielleicht auch zwei.
11. Espresso, Espresso, Espresso.

Menschen, die das Leben erst zu schätzen wissen, wenn sie Krebs bekommen, fand ich schon immer bemitleidenswert. Mit einem Mal stellen sie fest, dass es reine Zeitverschwendung ist, jeden Abend vor dem Fernseher zu hocken. Braucht man für diese Erkenntnis einen Tumor?

Nun bin ich hier und muss mir eingestehen: Ich bin keinen Deut besser. Sieh dir meine Top Ten an. Außerhalb dieser Mauern enthielte diese Liste mit Sicherheit andere Punkte.

Seien wir mal ehrlich: Ich war zur damaligen Zeit nicht glücklich. Ich war die Hälfte der Zeit so sehr damit beschäftigt, das große Glück zu suchen, dass ich darüber unglücklich wurde. Die andere Hälfte der Zeit habe ich einfach nicht aufgepasst.

Kapitel 27

Kaltgestellt

Ich dachte an Kira. Ich hatte seit unserem letzten Treffen ununterbrochen an sie gedacht. Und jetzt war sie tot. Alles war umsonst gewesen.

Wenn ich die Augen schloss, sah ich sie in einer Blutlache auf dem Straßenpflaster liegen, ihr stummes Gesicht, das jeden Versuch blockierte, Mimik zu erzeugen. Hatte Kira begriffen, was mit ihr geschah? Hatte sie sich gefürchtet? Hatte sie die Augen zugekniffen oder gekämpft? Hatte sie überdies gewusst, dass der Tod jederzeit eintreffen konnte? Dass er derselbe war wie ewige Einsamkeit in einem weißen Sarg, mit Blumen, unter einem frisch gemähten Rasen? Das war mit jungen Menschen immer ein Problem. Sie hatten einfach nicht genügend Erfahrung, um einen wahrhaft schrecklichen Tod richtig einschätzen zu können.

„Alma", hatte Greta an unserem letzten gemeinsamen Abend gesagt, „du wirst dich damit abfinden müssen. Azraqs Sohn wurde von seinem Vater infiziert: mit Hass, mit Wut und Zorn, mit Scham, mit der Verpflichtung, nach dem Tod des Vaters die Ehre der Familie wiederherzustellen. Damit konnten wir nicht rechnen."

Greta hatte recht: Irgendwann werde ich mich damit abfinden müssen, getötet zu haben. Kiras Ermordung hatte unsere Grundsätze zutiefst erschüttert. Der Feind „Gewissen" erhob sich dennoch in mir, stärker denn je, verheerender, er brachte mich fast um den Verstand. Ich wünschte mir mein altes, sicheres Leben zurück und einen Mann, der mich liebte.

Für die Außenwelt hatte sich nichts geändert. Paul nahm an, dass ich wie jeden Freitag zum Tanzunterricht und danach auf ein Glas Wein mit den anderen in eine Kneipe ging. Der einzige Unterschied war, dass ich das jetzt beileibe tat. Meine Unbeweglichkeit hatte im Laufe der vergangenen Monate drastisch zugenommen. Zu lange hatte ich meinen Körper vernachlässigt.

Der Tanzsaal war riesig und der Spiegel offenbarte schonungslos, was nur in meiner Fantasie vergleichsweise gut aussah, aber das war mir egal. Ich tat Buße für all die Freitage, an denen ich Paul belogen hatte, und empfand schon deshalb eine gewisse Freude an dieser Form der Selbstgeißelung. Konsequent entschied ich mich für ein Plätzchen im hinteren Bereich des Raumes. Meine Neigung zur Selbsterniedrigung war wiederum nicht so groß, dass ich vorn stand und eine mäßig gute Figur mit hochrotem Kopf anstarrte, die der Spiegel reflektierte. Durch das Tanzen konnte ich mein Körperfett reduzieren. Aber bei Frauen in meinem Alter wurde das – evolutionär bedingt – immer schwieriger. Da haftete das Fett wie Harz an einem Baum. Meinen Körper als Subjekt durch das Training zu straffen, war derart anstrengend, dass ich mir gar nicht die Mühe machte, ihn weiterhin im Spiegel zu betrachten. Irgendwann würde er wieder vor Spannkraft strotzen.

Nach dem Unterricht trank ich Fruchtsaft mit ein paar Kursteilnehmern, was meine Sehnsucht nach den in Bier getränkten Abenden in Maries Büro verstärkte.

Ich kam nach wie vor um die gleiche Uhrzeit nach Hause. Paul hatte sich daran gewöhnt und fragte fast nie, wie der Unterricht gewesen war. Und wenn er es doch tat, so war ich endlich in der Lage, ihm wahrheitsgetreu zu antworten. Erklärungen wie „Ich töte Menschen. Nur so zum Spaß" konnte ich mir sparen.

Ich vermisste Marie, Sophie und Greta und fühlte mich wie eine Geliebte, deren vertraute Liebe plötzlich verstorben war. Für die Außenwelt durfte ich nicht zu sehr trauern, ich tat, als ginge alles seinen gewohnten Gang. Wenn ich ein Glas Wein über den Durst trank, bildete ich mir ein, dass ich unsere Geschichte erfunden hatte. Meine drei Freundinnen hätte es nie gegeben, und ich hätte nichts Rechtswidriges getan. Ich musste mein Leben leben, aber ich hatte keine Ahnung, wie ich das bewerkstelligen sollte.

Meine Ehe war eine Katastrophe, meine Arbeit interessierte mich kaum noch, und die Zukunft breitete sich wie eine öde Wüstenlandschaft vor mir aus. Leer und öde, das waren die treffenden Worte. Ich blickte nicht nach vorn, sondern zurück. Paul und ich teilten uns die Haushaltspflichten und lebten wie in einer Wohngemeinschaft. Jenny hatte in der Vergangenheit von mir zu wenig Aufmerksamkeit erhalten, und von Schuldgefühlen geplagt, überschüttete ich sie mit meiner Liebe. Sie war immer ein Mutterkind gewesen, aber jetzt beantwortete sie meine Zuneigungsversuche scheibchenweise. Sie wehrte meine Liebkosungen ab, kehrte mir beim Puzzeln oft den Rücken zu – um sich ihrer autoritären Mutter zu entziehen. Ich verstand ihre

Botschaft, aber konnte mich dennoch nicht zurückhalten.

Ich fühlte mich von allen ausgeschlossen, ein Kind, das in der Klasse in eine Ecke gestellt wurde, ein Mädchen, das ohne ihre Klassenkameradinnen bedeutungslos war. Mit ihnen kletterte ich auf das höchste Dach und wieder herunter. Unsere erste Begegnung und Gretas Worte gingen mir nicht mehr aus dem Kopf. „Ich dachte, dass wir uns in diesem Kreis zeigen, wie wir wirklich sind – unverfälscht und echt, und etwas gemeinsam bewirken", hatte sie gesagt.

Ich erinnerte mich an jenen regnerischen Abend, an dem ich begeistert zu meinem Auto lief. Selbst der Strafzettel hinter dem Scheibenwischer konnte meine gute Laune nicht trüben. Ich fragte mich, was ich in meinem Leben denn ohne sie bewerkstelligen konnte. Katzen hatten sieben Leben. Warum nicht auch ich? Zwei Leben hatte ich hinter mir gelassen: Mein altes, sicheres Leben und das mit Greta, Sophie und Marie – mit ein wenig Glück blieben mir also noch weitere fünf. Ich musste nur herauszufinden, welches neue Leben mir am besten gefallen könnte. Das war nur eine Frage des Handelns. Ich war schließlich schon auf ein Dach geklettert und von dort unversehrt heruntergekommen.

Kapitel 28

Je mehr Zeit verstrich ...

War es möglich, dass ich ungestraft alt und faltig wurde, während Hermann Wagner, Nicki Kramer und Farid Azraq in der kalten Erde verfaulten? In den Zeitungen gab es keine Hinweise auf polizeiliche Ermittlungen im Zusammenhang mit den von uns getöteten Personen. Lediglich über die Gerichtsverhandlung von Azraqs älterem Sohn, Walid, wurde berichtet. Es gab auch keine offensichtliche Verbindung zwischen Kira und mir. Je mehr Zeit verstrich, umso mehr wurde ich in dem Glauben gestärkt, dass wir straffrei davongekommen waren.

Die Zeit verrann trist und langsam. An dem Abend, als es geschah, arbeitete ich länger, und es traf mich völlig unvorbereitet und mit voller Wucht.

Es war paradox, aber in den Wochen, in den Monaten davor hatte ich meine Meinung geändert. Meine Zweifel und Befürchtungen über die Folgen des verhängnisvollen Abends waren verflogen. Ich war fest entschlossen, meiner Ehe eine zweite Chance zu geben, weil ich neuerdings wieder und wieder den gleichen Traum hatte: Paul und ich liegen gemeinsam in unserem Ehebett und er hat einen Arm um meinen Körper gelegt. Eine Feder ist aus dem Kissen geschlüpft und steckt in seinem Haar. Ich schalte die Nachttischlampe aus. In dem undeutlichen Dämmerlicht sehe ich, dass seine Augen geschlossen sind. Er ist tot. Ich wache schweißgebadet auf.

Paul und ich stritten uns nicht mehr. Ich fühlte mich von den Strapazen der letzten Ehejahre müde und erschöpft. Wir hörten auf, gegeneinander zu kämpfen und gingen uns nicht mehr aus dem Weg. Wir legten die schwere Last hinter uns ab und besiegten unsere Ehemüdigkeit. Wir redeten und redeten. Unsere Stimmen hoben sich mit wachsender Erregung, die Worte strömten nur so aus uns heraus, wie ein wilder rauschender Wasserfall. Pauls Augen wurden dann groß, und seine Gebärden wurden schneller, ausladender. Ich sah, wie sich sein Mund bewegte, spürte seine Worte, die mich streiften wie Pusteblumensamen im Wind.

Er gab sich große Mühe und er wusste, dass ich mein Bestes tat.

Wir erkannten die jeweils unbeholfenen Versuche des anderen, die Ehe zu stabilisieren, und tasteten uns langsam vor, aus Angst, das empfindsame Gleichgewicht zu zerstören. Wir tauschten regelmäßig Blicke, als hätten wir einen Plan, den nur wir kannten. Gespräche über die Fehler, die wir gemacht hatten, wurden nicht diskutiert. Auch hatte keiner von uns beiden das Bedürfnis, eine Eheberatung zurate zu ziehen.

Wir waren wie zwei Kinder, die das Spiel „verheiratet sein" aufs Neue spielten, und zwar so gut, dass wir unseren Rollen allmählich wieder Glauben schenkten. Paul und ich hatten uns in der Vergangenheit im negativen Sinne gegenseitig gestärkt – bereits ein einziges Wort hatte zu einer Fehlinterpretation, zu Konflikten oder einer vorwurfsvollen Stille geführt – jetzt stärkten wir uns gegenseitig im positiven Sinne. Wir zeigten dem anderen unsere guten Eigenschaften. Jenny reagierte überschwänglich, sie machte mehr Lärm und traute sich wieder, keck zu sein. Das arme Kind war offenbar nur noch auf Zehenspitzen gegangen.

Es ging mir besser, als ich erkannte, dass meine unbegründete Angst für meine Stimmungen verantwortlich war. Vor meiner Operation hatte ich geglaubt, dass ich mein schönes Leben nicht verdiente. Statt mich darüber zu freuen, schob ich mein Glück weit von mir. So wurde ich im Laufe der Jahre immer wütender, eine Wut, die ich konsequent unterdrückte. Und wie drastisch die Methode auch gewesen sein mochte, um mich meiner Wut zu entledigen, der Versuch erwies sich als Erfolg. Im Nachhinein musste ich mir eingestehen, wie unfair es von mir war, Paul insgeheim dafür verantwortlich zu machen, dass ich nicht glücklich war.

Die Erinnerungen an meine Herzoperation kamen als geballte Ladung wieder an die Oberfläche. Ich leistete keinen Widerstand, und meine innere Stimme hielt sich ebenfalls bedeckt. Ich begann, mein Tagebuch aus dieser Zeit zu lesen.

Dadurch rückte die kurze, intensive Freundschaft mit Sophie, Greta und Marie plötzlich in ein anderes Licht. Für sie war ich eine Frau ohne Vergangenheit gewesen. Sie kannten nur jene Alma, die an den Freitagabenden zu ihnen stieß: Voller brachialer Energie und mit der Absicht, ein schlechter Mensch zu werden. Ich hatte vieles mit ihnen geteilt, sie wussten alles über meine festgefahrene Ehe und ich von ihren Schwierigkeiten mit dem Partner. Aber kannten sie mich wirklich?

Die Narbe auf meiner Brust hatte ich ihnen nie gezeigt. Über mein stolperndes Herz oder meine panikartigen Ängste, als meine Mitralklappe ersetzt wurde, wussten sie nichts. Sie hatten keine Ahnung, dass ich nur ein paar Monate vor unserem Kennenlernen schwer krank gewesen war.

Ich hatte ihnen nur das gezeigt, was ich bereit war zu zeigen, nur das, was ich zeigen wollte, und ich vermutete, dass das Gleiche auch auf sie zutraf. Damals genügte es mir, aber heute hatte es einen traurig-faden Beigeschmack. Nach meiner Crash-Landung auf der Erde wurde mir klar, dass die Vergangenheit gehörig dazu beigetragen hatte. Ich suchte meine alten Freunde wieder auf, die mich – entgegen meinen Befürchtungen – herzlich in ihre Arme schlossen. Die Selbstverständlichkeit, mit der sie mich in ihrer Mitte aufnahmen, lag in unserer gemeinsamen Vergangenheit und den damit verbundenen Erinnerungen begründet.

Ich las meine Tagebuchaufzeichnungen aus der Zeit, als ich allein im Krankenhaus lag und nicht wusste, wo Paul sich aufhielt oder ob er mich besuchen würde. Ich weinte, und war nicht mehr wütend. Je mehr ich darüber nachdachte, desto simpler mein Fazit: Ich hatte Angst zu sterben und Paul befürchtete, mich zu verlieren. Hätten wir unsere Ängste geteilt, dann hätte meine Geschichte einen anderen Verlauf genommen. Stattdessen unternahm Paul den Versuch, mir Mut zu machen, und ich reagierte mit dem Rückzug aus dem Eheleben. Dass er mich kurz vor der Operation im Stich gelassen hatte, war unschön. Dennoch konnte ich es heute verstehen, aber ich weigerte mich, mit ihm über jene Zeit zu sprechen, die ich als „undichte Klappe" bezeichnete.

Es gab noch andere Möglichkeiten, uns zu zeigen, dass wir einander verziehen hatten. Sex, zum Beispiel, die wiederentdeckte Lust. Eines Abends kamen wir nach einem Abendessen und mehreren Gläsern Wein ein wenig beschwipst nach Hause und kicherten albern. Paul ließ sich aufs Bett fallen, während ich den Rücken gegen die Tür drückte und vor Anstrengung, nicht laut loszulachen, am ganzen Körper bebte. Er lag auf dem Rücken, die Füße gekreuzt, eine Hand hinterm Kopf, ein breites, lässiges Grinsen im Gesicht. In jener Nacht schliefen wir miteinander. Ich entdeckte seinen Körper wieder, lang und schlank und straff. Während wir uns liebten, war ich die ganze Zeit nervös, nahm jedes Stöhnen und Seufzen übertrieben deutlich wahr. Lange Zeit waren wir unberührt geblieben, getrennt durch meine Wut oder durch irgendetwas anderes. Groll? Unausgesprochene Schuldzuweisungen? Danach, bevor wir uns voneinander lösten und jeder auf sein Kissen fiel, wieder zwei getrennte Körper, küsste er mich am Hals entlang und auf die Schultern – sanft, langsam. Es lag Ehrfurcht in der Geste –, Zärtlichkeit –, ein deutlicher Gegensatz zu der Zurückhaltung davor. In dem Moment kam er mir offen und verletzlich vor. In dem Moment wusste ich, wie ernst die Sache für ihn war. Und auf einmal fühlte ich mich stark zu ihm hingezogen, spürte ein Band zwischen uns, das uns vereinte. In dem Moment hatte ich eine erste Ahnung, wie sehr ich ihn verletzen konnte.

Ich ertappte mich auch dabei, dass ich die Zeit mit Greta, Sophie und Marie in der Vergangenheitsform betrachtete. Eine winzige Flamme hatte sich zu einem gefährlichen Waldbrand entwickelt – und ich entflammte mittendrin. Nun, da das Feuer im Keim erstickt war, überblickte ich den Schaden und begann mit den Aufräumarbeiten. *Alma kehrt in ihr Leben zurück,* sagte meine innere Stimme, *nur selbstbewusster.* Ich wurde offener, sagte ohne Umschweife, was ich dachte. Zu meiner Überraschung wurde das von Kollegen, Freunden und von Paul akzeptiert. Aber es gab auch Situationen, in denen es mir schwerfiel, meine Meinung kundzutun. Dann stellte ich mir die Frage: Was ist das Schlimmste, das dir passieren kann? Die Antwort war so einfach: Sie werden dich nicht mögen. *Und dafür hast du dich seit Jahren verbiegen lassen.*

Ich gestehe, dass ich mich erneut auf die andere Seite schlug. In Windeseile mutierte ich wieder zu der einstigen gutmütigen, alten Magd – jederzeit bereit, im Dienst der Nächstenliebe. Die größte Gefahr bestand allerdings nicht darin, dass ich mich als Wohltäterin entpuppte, sondern darin, meine privaten Belange im Auge zu behalten.

Ich war wieder auf dem besten Wege, jene unerträgliche Ehefrau zu sein, die für alles Verständnis aufbrachte.

An dem Punkt trat Greta wieder in mein Leben.

Kapitel 29

Vorbote

An einem grauen Samstagabend fand ich ihre Mail in meinem Posteingang. Mein erster Gedanke war, dass die Nachricht als Köder diente. Hielt mir ein Polizei-Schnüffler einen Knochen hin, in der Hoffnung, dass ich ihn mir wie ein Hund in den Besitz brachte? Die E-Mail war zu kurz, um sie Gretas Handschrift zuzuordnen: Notfall. Brauche Euch. Am kommenden Freitag am üblichen Ort zur gewohnten Zeit? Bitte sag ja. Das Wort „Bitte" störte mich. Ich stand wie erstarrt und las immer wieder dieselben Worte. Es sah Greta gar nicht ähnlich, uns um etwas zu bitten. Oder war die Tatsache, dass sie sich atypisch verhielt, der Grund, ihren Hilferuf ernst zu nehmen?

Ich stand auf und ging zum Fenster. Es schneite wieder – stärker und sanfter als der frühere Schneefall. Ich sah den wirbelnden Flocken zu, wie sie sich schwer über den Garten legten, eine weiche Decke über alles breiteten, über jeden Strauch und Busch, sich an die Krümmungen von Ästen und die Ziegel auf dem Dach klammerten, die Fensterscheiben bepuderten. Ich hatte Greta am Dienstagnachmittag zufällig in der Stadt getroffen. Paul, Jenny und ich hatten unsere Wanderstiefel angezogen und waren durch den Schnee zum Wochenmarkt gestapft. Ich spürte ein Kribbeln im Nacken und drehte mich um. Greta starrte mich aus der Ferne an und der Boden unter meinen Füßen wankte, mein Atem stockte. Es erforderte unerhörten Mut, meinen Blick in ihren zu tauchen. Ihr Gesicht war blass und abgespannt, die Augen hatten einen gehetzten Ausdruck. Sie winkte mir zu und lachte. Ich wandte mich sofort ab, weil das keine zufällige Begegnung gewesen sein konnte. Da bin ich mir heute sicher. Greta war die Dunkelheit im Hintergrund, der Schatten in meinen Augenwinkeln, der Dämon hinter meinen geschlossenen Lidern.

Ich setzte mich wieder vor den Bildschirm und las Gretas E-Mail abermals, wie einen Geheimcode, den ich zu entziffern hatte. Freitag ... mir blieben noch drei Tage. Wenn sie uns wissen lassen wollte, dass die Polizei uns auf die Schliche gekommen war, hätte sie uns gewiss noch heute treffen wollen.

Ich betrachtete Gretas E-Mail aufs Neue und versuchte, sie in einem harmlosen Licht zu sehen. *An Greta ist aber nichts harmlos.*

„Ich will das nicht", sagte ich leise und konnte nicht verhindern, dass es mir eiskalt den Rücken hinunterlief. „Lass mich in Ruhe."

Meine imaginäre Liebe hatte mich weggeworfen, und nun, da ich die Trennung überwunden hatte, wollte sie sich wieder mit mir versöhnen. Der innere Kampf entfachte mit voller Wucht. Adieu, Ruhe. Adieu, Zufriedenheit.

Bald meldete sich Marie mit einer E-Mail. Bis Freitag. Gleiche Zeit, gleicher Ort wie gewohnt. Lösch die E-Mails.

Sophie bestätigte ebenfalls den Termin. Ich schrieb eine ausführliche Nachricht, in der ich erklärte, warum ich nicht kommen konnte. Kein Kontakt, daran halte ich fest, schrieb ich. Nach zwei schlaflosen Nächten schickte ich eine zweite Nachricht, kurz und bündig: Ich werde da sein.

Kapitel 30

Hätte ich nur ...

Ein Gewitter zog auf. Ich spürte es in der seltsamen Stille, die in der Luft lag – wie ein Omen. Ich habe dieses Gefühl nicht wirklich benennen können, aber es überkam mich wie eine böse Vorahnung und nistete sich eiskalt in meinem Hinterkopf ein. Trotz meiner Bedenken fuhr ich an dem bewussten Freitag zur Kanzlei. Ich war zu früh und wartete zehn Minuten – eine reine Vorsichtsmaßnahme. Ich blieb im Wagen, um die anderen in Augenschein zu nehmen, wenn sie nacheinander die Kanzlei betraten. Dabei war es so einfach: Den Wagen starten und zum Tanzkurs fahren, um mich anderthalb Stunden stümperhaft zu bewegen und später ein Glas Wein mit Leuten zu trinken, die mir nichts sagten und mich deshalb auch nicht berührten. Belangloses Geschwätz und danach ins Bett.

Ich zitterte vor Kälte.

Ich hätte umkehren müssen.

Wenn ich ...

Hätte ich nur.

Heimtückische, eiskalte Wintermorde.

Das Schicksal zupfte mich am Ärmel und führte mich in das Gebäude, mit dem Aufzug nach oben, in Maries Büro, wo die anderen bereits auf mich warteten.

Als ich eintraf, saßen meine Freundinnen auf der Couch. Greta weinte. Sophie hielt ihre Hand. Marie war ein Bild der Gelassenheit, unpassend gekleidet – in einen Pullover mit dem Aufdruck „Häftling" auf dem Rücken. Ich fragte mich, ob sie ihn aus dem Knast hatte mitgehen lassen.

„Hallo, ihr Gutmenschen", begrüßte ich sie.

Im Büro herrschte eine merkwürdige Stimmung. Mein Herz raste und ich versuchte verzweifelt, meine innere Stimme zu ignorieren, die mich vor einem neuen Herzinfarkt warnte. *Deine Herzklappe erneuern lassen und immer noch nicht genug haben? Dies ist der letzte Ort auf Erden, an dem man dich finden sollte, Alma*, warnte sie mich. Ich biss die Zähne zusammen, ballte meine Fäuste und beschloss, dass das nicht geschehen würde. Kopf hoch, mein Herz, schlage weiter. Du hast Schlimmeres überstanden.

Greta weinte still, Marie und Sophie saßen wie erstarrt auf der Couch, aber immer noch bereit zu fliehen, sollte es die Situation erfordern.

„Was ist los", fragte ich. „Geht es um Azraqs Sohn?"

Sophie führte ihren Finger an die Lippen. „Pst."

Ich holte tief Luft, straffte die Schultern. „Greta, was ist passiert?"

Sie schüttelte den Kopf.

„Sie kann nicht sprechen. Sie ist zu aufgeregt", erklärte Marie. Sie hielt meinen Blick, ihr Gesicht eine Fassade von Seelenverwandtschaft.

Ich wollte helfen, teilhaben an Gretas Kummer, aber ich störte eine gewisse Intimität in diesem Raum. „Ich hole uns etwas zu trinken."

Im Gang atmete ich wieder auf. *Geh,* sagte meine innere Stimme, *geh, es ist noch nicht zu spät.* Ich lief nicht zum Kaffeeautomaten, sondern in Richtung Aufzug. Hektisch drückte ich den Knopf.

„Was machst du, Alma?" Marie stand in der Bürotür und sah mich verdutzt an.

„Das hier ist keine gute Idee. Ich muss nach Hause gehen. Es tut mir leid."

„Komm, Alma. Bitte, bleib doch."

Ich schüttelte den Kopf. „Die Abmachung lautete: kein Kontakt. Nie wieder. Also, was machen wir hier?"

Stille.

Marie lehnte mit verschränkten Armen an der Wand, und ich nahm an, dass sie auf ein Stichwort wartete, das mich umstimmen könnte. Ich fühlte mich manipuliert. „Ich bin sehr traurig, dass Greta eine harte Zeit hat, aber Trost soll sie sich woanders holen. Es ist zu gefährlich. Sie weiß das nur zu gut, wie wir übrigens auch."

Marie kam in meine Richtung. Ihr Gang hatte etwas holperiges, wie bei einem Mädchen, das die übergroßen Schuhe ihrer Mutter trug. „Not kennt keine Gebote, Alma."

„Was für ein Notfall?"

„Das werden wir noch erfahren. Greta braucht uns, reicht dir das nicht?"

„Um dafür unser Leben zu riskieren? Um am Ende in einer Zelle zu landen?"

Marie legte ihre Hand auf meinen Arm. „Du übertreibst. Versuch, dich zu entspannen. Niemand weiß, dass wir hier sind. Wir sind sehr vorsichtig. Es liegt in unserer Natur, schon vergessen?"

Ich holte tief Luft und seufzte. „Also gut."

Normalerweise hätte Maries betulicher Tonfall mich irritiert, aber ihre Worte wirkten beruhigend.

„Lass uns hören, was Greta zu sagen hat", fuhr sie fort. „Wenn es uns nicht gefällt, trennen wir uns." Sie tätschelte meinen Arm. „Ich habe dich vermisst."

„Ist das so?"

Wir lächelten einander an.

„Ich bin fürs Normale verdorben. Seit ich dich getroffen habe, finde ich andere Menschen entsetzlich langweilig", sagte Marie. „Ich finde mich so langweilig, wenn ich nicht mit euch zusammen bin."

Ich nickte.

„Ich bin so froh, dich zu sehen!" Marie strahlte übers ganze Gesicht. Sie sah herzerquickend aus, wie ein Kind mit Pausbacken, das ein Geschenk bekommen hatte.

„Wir dürfen nicht mit-, aber können auch nicht ohneeinander sein", flüsterte ich. „Aber wir müssen, Marie. Wir müssen."

Marie umarmte mich. Ihr breiter, weicher Körper war wie ein Schwamm, der mich aufsaugte. Ich schloss meine Augen.

„Dieses eine Mal noch", flüsterte sie.

Ich löste mich. „Ich bin gleich da, okay?"

„Ich sehe dich." Sie ging wieder in ihr Büro und drehte sich an Tür noch einmal um. Sie wollte sich wohl vergewissern, dass ich mich nicht aus dem Staub machen würde.

Fünfzehn Minuten später hatte Greta sich beruhigt. Die meisten Frauen in ihrem Alter sahen nach einem Weinkrampf völlig zerknittert aus. Nicht Greta. Mit ihren feuchten Wimpern und den leuchtend roten Wangen bat sie uns, ihre Hand zu halten.

„Es ist Tom", begann sie.

Ich hatte das Gefühl, es gäbe nicht genügend Sauerstoff im Raum. Ich zog einen Stuhl herbei und setzte mich ihr gegenüber. Der Stuhl schrappte laut übers Parkett, und ich kam mir unbeholfen und täppisch vor.

Tick ... Tick ... Tick.

Meine Herzklappe gab Warnsignale, mein Puls raste. Mir fiel auf, dass Greta den Augenkontakt mit mir vermied, als ich mich setzte. Ich saß da, die Hände im Schoß verschränkt, und nahm die Augen nicht von Gretas Gesicht, in dem mittlerweile eine gewisse Entspanntheit lag, als würde sie die Menschen um sich herum schon ihr ganzes Leben kennen. Doch plötzlich hob sie spielerisch die Augenbrauen.

Herrgott noch mal, nicht schon wieder.
Es gab immer einen Mittelweg in Sachen Emotion.

Kapitel 31

Bastard

Ich stand auf und ging zum Fenster. Der Wind nahm zu, Büsche und Bäume rauschten in düsterer Stimmung und die Wolken plusterten sich auf, als würden sie auf irgendetwas einen mächtigen Groll hegen. Selbst der Einfältigste mochte erkennen, welch stürmische Zeiten sich ankündigten, die fern eines knisterwarmen Heimes weder Labsal noch Glückseligkeit versprachen.

„Dieser Bastard", rief Sophie.

Ich drehte mich um und quittierte ihre Bemerkung mit einem lauten Lachen, während Marie Tee aus einer Thermoskanne in Plastikbechern servierte. Sie reichte mir einen Becher und sah mich an mit ihrem Musste-das-jetzt-sein-Gesicht.

Greta kräuselte die Stirn. „Das ist er in der Tat."

„Was ist passiert?", fragte ich zum zweiten Mal an diesem Abend. Ich wusste, dass ein längerer Monolog folgen würde, es folgte immer ein längerer Monolog, wenn Greta ihre staatstragende Haltung einnahm.

„Ich habe es per Zufall herausgefunden", sagte sie und nippte an ihrem Tee und dann noch einmal. Ich vermutete, dass sie Zeit gewinnen wollte; etwas ist nur wahr, wenn es ausgesprochen wird.

Marie platzte vor Neugierde. „Betrügt er dich?"

„Hältst du jetzt mal deine Klappe", herrschte Sophie sie an.

„Tom ist nicht der Mann, für den ich ihn gehalten habe." Greta nahm ihren Zopf und steckte die Spitze in den Mund. In der anderen Hand geriet der Teebecher in eine gefährliche Schieflage.

Wir warteten, aber sie hatte nicht die Absicht, mehr preiszugeben.

„Meine Liebe", sagte Marie, „du sprichst in Rätseln." Sie tippte mit ihrem Zeigefinger an ihre Stirn. „Sprich mit uns, als hätten wir eine beschränkte Auffassungsgabe. Versuch uns zu sagen, was passiert ist."

„Er hat das Finanzamt betrogen. Steuerhinterziehung in Millionenhöhe! Die Steuerfahndung ist hinter ihm her." Die Worte sprudelten aus ihrem Mund. Mir kam es allerdings vor, als entlud sie eine geballte Ladung Gift. „Er hatte noch nicht mal den Mut und die

Nerven, es mir zu sagen."

Ich setzte mich wieder. „Ach Greta, das ist ja furchtbar."

Sie sah mich an, als wollte sie sagen: Hilf mir, unternimm etwas. „Laut seinem Anwalt sieht es nicht gut aus. Er wird einige Jahre ins Gefängnis gehen. Wir stehen kurz davor, alles zu verlieren."

„Jetzt weißt du wenigstens, warum er mit einem Rucksack durch Indien trampen wollte", sagte Sophie. „Er wollte fliehen."

„Für einen Dollar am Tag ...", fügte ich hinzu.

„... und in einer Kakerlakenabsteige übernachten", kicherte Marie.

Greta schien uns nicht zugehört zu haben. „Unser Leben bestand aus einem Lügengeflecht. Er sagt, er liebt mich, aber was ist es wert?"

„Dieser Bastard", wiederholte Sophie. Dieses Mal lachte niemand.

Marie straffte ihre Schultern. „Seid ihr in Gütergemeinschaft verheiratet?"

Greta nickte.

„Dann haftest du auch mit deinem Anteil am Vermögen."

„Toms Schulden sind auch meine Schulden", Greta lachte bitter, „glaub mir, Marie, darüber bin ich mir durchaus im Klaren." Ihre Stimme war schrill vor Verzweiflung.

„Hast du niemals die Bilanzen überprüft?", fragte Marie. „Jeder weiß, dass im Falle einer Insolvenz ..."

„Danke, Marie, deine guten Ratschläge kannst du dir ersparen. Das ist das Letzte, was ich jetzt brauche." Greta kochte vor Wut. „Tom hat mir versprochen, dass er sich um alles kümmern wird. Ich habe ihm geglaubt, blöd und naiv wie ich war, aber ich liebe diesen Mann." Greta stand auf und ging zum Fenster. „Falsch! Ich habe ihn geliebt. Das nennt man dann wohl Schicksal!" Sie stellte ihre Tasse auf der Fensterbank ab und kreuzte ihre Arme.

„Sorry", sagte Marie, „Schicksal ist etwas aus der Fabrik. Wenn man es umtauschen möchte, findet man den Kassenbon nicht mehr. Traurig sein hilft da nicht, meine Liebe. Du musst handeln. Wenn du Hilfe brauchst, könnte ich versuchen herauszufinden, inwieweit man dich rechtlich belangen kann und ..."

„Er muss sterben", sagte Greta kalt.

Sophie wurde blass. „Das ist nicht dein Ernst."

Greta sah sie wütend an. „Es ist das, was er verdient."

„Ich verstehe, dass du in einer solchen Lage mit dem Gedanken spielst", antwortete ich, „aber das bedeutet nicht ..."

„Ich will seinen Tod", unterbrach sie mich heftig. „Tom hat mir zehn Jahre meines Lebens gestohlen. Er war es, der keine Kinder wollte. Wir genügen uns, hat er immer behauptet." Sie lachte schrill. „Wir hätten so ein schönes Leben haben können. Und nun habe ich nichts. Gar nichts!"

„Jesus", sagte Sophie empört.

„Ihr müsst mir helfen. Ich schaffe das nicht allein. Bitte ..."

Ich sah Greta in die Augen und las ihre Gedanken: Ich war nichts anderes als das Anhängsel eines vermögenden Mannes, eine Frau, die ihr Leben bei ihm überwintert. Greta erwiderte meinen Blick und ich sah die aufkommenden Tränen in ihren Augen. Sie war eine Frau, die soeben jung und schön gestorben war, und das konnten die wenigsten: Sehr schön sterben. Tom hatte ihr das Herz gebrochen, für immer, vielleicht sogar für ewig.

„Greta, überleg doch mal", begann Marie. Sie schlug einen ruhigen Ton an, aber ich hörte ein Zittern in der Stimme. „Wenn wir Tom töten, landen wir im Gefängnis. Die Spuren führen zu dir. Du hast ein klares Motiv. Das weißt du."

„Und dann wird die Polizei die Ermittlungen aufnehmen. Sie werden herausfinden, was du sonst noch alles auf dem Kerbholz hast", fuhr ich fort. „Sie werden auf uns kommen. Wenn wir uns Tom vornehmen, unterzeichnen wir unser eigenes Todesurteil."

Wir redeten zwanzig Minuten auf Greta ein. Schließlich räumte sie ein, dass Mord keine Option sei, und setzte sich wieder zu uns.

Sophie kicherte. „Wir könnten Toms Leben sicherlich zur Hölle machen."

Das sah Sophie ähnlich: Kannibalenhumor für Mädchen mit multiplen Psychosen.

Greta sah sie erstaunt an. „Glaubst du? Aber wie?"

„Seine Haare im Schlaf abrasieren", schlug ich vor.

Greta seufzte. „Er hat schon eine Glatze."

„Lass ihn links liegen", sagte Marie. „Lass ihn spüren, wie es sich anfühlt, mit einer Fremden zu leben."

„Nimm dir einen Liebhaber", schlug Sophie vor. „Schlaf mit seinem besten Freund. Das vernichtet ihn."

„Es wäre ein Anfang", stimmte ich zu.

Greta lachte und wir mit ihr, erleichtert, dass sie nicht mehr weinte. Sie zog das Gummiband aus ihrem Zopf, schüttelte ihre Haare und warf sie nach vorn, dass ihr Gesicht nicht zu sehen war. „Ich habe eine bessere Idee. Tatsächlich ist es ziemlich einfach ..."

Ich beobachtete das strubbelig quer verlegte Haarbündel ohne

Gesicht. Gretas Lachen hatte einen manischen Klang, wie von einem wilden Tier.

„Wollt ihr hören, was ich mir ausgedacht habe?", kicherte sie hinter ihrer Tarnung.

Es dämmerte mir allmählich. Ihre Fröhlichkeit hatte etwas Verrücktes, das jederzeit in Wahn umschlagen konnte. Wir mussten sie schützen. Sie kam mit ihrer Situation kaum klar und war zu allem fähig. Mein Magen zog sich zusammen. Ihr unberechenbares Verhalten stellte eine Gefahr für uns dar.

„Bist du okay, Greta?", fragte ich.

Greta strich sich die Haare aus dem Gesicht. „Ja."

„Was ist dein Plan?" Sophie klang kurz angebunden.

„Wir schieben ihm die Morde in die Schuhe." Greta lächelte breit. „Wie wär's damit: Tom, der Serienmörder. Zwei Fliegen mit einer Klappe."

„Wie willst du denn das anstellen?", fragte Marie. „Bist du dir nicht im Klaren, dass wir die Polizei auf uns aufmerksam machen, wenn wir zwischen den Morden einen Zusammenhang herstellen? Unser Glück ist, dass es keinen Kontext gibt."

„Bist du wirklich so naiv, oder tust du nur so? Die Untersuchung im Fall Azraq ist durch die Ermordung seiner Tochter noch nicht endgültig abgeschlossen. Wir müssen die Kripo auf eine falsche Fährte setzen."

„Aber Wagner, Kramer und Azraq sind offiziell eines natürlichen Todes gestorben", hielt Marie entgegen. „Und jetzt möchtest du der Kripo einen Tipp geben, dass sie getötet wurden. Wie blöd muss man denn dafür sein?"

„Äh, noch ein Punkt", warf ich ein. „Tom hat es nicht getan."

„Willst du mir damit sagen, dass er unschuldig ist", schnaubte Greta. „Dass er nichts auf dem Kerbholz hat? Dass er straffrei davonkommt? Dass er unschuldig ist?"

„Ich sage nur, dass es unfair wäre, ihn für unsere Taten büßen zu lassen", protestierte ich.

Greta sah mich wütend an. „Tom hat mein Leben zerstört. Und du findest es unfair, wenn ich sein Leben jetzt zerstöre? Habe ich das korrekt wiedergegeben? Fick dich, Alma."

Sie ging zur Tür. „Ich hole mir jetzt ein Bier. Noch jemand?"

Sie wartete die Antwort nicht ab und schlug die Tür hinter sich zu.

Einen Moment herrschte absolute Stille.

„Das ist verrückt", flüsterte ich, während ich ein Auge auf die geschlossene Bürotür warf. „Wir müssen sie stoppen."

„Aber wir können Greta nicht ihren Gang gehen lassen", zischte Sophie. „Sie bringt uns alle in Gefahr. Wenn sie das allein durchzieht, können wir sie nicht im Auge behalten."

„Aber wir machen uns zu Komplizen!", flüsterte Marie entsetzt. „Ich stimme Alma zu. Es ist viel zu riskant."

Sophie rieb sich nervös die Hände. „Wir sind bereits Komplizen und haben uns mitschuldig gemacht. Greta ist ein nicht ausbalanciertes Projektil, eine tickende Zeitbombe."

„Das stimmt", seufzte ich.

Die Türklinke wurde nach unten gedrückt und Greta öffnete die Tür mit dem Ellenbogen. Sie hielt vier Flaschen Bier in der Hand. „Wer möchte?"

Sophie lächelte gequält. „Wir fragen uns, wie du das bewerkstelligen willst. Ich meine, wie zur Hölle können wir den Verdacht auf Tom lenken? Er kennt weder die Männer noch hat er ein Motiv und er war kein einziges Mal in der Nähe eines Tatorts. Fazit: Er ist der letzte Mensch auf Erden, den die Polizei verdächtigen würde."

Greta reichte uns das Bier. „Also sind wir uns einig?"

Gab es für uns eine andere Option? Ich fuhr mir über die Unterarme, die plötzlich von einer Gänsehaut überzogen waren. Greta war vorübergehend geistesgestört. Es schien mir sinnvoller, sie bei Laune zu halten.

„Vielleicht schaffen wir es. Es hätte was", meinte Sophie und hielt ihre Flasche hoch. „Prost! Auf die totale Vernichtung von Tom Arschloch."

Greta prostete Sophie zu, sah sie verführerisch an, während Marie mir einen Blick zuwarf, als wollte sie mir sagen, dass Greta unser Leben in ihrer Hand hielt. Ich zuckte die Schultern. Schließlich stießen auch wir mit Sophie und Greta an.

Ich sagte kaum etwas, hielt mich zurück und sah auf meine ineinander verschlungenen Hände. Fragte mich, wie ich im Falle, dass Paul sich als Wirtschaftskrimineller entpuppte, reagieren würde. Unser Leben eine einzige große Lüge? Es war selbstsüchtig von mir, zuerst an meine eigene Sicherheit zu denken, statt Greta zu stärken. Dass sie außer sich war vor lauter Kummer und Sorge, war nur verständlich. Ich würde jedenfalls durchdrehen.

Greta lachte, aber ihre Heiterkeit war nicht überzeugend. Dennoch wurde es ein schöner Abend. Nach meinem dritten Bier gestand ich, dass ich sie alle schrecklich vermisst hatte. Auch die anderen erwähnten ihre Entzugserscheinungen. Ich hatte es für eine Schwäche gehalten, dass ich sie brauchte, aber mir fiel erst jetzt auf, wie stark und außergewöhnlich unser Zusammenhalt war.

Wir waren Seelenverwandte.

Das Adrenalin floss wieder in Strömen und wir stachelten uns gegenseitig an, bis wir an die Rechtmäßigkeit unseres Plans glaubten. Marie argumentierte in alter Manier: Wirtschaftskriminalität wurde systematisch zu gering bestraft. Tom verdient es, eine Ewigkeit in einer Zelle zu schmoren. Steuerbetrug wurde zwar hart bestraft, aber für Mord gab es lebenslänglich. Für einen dreifachen Mord das Dreifache. Auge um Auge, Zahn um Zahn. Die zusätzlichen Jahre im Gefängnis waren eine willkommene Ergänzung.

Am Ende des Abends klatschten wir vor Freude in die Hände. Es war ein brillanter Plan.

GEGENWART

Tagebuch eines Häftlings

In zwei Tagen erwarte ich einen Besucher. Der Name auf der Liste sagt mir nichts. Marie Schrader. Sie sieht in mir vermutlich einen Sozialfall. Oder sie ist ein Freak, der auf Mörder steht. Ich sehe gut aus und kann durchaus gepflegte Konversation machen. Sie hätte es schlimmer treffen können.

Jeder Tag ist wie der andere, keine Abwechslung. Ich bin froh, dass etwas geschieht. Zweifellos wird sie mir auf die Nerven gehen, aber sie bringt zumindest Abwechslung in meiner Stube.

*

Ich hatte schon so lange niemanden mehr zu Gesicht bekommen, dass ich jetzt nervös wurde. Marie Schrader ist es nicht aufgefallen, da bin ich mir sicher. Ich kann mich beherrschen. Im Gerichtssaal war das mein Problem. Mein Verhalten wurde als Gleichgültigkeit interpretiert. Aber in diesem Fall war es in Ordnung, gut für mich.

Leider war sie kein heißer Feger. Schrader entpuppte sich als eine mollige Frau über vierzig. Ziemlich unglücklich, wenn man mich fragt. Das ist also der Teich, aus dem ich jetzt fischen soll?

Ich masturbiere nicht. Der Mann in der Zelle zieht aus lauter Einsamkeit an seinem Schwanz. Ich bin vielleicht bedauernswürdig, aber so erbärmlich nun auch wieder nicht. Früher habe ich Typen wie Schrader keines Blickes gewürdigt. Sie trug eigenartige Schuhe. Eine Stretch-Jeans und ein voluminöses Teil, etwas zwischen einem T-Shirt und einem Kleid. Sie zog ständig daran, als befürchtete sie, ich könnte einen Blick auf ihre Schwabbelwampe werfen.

Schrader stellte Fragen. Sie wollte wissen, wie es mir geht. Blablabla. Nun, das Essen hier ist exzellent und die Outdoor-Aktivitäten sind fantastisch.

„Was machen Sie hier?" Sie gab mir keine befriedigende Antwort. „Was wollen Sie von mir?"

Es klang barsch und war auch so gemeint. Sie lächelte, als hätte ich etwas Nettes gesagt. Dann sagte sie, dass sie von meiner

Unschuld überzeugt wäre und meine Geschichte hören wollte. Die wahre Geschichte.

„Die Mühe können Sie sich sparen."

Wieder grinste Specki. „Ich bin Anwältin."

Schrader hat mir ein Angebot gemacht. Sie will meinen Fall neu aufrollen und einen Antrag auf Wiederaufnahme des Verfahrens einreichen. Dass sie mit dieser Wampe keine Klienten hat, kann ich durchaus nachvollziehen. Aber sie soll mich deswegen nicht behelligen. Ich stand auf und ging. Ende des Besuches. Ende der Geschichte.

„Wir sehen uns nächste Woche", rief sie mir hinterher.

*

Meine Frau wird auf der Straße keines Blickes gewürdigt, weil sie mit einem Verbrecher verheiratet ist. Sie erhält rüpelhafte E-Mails. Die Nachbarn grüßen sie ebenfalls nicht mehr. Mit ein wenig Vorstellungsvermögen weiß man, wie ihr Leben jetzt aussieht. Ich habe dieses Chaos in ihr Leben gebracht, egal wie man es betrachtet. Ohne mich säße sie jetzt nicht in der Scheiße. Die Gerichtsverhandlung lasse ich in meinem Kopf auch weiterhin Revue passieren. Der Staatsanwalt behauptete, ich hätte kein Motiv gehabt, was ein Indiz für meine Gewissenlosigkeit wäre. Offenbar war es weniger abscheulich, wenn ich einen Grund gehabt hätte. Mordsucht. Anders konnten sie es sich nicht erklären. Warum diese drei Personen? Ich konnte die Frage nicht beantworten, somit gab der Richter mir die Höchststrafe. Als Mörder hast du dich an bestimmte Regeln zu halten.

Ich habe Probleme mit dem Einschlafen, grübele über die Vergangenheit. Ich ging immer davon aus, ich sei ein Gewinner. Das Glück ist eine Frage der harten Arbeit. Ich bin nicht mehr dieser Mann mit dem erfolgreichen Leben. Vielleicht ist das auch gut so, ich konnte ihn überhaupt nicht ausstehen.

Schrader hat mir Unterlagen zugeschickt, die ich nicht lesen werde. Sie steht wieder auf der Besucherliste, aber ich gehe nicht hin. Nö. Sie ist wahrscheinlich einsam. Ich bin mir sicher, dass sie eine Katze besitzt oder mehrere Katzen, denen sie erlaubt, in ihrem Bett zu schlafen. Sie ist eine Frau, die Tiere mehr liebt als die Menschen.

Jetzt kann sie den Katzen erzählen, dass sie im realen Leben einen richtigen Freak getroffen hat. Das gibt eine extra Dose Katzenfutter.

„Sie wollen mir helfen, um sich selbst gut zu fühlen", sagte ich bei

ihrem zweiten Besuch. Um sie loszuwerden, bin ich doch hingegangen.

Sie sah an mir vorbei. „Warum vertrauen Sie mir nicht?"

Sie gibt sich nur liebenswert und freundlich, aber währenddessen ... Ihre Katzen hält sie regelmäßig unter einen Wasserhahn, darauf wette ich.

An gewöhnlichen Tagen führe ich vierundzwanzig Stunden lang Selbstgespräche, an Besuchstagen höre ich mir selbst vierundzwanzig minus eine Stunde zu. Das nenne ich Fortschritt.

„Ich will keinen neuen Anwalt. Und sollte ich einen brauchen, dann sind Sie der letzte Mensch, den ich fragen werde."

Ich werde nicht schlau aus der Schrader. Je schroffer ich sie behandele, desto cooler wird sie. Es lässt sie vollkommen kalt. Vielleicht ist sie es gewohnt, wie ein Stück Scheiße behandelt zu werden.

„Ich gehe davon aus, dass ich Sie heute zum letzten Mal sehe. Alles klar?"

„Ich komme nächste Woche wieder."

Sie hält mich an der Leine, hat mich genau dort, wo sie mich haben will. Oder bin ich paranoid? Das macht der Knast mit einem. Ich kann mir ausmalen, wie verrückt ich in ein paar Jahren sein werde. In zehn Jahren, in mehr als fünfzehn Jahren.

Vielleicht gefällt es Schrader, mich dahinfreaken zu sehen.

„Sag mal, Fettkloß, warum lässt du mich nicht einfach in Ruhe?"

Mit ihren sanften Augen hielt sie meinem Blick stand.

Sie weinte auch nicht.

Sie sagte auch nichts Mitleiderregendes wie „Ich weiß, wie schwer Sie es haben."

Sie sah mich einfach an, ohne zu antworten.

Ich stand auf und ging.

„Fettkloß" ist sachlich richtig, und ich will in Ruhe gelassen werden, also brauche ich mich auch nicht zu schämen.

*

Ich erzählte der Schrader von meinen Notizen. Soll sie doch glauben, ich sei ein Weichei. Kann mir egal sein, was sie von mir hält. Sie hegt offensichtlich die Hoffnung, dass ich es mir anders überlege. Sieg über mein Vertrauen und dann Angriff aus dem Hinterhalt. Das kann sie vergessen. Habe ich ihr auch gesagt. Inzwischen mache ich aus der Not eine Tugend und erzähle ihr alles, was mir in den Sinn kommt. Es ist einfacher mit ihr zu reden als mit einer nackten Zellenwand.

Die Schrader reagierte neutral, als ich mein Tagebuch erwähnte. Sie hat mich nicht gefragt, ob sie es lesen darf. Ich glaube, sie würde gern, aber sie hielt sich zurück. Die Gefangenen dürfen niemals wissen, dass ich Notizen über sie mache. Ich könnte auch gleich „homosexuell" auf meinen Unterarm tätowieren.

Sie will, dass ich sie Marie nenne, aber damit fange ich erst gar nicht an. Mit diesen Augen kann sie die verhängnisvollsten Dinge von sich geben, hm ... diese braunen Kugeln.

„Wovor haben Sie Angst?"

Sie wollte mich wütend sehen, also hielt ich mich zurück.

*

Heute hat die Schrader mich besucht. Sie hatte den Mut, mich auf meine Notizen anzusprechen und schmierte mir Honig ums Maul. Sie sagte, dass ich intelligent sei und doch sicherlich auch gut schreiben könne. Dass sie neugierig sei auf meine Beobachtungen über das Leben im Gefängnis. Blablabla.

Ich hätte mich gern für immer von ihr verabschiedet, aber den Triumph gönne ich ihr nicht. Ich lege mir eine neue Strategie zu. Von nun an bin ich freundlich. Ich nenne sie Marie, und sie darf mein Tagebuch lesen. Sie sieht mich als soziologisches Experiment, ich sie auch. Wir werden sehen, wer der Stärkere ist.

Die erste Schlacht gewinne ich. Sie muss sich äußern, ihre Meinung über meine Tagebuchaufzeichnungen kundtun. Ich weiß nichts über sie, nur, dass sie Anwältin und Single ist. Aber ich habe mich schon zu oft in Marie Schrader getäuscht. Vielleicht hat sie einen Ehemann und Kinder. Vielleicht hat sie eine gute Freundin. Keinen großen Freundeskreis, aber eine Freundin, vielleicht auch zwei. Vielleicht gewinnt sie einen Prozess nach dem anderen, weil die Gegenseite sie unterschätzt. Wer weiß?

Seit ich wieder in meiner Zelle bin, habe ich Sehnsucht nach einer Joggingrunde im Park, im Bademantel rumhängen und in der Morgensonne das Frühstück genießen. Faulenzen, obwohl ich arbeiten müsste. Sex mit meiner Ehefrau haben. Mit ihr kuscheln. Ihre Hand auf meiner Wange. Ihre Hand, die über meine Bartstoppeln streichelt.

Ich hasse dich, Marie Schrader.

Wie üblich war Marie pünktlich und erwartete mich mit einem strahlenden Lächeln. *Sie ist verrückt. Sie möchte mein Tagebuch veröffentlichen.* Ich fragte, ob sie auch den Part über sich in das Manuskript aufnehmen will.

„Wenn es dem Projekt dient, soll es daran sicherlich nicht scheitern."

Ich fange an zu verstehen, warum sie Juristin wurde. Bislang habe ich Marie noch nie wegen eines Formfehlers gerügt.

Sie sagte, sie hätte gelacht und geweint und dass ich ein Schriftsteller sei. Sie glaubt, dass die ganze Welt mein Buch lesen wird. Sie hat sich sogar schon einen Titel ausgedacht: *Tagebuch eines Unschuldigen.* Sie ist davon überzeugt, dass mein Fall durch die Veröffentlichung neu aufgerollt wird, und dass die öffentliche Meinung sich zu meinen Gunsten wendet. Sie möchte, dass ich die wahre Geschichte erzähle.

„Daraus wird nichts", sagte ich. „Kein einziger Verlag wird das Tagebuch eines Häftlings veröffentlichen."

„Ich kenne den Verleger persönlich."

Totaler Schwachsinn.

„Marie, ich habe bereits in der zweiten Instanz verloren. Die Bundesrepublik ist von meiner Schuld überzeugt."

„Sie haben mich überzeugt, Tom", antwortete Marie, „und Sie werden die Menschen in Deutschland ebenfalls überzeugen. Sie haben keine Ahnung, was wir bewegen können. Die Medien werden über Sie berichten. Die Politik wird sich einmischen. Der Druck wird zunehmen, sie werden eine Wiederaufnahme fordern. Ihr Manuskript ist der Stein, der alles ins Rollen bringen wird."

Ich musste lachen. Maries Worte glichen einem Plädoyer, und sie sagte sie mit einer Selbstverständlichkeit, als könne es nur so ablaufen. Wenn sie damals meine Interessen vertreten hätte, wäre ich heute vielleicht ein freier Mann.

Dann setzte sie sich und las mir mit Begeisterung aus meinem Tagebuch vor. *Ich schämte mich wegen meiner Verzweiflung, meiner Verbitterung und meinem Zynismus.*

„Was haben Sie zu verlieren?"

„Wie wäre es mit dem letzten bisschen Selbstwertgefühl, das ich noch besitze?"

„Sie bekommen Ihr Selbstwertgefühl zurück, wenn Sie diesen

Schritt wagen. Haben Sie vergessen, dass Sie unschuldig sind?"
Diese braunen Augen registrierten jede Regung, auch den lästigen Kloß in meinem Hals.
„Ich lege es der Verlegerin vor. Warten wir ihre Antwort ab."
„Eine Frau?"
Marie sah mich spöttisch an, diesen Blick kannte ich bis dato nicht von ihr. „Ist das ein Problem?"
„Haben Sie meine Aufzeichnungen kopiert?"
„Natürlich nicht. Das würde ich nie tun, und das wissen Sie."
„Ich gebe Ihnen keine Erlaubnis, mein Tagebuch zu veröffentlichen", antwortete ich. „Wenn Sie mit der Verlagsleitung sprechen oder es dem Lektorat vorlegen, geschieht das gegen meinen Willen."
Sie lächelte. „Selbstverständlich."

*

Ich kann nicht schlafen. Ich kann nicht einmal meine Augen schließen, es ist, als würde eine Sprungfeder sie am Schließen hindern.
Maries Verleger möchte mein Tagebuch veröffentlichen.
Es stimmt, Junge.
Glaub es mal.
Laut dem Verlag wird es eine Lawine ins Rollen bringen. Menschen, die an meine Unschuld glauben, werden sich für mich einsetzen, wenn ich ihr glauben darf. Journalisten werden sich damit auseinandersetzen und Druck erzeugen. Marie behauptet, dass meine Geschichte „die Sicht auf die deutsche Rechtsprechung verändert." Es werden zu viele unschuldige Menschen verurteilt. Mein Fall wird der Wendepunkt sein. „Das ist ein Fehlurteil zu viel", hat der Verlag Marie wissen lassen.
Sie sind der Meinung, dass ich gut bin und keinen Ghostwriter brauche. Gut für mein Ego. Ich bin froh, dass ich ein Ziel habe – neben dem Vorsitz des Tischtennis-Wettbewerbs.
Marie hat recht. Es wird Zeit, dass ich meine Geschichte veröffentliche. Ich befürchte nur, dass mir das von oben vielleicht nicht erlaubt wird. Aber ich muss mir laut Marie keine Sorgen machen. Sie hat einflussreiche Freunde. Wenn sie mir morgen erzählen würde, sie wäre mit einem erfolgreichen Model verheiratet und hätte vier kleine Wonneproppen, ich würde es glauben.
Ein Buch zu schreiben, war immer ein Traum von mir. Wer hätte

das gedacht. Ob ich es wohl kann? Wer wartet denn auf mein Buch? Früher habe ich einfach in die Hände geklatscht und mit der Arbeit angefangen. Aber seit ich hier bin, zweifle ich an mir.

Ich habe so hart an meinem Manuskript gearbeitet und mein Tagebuch integriert. Authentizität ist der Schlüssel, sagt der Verleger. Der Verlag hat mir einen Laptop angeboten, aber ich halte alles in meinem Notizbuch fest. Es sollte nicht zu formal werden. Und ein Gerät mit einer Löschtaste ist in meinem Fall keine so gute Idee.

Als ich Marie meine erste Skriptversion übergab, habe ich mich geschämt. Ihren Part habe ich überarbeitet, aber sie kannte meinen ersten Entwurf. Sie begann zu lesen und sagte ohne Blinzeln, dass ich den richtigen Ton getroffen habe.

Manchmal glaube ich, dass die Veröffentlichung in der letzten Minute zurückgenommen wird und Marie mich im Stich lässt. Wenn es nach ihr ginge, müsste ich lernen, den Menschen wieder zu vertrauen.

*

Ich habe den Vertrag unterschrieben. Wie gut, dass ich meiner Verlegerin niemals persönlich begegnet bin. Ich wäre ihr um den Hals gefallen. Bin ich jetzt ein Schriftsteller? Marie glaubt, dass das Buch ein Erfolg wird.

„Ich möchte dich an meinen Tantiemen beteiligen, Marie."

Sie protestierte.

Ich machte ihr klar, dass ich etwas zurückgeben wollte. „Ich will nicht einen Penny. Ich möchte nur meinen Namen reinwaschen, Marie."

Plötzlich lächelte sie. „In Ordnung."

Sie hat einen Antrag eingereicht, weil der Verlag mich gern bei der Buchpremiere dabei haben möchte. Wenn die Behörde zustimmt, darf ich für einen Nachmittag das Gefängnis verlassen.

„Wenn Inhaftierte der Beerdigung ihrer Mutter beiwohnen dürfen, dann können sie sicherlich auch zur Geburt ihres ersten Buches erscheinen", sagte Marie.

Chancenloser Versuch, aber eine nette Geste.

Wenn meine Frau das Buch in Händen hält, wird sie mir dann endlich glauben? Jedes Mal spielt sich das gleiche Szenario in meinem Kopf ab: Greta liest in einer Nacht „Tagebuch eines Unschuldigen" und kommt zum nächsten Besuchstermin. Sie bittet mich um Verzeihung. Wir fallen einander in die Arme. Die Wachen drücken ein Auge zu und gewähren uns ein paar Sekunden. Auch sie sind mittlerweile von meiner Unschuld überzeugt. Fortan besucht sie mich jede Woche. Wenn ich entlassen werde, ziehen wir an das andere Ende der Welt.

Sie wird mein Buch lesen, neugierig wie sie ist. Sie wird, denn sie wird meinem Foto bald überall begegnen: in Zeitungen, Zeitschriften, auf Plakaten. Oder sie hört, dass meine Verlegerin im Fernsehen erwähnt, ich sei unschuldig.

Es ist eine riesige Sache! Marie sagt, dass der Verlag ein Gespür für Bestseller hat und das „Tagebuch eines Unschuldigen" auf jeden Fall ein Spitzenreiter wird. Je mehr Leute es lesen, desto besser.

Eines Tages werde ich ein freier Mann sein, und ich meine nicht erst in zwanzig Jahren.

Kapitel 32

Zweifel

Zweifel ist ein Gift, das allmählich in die Blutbahn sickert und Körper und Geist vergiftet.

Aufgrund dessen, was unseren Taten folgte, erschien unser Handeln in einem anderen Licht. Hatte ich die Situation falsch eingeschätzt? Hatte ich mich mitreißen lassen? Oder mich einer Gehirnwäsche unterzogen? Unsere Gruppe war wie ein Kult: Was ich früher für verwerflich und erbärmlich hielt, fand ich heute normal. Ich konnte nicht mehr auf mein Urteilsvermögen vertrauen.

Ich trank am Abend wieder zu viel Wein, der mein Hirn vernebelte, aber versprach mir immer wieder aufs Neue, dass ich irgendwann damit aufhören würde.

Mit aller Macht dachte ich an die positive Seite meines Tuns. Auf der ganzen Welt gab es Mädchen und Frauen, die uns dankbar wären, wenn sie wüssten, was wir getan hatten. Feigheit bedeutete, in die andere Richtung zu sehen, abseits vom Geschehen. Wir hingegen waren ein Vorbild. *Wir sind Robin Hood in einem Kleid.*

Dennoch fragte ich mich, ob wir die Grenze von Robin Hood zum Serienmörder nicht bereits überschritten hatten. Noch während ich den Zweifel kommen hörte, welkten das Böse und die Wut in mir dahin, und zurück blieb eine sanfte Frau, die nur noch darauf wartete, ihr altes Leben umarmen zu können.

Ich trank mein Weinglas leer und ging aus der Alkoholunterwelt nach oben und legte mich aufs Bett.

Dann kam der Tag, an dem der Winter stillstand, ein Freitagabend, an dem wir einander in den Armen hielten und zerbrachen.

Kapitel 33

Für den Fall ...

Marie saß auf ihrem Schreibtisch und kaute auf einem Bleistift. Sophie lehnte sich an die Wand. Mir fiel erst jetzt auf, wie groß sie war – ein Topmodel, das seine besten Jahre hinter sich gebracht hatte. Ich saß auf der breiten Fensterbank und meine Beine schliefen langsam ein, aber ich blieb an meinem Platz.

Ich beschloss, an diesem Abend kein Bier zu trinken, und setzte eine Flasche Mineralwasser an. Mein Tanzkurs gehörte wieder der Vergangenheit an und ich ging jeden Freitag in Maries Büro, obwohl ein Teil von mir nach unkomplizierter Musik und unnachahmlichen Tanzschritten verlangte.

Nur Greta hatte es sich bequem gemacht und ihre Beine auf dem Sofa ausgestreckt, das Haar heute zerzaust, mit einem Bier in Reichweite. Ihre Schuhe hatte sie abgestreift. Auf dem Ballen ihres rechten Fußes schimmerte durch die seidenen Strümpfe ein von einem schwarzen Pfeil durchbohrtes scharlachrotes Herz. Es war eine empfindliche Stelle, an der man vielleicht ein Kind kitzeln oder eine Geliebte streicheln würde. Die Stelle passte perfekt zu der Vielschichtigkeit ihrer Gefühle.

„Wir müssen viele Spuren hinterlassen", schlug Greta vor. „Aber erst im letzten Moment, sodass es Tom nicht auffällt."

Marie nahm den Bleistift aus dem Mund. „Die Polizei kann über sein Handy herausfinden, wo er sich zum Zeitpunkt der Morde aufgehalten hat."

Greta hob den Kopf und sah in ihre Richtung. „Mach dir darüber mal keine Gedanken."

„Ich weiß, es ist dein größter Wunsch, deinen Mann an den Pranger zu nageln, aber wir müssen realistisch sein", antwortete Marie scharf. „Ein blutiges Küchenmesser hinterlassen? Im neunzehnten Jahrhundert wäre das akzeptabel, aber heute musst du besser drauf sein, Schätzchen."

„Alles wird gut, glaub mir", sagte Greta fröhlich, als hätte sie Maries Ressentiments gar nicht bemerkt.

Ich runzelte die Stirn. „Lass diese vagen Andeutungen. Wie kann man dieses Problem lösen?"

„Es wurde bereits gelöst", antwortete Greta.

„Wie meinst du das?", fragte ich.

Greta nahm einen Schluck aus ihrer Bierflasche. „Ich hatte Toms Handy immer dabei, nur für den Fall."

„Nur für den Fall?", wiederholte ich. „Ich verstehe das nicht."

Greta scannte mich mit einem emotionslosen Blick. Eine fremde Frau starrte mich an. „Du verstehst mich sehr gut, Alma."

Wörter, die mich anschrien, die hassten, die zerfetzten, die beendeten.

Marie räusperte sich, sagte aber nichts.

Stille.

Wir hielten den Atem an.

Ich ging auf Greta zu und beugte mich über das Sofa. „Willst du uns damit sagen, dass du Toms Telefon absichtlich mitgenommen hast, und zwar immer dann, wenn eine von uns aktiv wurde?"

Greta sah mich mit ihren großen, unschuldigen Augen an. „Freitagabend war schon immer sein handyfreier Abend. Ich habe es genommen und er hat es nicht einmal bemerkt."

Die Luft im Büro war stickig. Die Wand hinter dem Sofa war purpurrot und Maries Schreibtischlampe warf ein konzentriertes Licht auf eine dunkle Bühne mit Greta als Hauptdarstellerin, die herablassend grinste.

Sophie nahm einen kräftigen Schluck aus der Bierflasche. Dann sah sie Greta wütend an. „Du sprichst in Rätseln. Und setz dich gefälligst hin. Das ist keine Schlafcouch und wir sind auch nicht auf einer Übernachtungsparty."

Greta gehorchte. Sie setzte sich auf, zog die Knie an und kreuzte ihre Arme.

„Erzähl ruhig weiter. Wir sind gespannt", fuhr Sophie fort.

„Tom liebt diesen handyfreien Freitagabend", erklärte Greta. „Er hat das von irgendeinem Wellness-Guru. ‚Schalten Sie Ihre Geräte ab, Ihren Computer, Ihr Telefon, Ihren Fernseher …' Es ist eine Art von Meditation. Am Anfang war er dazu nicht in der Lage, es nervte ihn, auf seine Technik verzichten zu müssen, aber nach einer Weile …"

„Okay, okay", unterbrach Sophie, „was zweifellos sehr vorteilhaft für Tom war, aber das ist nicht der Punkt. Du hast also sein Handy eingesteckt?"

„Nur an manchen Abenden, nur wenn wir unsere Aktionen

durchführten. Niemals hier, in der Kanzlei. Ich bin ja nicht verrückt."

Marie kaute auf ihrer Unterlippe. „Ist es Tom nicht aufgefallen?"

Greta seufzte und rollte mit den Augen. „Blöde Frage. Tom ist süchtig nach seinem Handy. Und weil er das ist, stellt er jeden Freitagabend sein Handy, zusammen mit seinem Laptop und Tablet-Computer, in den Tresor. Sein Geburtstag ist der Zahlencode."

Etwas schlich sich von hinten an mich heran. Es umschloss meine Kehle, drückte immer fester zu. Ich rang nach Luft. Mein Herz hämmerte. Ich spannte meine Rückenmuskulatur an und versuchte mich zu erinnern, wer vorgeschlagen hatte, die Morde an einem Freitag zu begehen, aber ich wusste es nicht.

„Aber Greta", sagte ich, „da wusstest du noch nicht, dass Tom dich angelogen hat."

Sie wich meinem Blick aus. „Ich habe es vermutet", murmelte sie und erhob sich von der Couch.

Ich erschauderte und blickte zum Fenster. Durch die Jalousie sickerte das quecksilbrige Mondlicht. Plötzlich wusste ich, dass der Moment gekommen war, vor dem ich mich immer gefürchtet hatte. Der Winter stand still. Verrat? Betrug? Lüge?

„Du hast alles geplant. Tom sollte von Anfang an für unsere Taten zur Verantwortung gezogen werden."

Greta antwortete nicht.

Marie kam mir zu Hilfe. „Warum hast du uns darüber im Unklaren gelassen und uns nichts davon erzählt? Ich dachte, wir würden ehrlich miteinander umgehen. Ich kann nicht glauben, dass du so eine hinterhältige ..."

Greta warf Marie einen kalten Blick zu. „Damit hätte ich euch nur belastet. Ich hätte euch zu Komplizinnen gemacht. Je weniger man weiß, desto besser für euch. Ihr seid meine Freunde. Ich wollte euch nicht gefährden. Versteht ihr das nicht?"

Niemand sagte etwas.

„Tom ist ein widerlicher Lügner."

Wieder spürte ich eine kalte Hand, die meinen Hals umschloss.

Ich konnte kaum noch atmen. Mein Herz raste und ich schloss für einen Moment die Augen.

„Wo warst du, Greta, als ich Hermann Wagner die Schnittchen gab?", fragte Sophie. Ihr Gesicht, zur Maske erstarrt. „Sag es mir. Wo warst du an diesem Nachmittag?"

„Lass mich raten", sagte Marie. „Sie ging in den Golfklub, mit Toms Handy in der Tasche."

Greta zuckte die Achseln. „Er fuhr an diesem Nachmittag mit dem Fahrrad in die Stadt. Ihm ist daher nicht aufgefallen, dass ich sein Auto nahm. Er ist ein Chaot, hat sein Telefon auch oft verlegt. Er war immer froh, wenn er es dann irgendwo im Haus wiederfand."

Meine Angst schlug in Wut um. Ich war so wütend, dass ich laut wurde. „Der Punkt ist, dass du Sophie gefolgt bist, ohne uns zu informieren. Hast du insgeheim auch die Ketamindosis erhöht?"

„Das wäre ein heimtückischer, vorsätzlicher Mord", sagte Marie leise.

Greta machte Anführungszeichen in die Luft. „Dieses Schwein hat seine verdiente Strafe bekommen."

Ich atmete tief ein, war außer mir. „Bist du mir auch gefolgt? Warst du in Hermann Wagners Wohnung, als Sophie ...?"

Greta stand auf. Für eine Sekunde dachte ich, sie wollte fliehen, aber sie blieb stehen. „Seid bloß froh. Ohne meine Planung wärt ihr jetzt im Knast. Ihr könnt mir ruhig dankbar sein. Ich bin die Einzige, die hier vorausschauend plant. Ihr beschuldigt mich?" Sie hatte ihre letzten Worte betont und die Stimme angehoben.

„Du kannst dir deine Pläne mit Tom in den Arsch schieben", rief Sophie. „Wir beschuldigen niemand, hörst du, Greta? Niemand. Lös das Problem mit Tom auf eine zivilisierte Art und Weise. Ich werde mich nicht daran beteiligen."

Marie warf den Bleistift auf den Boden. „Ich auch nicht!"

Sie sahen mich an, aber ich sagte nichts. Ich ließ unsere Aktionen Revue passieren und kam zu einem entsetzlichen Fazit: Greta war als Einzige nicht aktiv an einem Mord beteiligt gewesen. „Hast du etwa für die besagten Freitagabende ein Alibi?"

Greta spielte mit dem Ehering an ihrem Finger. „Wie bitte?"

Sophie stand auf, ging zum Fenster. Dann drehte sich wieder um und ich sah die Angst in ihren Augen. „Oh mein Gott."

Ich musste den Sprung nach vorn wagen. „Wenn die Polizei uns auf die Schliche kommt, dann hast du ein Alibi für jeden Mord. Stimmt das, Greta?"

Greta schenkte mir den Blick eines Schulmädchens, das man mit einer Zigarette erwischt hatte.

„Nicht böse werden", sagte sie mit leiser Stimme. „Ich habe es nicht böse gemeint."

Greta hatte uns in der Hand. Wenn die Polizei die Angelegenheit überprüfte, würden Sophie, Marie und ich als Mörderinnen ins Gefängnis gehen. Greta war imstande zu behaupten, dass sie von alldem nichts gewusst hätte, und würde damit wahrscheinlich durchkommen. Greta war durchaus in der Lage, uns zu erpressen, falls wir ihr bei der Umsetzung ihres Plans in Sachen Ehemann nicht behilflich sein würden.

„Ich kann es nicht glauben." Marie stand hilflos da, ihre Arme hingen schlaff herunter. „Wirklich unglaublich."

Wie gut Gretas Plan durchdacht war, entdeckten wir nach und nach. Alle Spuren führten zu Tom. Das Ketamin hatte sie mit Toms Kreditkarte bezahlt. Marie hatte nach dem Angriff auf Nicki Kramer den Schlüssel weggeworfen. Greta, die Marie gefolgt war, fand den Schlüssel wieder, machte eine Kopie und schob sie Tom unter. Das Original warf sie in den Briefkasten der Reinigungsfirma Staubkorn, damit diese keinen Verdacht schöpfte. Bei einem verlorengegangenen Schlüssel reagierten solche Firmen immer empfindlich. So schöpfte niemand Verdacht. Darüber hinaus war sie mir nach Köln nicht mit ihrem eigenen Wagen gefolgt, sondern mit Toms Fahrzeug. Der Föhn, den ich als Waffe benutzt hatte, erwies sich als der Föhn von Toms Großmutter. Er hatte das Gerät aus sentimentalen Gründen behalten. Nachdem Azraq ausgeschaltet war, hatte Greta die Tasche nach Mitternacht bei mir abgeholt, wie wir es am Telefon besprochen hatten und sie mit der Verlängerungsschnur in den Fluss geworfen. Nur den Föhn hatte sie behalten. Sie gestand uns, dass sie unter dem Namen des verstorbenen Großvaters ein Hotelzimmer neben Farid Azraqs Zimmer gebucht hatte – selbstverständlich mit Toms Kreditkarte bezahlt.

„Greta", fragte ich. „Mit wessen Telefon hast du mich angerufen, als ich krank war? Es war eine mir unbekannte Rufnummer."

„Mit einer Prepaid-Karte. Nach dem Telefonat habe ich die SIM-Karte weggeworfen. Die Polizei wird nie erfahren, wer in dieser Nacht bei dir angerufen hat."

„Bist du sicher, dass es nicht Toms Handy war?"

„Jesus, Alma, wofür hältst du mich?"

Greta klang gekränkt, aber ich war misstrauisch. Sie hatte uns belogen und betrogen. Als Greta uns ihr Finale offenlegte, wollte ich davonlaufen. Nur weg von dieser Frau. Aber eine Flucht war keine Option, ich war zu sehr darin verstrickt.

Greta war unberechenbar. Wer weiß, wozu sie sonst noch in der Lage war. Eine Frau, die von Rachegelüsten zerfressen wurde, war zu allem fähig. Wir hatten schließlich selbst die Grenzen überschritten.

Stumm beseitigten wir die Spuren unseres Treffens und fuhren mit dem Aufzug nach unten. Draußen verabschiedeten wir uns voneinander.

„Bis nächste Woche", sagte Greta.

Bevor ich mich versah, spürte ich ihre weichen Lippen auf meiner Wange. Die Hitze dieses Kusses überwältigte mich vorübergehend. Dann entflohen wir dem „Tatort". Sophie und Marie stiegen in ihre Fahrzeuge, starteten fast gleichzeitig den Motor und fuhren davon.

„Alma?"

Ich zuckte zusammen. Greta! Ihre Stimme vertrieb das Hämmern in meinem Kopf. Für ungefähr eine Sekunde schien es nichts anderes zu geben.

„Bist du okay?"

Ich drehte mich um und sah ihr direkt in die Augen. „Sicher."

„Du siehst traurig aus", sagte sie.

Unwillkürlich schauderte ich. „Ich bin es auch."

Greta sah mich mit ihren Puppenaugen freundlich an, im Abendlicht kamen sie mir dunkler vor als während des Tages. Ihre schönen, geschwungenen Wimpern wellten sich auch ohne Mascara.

„Es ist wie ein Schlag ins Gesicht, Alma, wenn man von jemandem, den man mag, an der Nase herumgeführt wird, das kann ich nicht leugnen." Sie berührte meinen Arm. „Aber mach dir über mich keine Gedanken. Mir geht es gut. Auch ohne Tom."

Was sagte sie da? Offenbar dachte Greta nur an sich selbst und erkannte nicht, wie ich mich fühlte. Die Zweideutigkeit ihrer Aussage hatte etwas Diabolisches. *Diese Frau ist gefährlich,* warnte mich meine innere Stimme. *Sei vernünftig.*

Greta sah auf ihre Schuhe. „Ich habe diesen Mann so sehr geliebt. Aber ich werde erst erleichtert sein, wenn alles vorbei ist. Dann kann ich endlich wieder leben."

Sie packte mich an den Schultern und zog mich fest an sich. Ich ließ sie gewähren und hing wie eine Puppe in ihren Armen.

„Liebe Alma", sagte sie leise, „ich bin nichts ohne dich. Das solltest du unbedingt wissen."

Kapitel 34

Schmutziger Job

An einem sonnigen Donnerstagmorgen im Februar war es so weit. Der Ersatzschlüssel für die ehemalige gemeinschaftliche Wohnung, den Greta mir zugesteckt hatte, lag wie Blei in meiner Tasche. Ich wollte weglaufen, den Schlüssel in einen Müllcontainer werfen, nie wieder zurückblicken. Ich war davon überzeugt, dass das Eindringen in die Privatsphäre einer anderen Person immer einen bitteren Nachgeschmack hinterließ.

Während meiner Kindheit hielt ich meine Augen immer geschlossen, wenn es brenzlig wurde, und verdrängte stets, was ich nicht sehen wollte. Diese Kindheitsmaxime fing mich für einige Sekunden ein, doch dann gewährte ich der Realität wieder Einlass.

„Komm schon, Alma", sagte Sophie.

Marie nickte mir zu. Wir standen vor einem fünfstöckigen Gebäude. In dem Moment, als ich den Schlüssel ins Schloss steckte, wurde mir noch einmal bewusst, dass Greta uns keine andere Wahl gelassen hatte. Sie selbst konnte unmöglich die Wohnung betreten und dort die Beweismittel verstecken, die ihren Mann belasten würden. Auch diese Aktion hatte sie bis ins kleinste Detail durchdacht. Sie hatte die eheliche Wohnung bereits verlassen und ein erneutes Auftauchen konnte sie sich nicht erlauben. Jemand könnte sie sehen. Nur wir konnten den schmutzigen Job zu Ende bringen.

Im Treppenhaus lagen Werbebroschüren und Zeitungen auf dem Boden und es roch muffig. Ich unterdrückte mein Unbehagen. Aus Angst, jemandem zu begegnen, gingen wir eilig die Treppe hinauf in den vierten Stock. Ein Teppich dämpfte unsere Schritte.

Sophie öffnete Gretas Wohnungstür. Mich ergriff eine merkwürdige Beklemmung, als ich die lichtdurchflutete Wohnung betrat. Die Wände waren weiß gekalkt, ein bequemes Sofa stand in der Mitte des Wohnzimmers, daneben eine gewaltige Stereoanlage und in jeder Ecke des Raumes hingen luxuriöse weiße Boxen, die mit einem zarten Staubfilm überzogen waren. Von weiblichem Einfluss konnte hier keine Rede sein. Ich fragte mich, ob Greta nach ihrer

Hochzeit etwas in der Wohnung verändert hatte. Auf dem Kaminsims standen einige Urlaubsbilder aus glücklicheren Zeiten. Greta blickte mich jung und unbeschwert an, ihr Mann lächelte freundlich in die Kamera, als hätte das Glück ihn umarmt. Das Glas in einem Bilderrahmen hatte einen Riss, vielleicht ein Zeugnis für die spätere Krise. Innerlich kochte ich vor Wut, weil Greta sich ihre Hände mal wieder nicht schmutzig machte und uns vor ihren Karren spannte. Ich hatte nur zugestimmt, weil ich wusste, dass sie uns sonst gnadenlos ins offene Messer hätte laufen lassen.

Vor Sophie und Marie verbarg ich den inneren Kampf und meinen Zwiespalt. Ich überhörte auch die Warnsignale meiner inneren Stimme: *Lass die Finger davon. Lauf weg!* Stattdessen zog ich Einweghandschuhe an und streifte mir einen Schutzanzug aus Plastik und Einwegschuhe über, wie die anderen auch. Dann machten wir uns wortlos an die Arbeit: In der Abstellkammer versteckten wir den Föhn, im Büro die Kreditkartenabrechnung, und wenig später lag im Schlafzimmer Toms Handy plötzlich unter dem Bett.

Tick … Tick … Tick … Herzklappentango, lauter, schneller. Mein Herz glühte in meiner Brust. Angenommen, ich würde jetzt einen Herzinfarkt bekommen. Würden Sophie und Marie mich hier sterben lassen? Die Vorstellung raubte mir den Atem. Meine innere Stimme meldete sich zu Wort: *Mit deinem Herzen ist alles in Ordnung, du hast nur eine Panikattacke. Warum tust du dir das an? Bleib ruhig und atme.*

Die Erkenntnis, dass ich über meine Emotionen die Kontrolle behielt, dass ich die Entscheidung traf, die Fassung zu verlieren oder gelassen zu bleiben, beruhigte mich. Ich war kein Nervenbündel und beabsichtigte auch nicht, eins zu werden. Greta war zwar in der Lage, mich zur Weißglut zu bringen, aber mental hatte sie keine Macht über mich.

Ich schärfte meine Sinne, nahm jedes Geräusch wahr: Ein Motorrad fuhr vier Stockwerke unter mir die Straße entlang, ich hörte das Knarren der Stufen im Treppenhaus. Tagsüber waren die Wohnungseigentümer nicht zu Hause – mit einer Ausnahme: Im dritten Stock lebte ein älterer Herr, der seine Wohnung kaum verließ. Sollten wir dennoch auf jemanden treffen, dann würden wir nach Sophies Devise handeln: Du bist nur verdächtig, wenn du dich verdächtig benimmst.

Ich ging in Toms Büro, öffnete einen Büroschrank und schob einige

Fotos von Hermann Wagner, Nicki Kramer und Farid Azraq zwischen einen Stapel Akten. Greta hatte die Aufnahmen in der vergangenen Woche zusammengetragen.

Eine spontane Idee?, fragte meine innere Stimme. Gewiss nicht. Du kannst ihr nicht trauen!

Von Nicki Kramer als öffentliche Person waren massenhaft Bilder im Umlauf, Hermann Wagners Foto war ein Download von seinem Online-Profil. Greta behauptete, dass sie Azraqs Aufnahme von Kira erhalten hätte. Warum hätte das Mädchen Greta ein Foto seines Vaters geben sollen? Hier stimmte etwas nicht. Ich nahm das Foto noch einmal in die Hand und sah es mir genauer an. Nach Azraqs Kleidung zu urteilen, hatte Greta ihn vor seiner Ermordung am Hoteleingang fotografiert. Die Tatsache allein sprach für einen eiskalten Racheplan, den Greta minutiös vorbereitet hatte. Die Kripo würde auch Toms Computer beschlagnahmen, sein Online-Verhalten prüfen und auf verdächtige Transaktionen stoßen. Die Standorte via Ortungsdienst ergaben exakt die Tatorte. Greta hatte an alles gedacht.

Ich lief wie ein Zombie durch die Wohnung, trübe Gedanken konnte ich mir nicht leisten. In den grimmigen Gesichtern meiner mörderischen Schwestern las ich eine ähnliche Gemütsverfassung, aber die alten Gefühle der Verbundenheit waren erloschen. Sophie reichte mir noch Skizzen und Zeitungsausschnitte der Täter, die ich ebenfalls in Toms Aktenschrank legte. Ich sah auf meine Armbanduhr. Zweiundzwanzig Minuten waren vergangen, seit wir die Wohnung betreten hatten.

An der Haustür drehte ich mich ein letztes Mal um. Die Wohnung hatte sich in den Requisitenschauplatz eines Psychopathen verändert: umgeworfene Stühle, eine zerschmetterte Vase, auf dem Teppichboden verteilte Akten, offen stehende Schränke und Schubladen. Anhand der Beweise, die die Kripo hier finden würde, entsprach Toms Profil dem eines größenwahnsinnigen Serienmörders, der stolz war auf seine Taten. Ein Mann, der Spuren hinterlässt, der sich unbewusst danach sehnt, gefasst zu werden, nur um der Außenwelt zu zeigen, wie brillant er war.

Als wir draußen waren, streichelte die Wintersonne unsere Gesichter. Wir atmeten tief ein und gingen grußlos auseinander – wie Fremde.

Eine Dreiviertelstunde später parkte ich meinen Wagen an der Isar und ging einige Schritte. Niemand sah mich, niemand beobachtete mich. Ich befolgte Gretas Anweisungen und wählte die Rufnummer der Kripo München – wie ein weiblicher Judas. Dem Polizeibeamten erzählte ich von einem Einbruch in einer Wohnung und dass ich Schreie gehört hätte. Er versuchte, mich in ein Gespräch zu verwickeln, wie Greta es vorausgesagt hatte. Nach meinem Verrat beendete ich das Gespräch, verbrannte die SIM-Karte und warf ihre Asche mit dem Prepaid-Handy in die Isar. Dann schlich ich mich wie ein Verräter davon.

Kapitel 35

Sie müssen sehr stolz sein

Die Anzahl der Gäste war an diesem herbstlichen Morgen im Oktober für eine Buchpräsentation außergewöhnlich hoch.

Die wichtigsten Zeitungen und Zeitschriften hatten ihre Redakteure entsandt. Mehrere Fernsehteams interviewten die anwesende Prominenz aus der Kulturszene, die zu schnell über ein Sachbuch sprach, das sie nicht gelesen haben konnte. Das soeben eröffnete Buffet hielt alle bei Laune. An einem Tisch hielten zwei Praktikanten des Verlages kostenlose Exemplare für Blogger und Presse bereit. Mittlerweile hatte sich dort eine Schlange gebildet.

Paul tätschelte meinen Arm. „Gut gemacht, Alma."

Ein Lächeln wäre jetzt angebracht, aber meine Mimik versagte. Mein Hirn auch. Eine Ansprache aus dem Stegreif zu halten und Minuten später sich nicht an die einzelnen Worte zu erinnern, zeigte meine wahre Gemütsverfassung. Allerdings bestätigten mir die fröhlichen Gesichter, die mich umkreisten, dass sie wohl recht gelungen gewesen sein musste.

In den vergangenen Wochen hatte das Sachbuch in der Öffentlichkeit großes Aufsehen erregt und wurde vom Buchhandel mit Begeisterung aufgenommen. Sie witterten einen Bestseller. Die Medien bombardierten die PR-Abteilung mit Interview-Anfragen und Einladungen zu den Talkshows. Da der Autor nicht zur Verfügung stand, war ich diejenige, die ihn vertreten musste. Ich bin die erbärmlichste Person in Toms Leben, ein Schatten in seinem Augenwinkel, und er weiß es nicht einmal, dachte ich.

Heute Abend würde ich in einer Fernsehtalkrunde zu Gast sein, um mit dem Moderator über das Tagebuch zu diskutieren, und es sollte wohl auch nicht mein letzter Fernsehauftritt werden. Wie gerne hätte ich mich dem Ganzen entzogen, aber der Verlag erwartete von mir, dass ich ihn werbeträchtig unterstützte. Ein Rückzug würde alle überraschen und womöglich zu Spekulationen beitragen. Ich musste mich an unsere Vereinbarung halten: Benimm dich wie bei jeder anderen Buchpräsentation auch, hatte Marie gepredigt. Normalität ist jetzt wichtig.

„Bist du wegen der Talkshow nervös?", fragte Paul.

Ich versuchte, meinen Herzschlag zu beruhigen. „Ein wenig."

Er legte seine Hand auf meine Schulter, eine tröstende Berührung. „Das sieht dir nicht ähnlich. Was ist los, Alma?"

Ich sah an ihm vorbei, auf der Suche nach bekannten Gesichtern. „Es ist ein ziemlich umstrittenes Thema. Ich fürchte, sie werden mich in der Luft zerreißen."

„Journalisten reden nur zu gerne über Wahrheitsfindung, aber wenn du ein sich an die Wahrheit haltendes Buch veröffentlichst, sind sie angeblich schockiert. Heuchlerbande. Mittlerweile haben alle Blut geleckt."

„Bitte, Paul, sei endlich still", wollte ich sagen, aber ich nickte nur und behielt den Rest des Publikums im Auge. Tom schenkte mir einen Blick, auf den ich eine lange Zeit hatte verzichten müssen, aber jetzt ertrug ich es nicht. „Lass mir Zeit, Paul."

Seine Gesichtsfarbe änderte sich, als er versuchte, seinen Frust zu unterdrücken, und ich bemerkte, wie er in den Hosentaschen die Fäuste ballte.

Plötzlich entdeckte ich auf der anderen Seite der Halle Sophie, die mit ihrer Körpergröße die meisten Anwesenden überragte. Neben ihr stand Marie.

„Ich mach mal meine Pflichtrunde, Paul. Bin gleich zurück."

„Nur zu. Lass dir Zeit."

Ich manövrierte mich durch die Menge. An der Bar sah Sophie mich für einen kurzen Moment irritiert an, dann zuckte sie die Schultern. „Das war eine interessante und spannende Ansprache, Frau Rösler." Ihre Augen waren groß und kalt.

Sophie hielt sich nicht an die Spielregeln: Kein Kontakt während der Buchpräsentation. Wenn ich eine Frau, die mir die Hand reichte, ignorierte, wäre es seltsam. Ich beschloss, ihr Spiel zu spielen. „Danke. Werden Sie das Buch lesen?"

Ein Lächeln umspielte ihre Lippen. „Ich bin keine Sachbuch-Leserin, aber vielleicht werde ich eine Ausnahme machen."

Ich ließ mich von der Erinnerung an Sophies Duft überfluten. Flieder. Ihre Lippen an meinem Gesicht. Ihre Berührung nach jedem Treffen. Ein kalter Trost. Aber all das behielt ich für mich. „Das höre ich gerne."

Ich warf Sophie einen letzten Blick zu und wusste, dass dies die letzten Worte waren, die ich mit ihr wechseln würde. „Entschuldigen Sie mich bitte."

Ich blickte in Maries hochrotes Gesicht, das eine seltsame Grimasse zeigte, und wurde traurig. Ich musste sie berühren, und als ich an ihr vorbeiging, drückte ich mich ein letztes Mal für eine Sekunde an ihren weichen Körper. Für einen Moment stand Panik in ihren Augen, als wollte sie mir sagen: Hilf mir. Doch dann wandte sie sich abrupt ab und bestellte zwei Bier – lauthals, wie ich es von ihr gewohnt war.

Ich war ständig auf der Hut, denn ich wusste, dass ich auch mit Gretas Erscheinen rechnen musste. Auf dem Weg zu Paul hielten mich mehrere Gäste auf, mit denen ich Höflichkeitsfloskeln austauschte. Ich bemühte mich, mein wachsendes Unbehagen zu besänftigen. Als Greta dann plötzlich vor mir stand, wurde mir speiübel bei dem Gedanken, mich mit ihr unterhalten zu müssen. Ich wollte mich nicht noch schlechter fühlen.

Die Ereignisse der letzten Wochen schienen spurlos an Greta vorübergegangen zu sein. Ich wusste nicht, was ich erwartet hatte, aber auf jeden Fall irgendeine äußerliche Veränderung. Sophie und Marie hingegen zeigten deutliche Auswirkungen unseres Pakts. Sie waren eine erweiterte Version ihrer selbst geworden. Sophie wirkte kühler, beherrschter und schöner denn je: Eine Frau, die allgemeine Bewunderung erhielt, aber einen unnahbaren Eindruck vermittelte, sodass sie am Ende noch einsamer geworden war als vor unserer ersten Begegnung. Ich war mir immer noch nicht darüber im Klaren, ob sie die Einsamkeit suchte, oder heimlich unter ihr litt. Marie hatte die Grenze von übergewichtig zu fett überschritten. Vermutlich hatte sie in den vergangenen Wochen übermäßig Süßigkeiten zu sich genommen, um ihre Nerven zu beruhigen.

Greta hingegen war die Person, die sie seit eh und je war. Keine Spuren in ihrem Engelsgesicht, das Haar unordentlich und die Kleidung schlampig. Zwangsläufig dachte ich an eine fliegende Altweiberspinne, die im Oktober lange Fäden webte, die im Sonnenlicht silberblond schimmerten, wie Gretas Haar.

Sie hatte sich nicht einmal heute die Mühe gemacht, sich für den Empfang angemessen zu kleiden. Mit einem freundlichen Ausdruck im Gesicht näherte sie sich mir, als hätten wir uns vorher nie getroffen und als wäre sie glücklich, einen Vertreter des Verlages anzutreffen.

Sie lächelte, entblößte ihre Zähne. „Herzlichen Glückwunsch zum überwältigenden Erfolg dieses Sachbuchs, Frau Rösler. Sie müssen sehr stolz sein."

Mein Magen zog sich zusammen. „Absolut." *Du widerliche Schlange.*

Sie reichte mir die Hand, sodass ich gezwungen war, sie zu schütteln. Greta umfasste meine Hand wie ein Draht, durch den Strom floss.

Ich war nicht in der Lage, gelassen zu reagieren. Mein Gesicht glühte vor Zorn. Ich musste mich in Acht nehmen. „Wie hast du Tom dazu gebracht, das aufzuschreiben?", zischte ich.

Sie grinste hämisch. „Tom ist ein Psychopath. Er wollte schon als kleiner Junge ein Buch schreiben. Oh je, und er ist so stolz ..."

„Ach ja?"

Ich musste mich beherrschen. Die Gäste beobachteten uns – die Verlagsleiterin und die Ehefrau eines dreifachen Mörders. Greta ging offenbar davon aus, dass niemand sie kannte. Wie gerne hätte ich ihr ein Bier ins Gesicht gekippt. Was war bloß in sie gefahren? Ihre Äußerungen entsprangen keiner verletzten Eitelkeit oder der Reaktion einer betrogenen Ehefrau. Das war abgrundtiefer Hass. Ich blickte hektisch von links nach rechts.

„Dass er für zurechnungsfähig erklärt wurde, ist unglaublich", fuhr Greta fröhlich fort, als erzähle sie mir eine lustige Anekdote aus ihrem Leben. „Dieser Mann ist völlig verrückt, wenn du mich fragst. Er sollte in die Psychiatrie verlegt werden. Andererseits ist das Gefängnis der einzig richtige Ort für Typen wie ihn."

Ich behielt ein Auge auf die anderen Gäste. Ob jemand mitbekam, was zwischen Greta und mir vor sich ging? Mit speichelnassen Lippen und geblähten Nasenlöchern forderte sie mich heraus und plötzlich fand ich, dass sie überhaupt nicht mehr schön war. Der leere Blick zeigte, wie klein ihre wässrigen Augen waren, dem Hals fehlte jeglichen Anmut, ihr erloschenes Gesicht entblößte derbe Züge, schmale Lippen und eine niedrige Stirn, an der sich die Grenzen ihres kranken Geistes ablesen ließen.

„Es ist wichtig, dass die Wahrheit ans Licht kam. Sie haben mit der Veröffentlichung seines Manuskripts Mut bewiesen", sagte Greta laut. Einige Gäste hatten ihre Bemerkung gehört und musterten uns neugierig.

Wie oft hatte Greta uns zur Vorsicht ermahnt, und nun das hier. Ich wäre imstande, sie zu töten. Was für ein kaputtes Spiel spielte Greta?

Als sie ihren Wortschwall fortführte, starrte ich sie wortlos an. Was sie sagte, drang nicht zu mir durch. Ihr Gesicht kam mir dabei so nah, dass ich ihren Atem spürte. Ich fragte mich, wie es möglich gewesen war, dass ich ihr einst Zuneigung entgegengebracht hatte.

Greta, Sophie und Marie waren für eine kurze Zeit die wichtigsten Menschen in meinem Leben gewesen und ich hatte sie alle drei geliebt. Jetzt sah Greta mich mit der Unschuld eines Kindes an, die mich früher berührt hätte. Es ließ mich heute kalt. Sie warf mir Worte an den Kopf, die mein Blut gefrieren ließen.

Warum wollte sie mich verletzen? Wollte sie sich rächen? Oder war es ein Spiel, das einzig und allein ihrer Unterhaltung diente? Ich überlegte fieberhaft. Dutzende Male hatte ich in Gedanken durchgespielt, was ich Greta noch fragen könnte, wenn ich eine Chance bekäme. Nun herrschte absolute Leere in meinem Kopf, und mein Mund fühlte sich klebrig an. *Reiß dich zusammen,* ermahnte ich mich. *Stell wenigstens die Frage, die dich seit Wochen beschäftigt.*

„Hat Tom tatsächlich Steuerhinterziehung begangen? Ich erwarte eine ehrliche Antwort", flüsterte ich.

Greta hielt den Kopf leicht geneigt. Ihr Lächeln wurde breiter über den vollkommenen Zähnen. „Ich sterbe vor Durst und möchte Sie nicht länger aufhalten."

Ich wandte mich abrupt ab, weil ich jetzt die Wahrheit kannte.

„Genießen Sie den Erfolg!", rief Greta mir nach. „Zu Recht verdient!" Sie lachte laut. Es war ein kehliges Lachen, voller Sex und Lungenkrebs, vermutlich jahrelang geübt.

Die Wahrheit traf mich mit der Wucht eines Vorschlaghammers. Greta hatte ihren Ehemann fälschlicherweise der Steuerhinterziehung beschuldigt, um ihn dann mit unserer Hilfe in der Untersuchungshaft in die Falle zu locken. Ich hatte dazu beigetragen, einen unschuldigen Menschen hinter Gitter zu bringen. Aber nicht nur das. Dank unserem Zutun war Greta nun auch eine vermögende Frau, die über das gemeinschaftliche Vermögen frei verfügen konnte – Greta, die immer behauptet hatte, dass Geld für sie ohne Bedeutung sei.

Waren Sophie, Marie und ich nur ein kleiner Teil eines größeren Plans gewesen, den sie seit Jahren akribisch vorbereitet hatte? Oder war ich paranoid?

Ich musste diesen Ort verlassen. Nur weg von hier, nach Hause – zu Jenny, meinem einzigen Lebensfaden. Wenn ich auf meine Tochter konzentriert bleiben kann, werde ich keine Angst mehr haben. Mein Herzschlag steigerte sich, dass mir jeder Rhythmus abhandenkam. Er war so fremd und falsch wie ich selbst.

Kapitel 36

Rote Markierung
So könnte es gewesen sein ...

Tom hält das Paket in den Händen. Ein Wachmann hat es ihm vor einer halben Stunde übergeben.

Er weiß, was das Päckchen enthält: seine Zukunft.

Er wartet, streckt die Minuten, öffnet es nicht einmal.

In der Regel erkennt er erst später, wenn er etwas Außergewöhnliches geleistet hat, aber jetzt ist er sich des bedeutsamen Moments bewusst. Der schlichte braune Karton, in dem das Buch verpackt ist, stärkt ihn. Kein Firlefanz. Nur sein Inhalt zählt.

Er hat seine Geschichte geschrieben. Sie wird gelesen, von vielen Menschen, aber für ihn zählt nur die Meinung eines einzigen Lesers. *Liebling, lies es. Das ist alles, was ich von dir erwarte.*

Wenn sie die wahre Geschichte kennt, wird sich alles zwischen ihnen verändern. Das gibt ihm die Energie, um durchzuhalten, auch wenn er noch viele Jahre im Gefängnis verbringen muss.

Tom hat kein Tagebuch mehr geführt. Es war nicht mehr erforderlich. Ein ewiger Junge wird endlich zum Mann – unter den richtigen Umständen.

Vorausblicken ist gefährlich, aber er tut es trotzdem. Sollte er entlassen werden, wird er sein Leben ändern, dessen ist er sich sicher.

Unternehmertum sagt ihm nichts mehr und er strebt auch nicht mehr nach Reichtum. Er hat geglaubt, dass seine Firma einen Imageschaden davontragen wird, aber das ist nicht geschehen. Verbraucher haben ein kurzes Gedächtnis – oder sie haben keine Moral. Sie sind die Einzigen, die ihn nicht fallen gelassen haben. Er lächelt bei dem Gedanken.

Seit er das Buch geschrieben hat, weiß er, dass ihm alles gelingen wird. Vielleicht eine neue Ausbildung und noch einmal von vorn anfangen. Wie ein Zehnjähriger die abenteuerliche Frage beantworten: Was möchtest du später werden?

Hinter der Hoffnung lauert die Angst.

„Später" ist ein gefährliches Konzept.

Mundtrockenheit. Zitternde Hände.

Er wartet, bis er den Mut gefunden hat, den Karton zu öffnen.

Verbotene Gedanken:

1. Dieses Buch wird mein Leben verändern.

2. Menschen werden von meiner Unschuld überzeugt sein.

3. Greta wird glauben, dass ich unschuldig bin.

Greta, die ewig Abwesende. Er hat immer geglaubt, dass er süchtig nach ihrer Liebe sei, wie ein Junkie. Doch im Gefängnis hat er erfahren, dass er sie lieben kann, auch ohne ihre Liebeserwiderung. Er liebt seine Frau mehr als zuvor.

Hey, Arschloch, bist du nicht ganz richtig im Kopf? Wir hatten doch etwas anderes vereinbart.

Er wollte ihren Namen nie wieder erwähnen. Es genügt vollkommen, sich Greta abstrakt vorzustellen, wie ein schönes Gemälde in einem Museum. Nicht, dass er oft in der Vergangenheit Zeit in einem Museum verbracht hat, aber auch das wird sich nach seiner Entlassung ändern.

Nun ist Greta wieder Realität. Das Gemälde beflügelt ihn, er möchte es berühren, seine Farbe schnuppern, sich darin verlieren.

Lebensbedrohlich.

Er liest momentan Nietzsche. Wahrscheinlich ist er der einzige Knastbruder, der ein Buch des Philosophen aus der Gefängnisbibliothek geliehen hat. Nietzsche behauptet, dass Hoffnung das ultimative Böse darstellt. Tom würde nicht so weit gehen. Das ultimative Böse trifft er jeden Tag innerhalb dieser Gefängnismauern.

Hoffnung ist gefährlich. In dem Punkt stimmt er dem Philosophen zu.

Das Messer, das die Typen hier zwischen den Arschbacken eines Zellengenossen verschwinden lassen, um ihn ins Jenseits zu befördern, ist weniger schädlich als Hoffnung, die seine Eingeweide zerfrisst.

Hoffnung wird zum wichtigsten Muskel des Körpers, wie das Herz.

Das Paket lässig aufzureißen, wie er es geplant hat, gelingt ihm nicht.

Das Manuskript ist gedruckt, das Buch in einem Umschlag. Die Leser werden das Buch lieben oder es hassen, darauf hat er keinen Einfluss.

Mittlerweile meldet sich der Zweifel mit einem bösartigen

Hammer in seinem Hinterkopf.

Tagebuch eines Unschuldigen.

Ist der Titel nicht zu anspruchsvoll?

Laut Marie passt er wie die Faust aufs Auge. Er muss zugeben, dass die Frau in allen Punkten immer recht gehabt hat. Vielleicht wäre sein Leben anders verlaufen, wenn er eine übergewichtige Frau geheiratet hätte. Eine Frau, die ihm jeden Tag eine exzellente Mahlzeit vorsetzt und ihm die Wahrheit sagt.

Sorry, Greta. Dass du nicht kochen kannst, habe ich nie als Problem empfunden. Und dass du zu höflich bist, um mir ständig meine Charakterschwächen vorzuhalten, spricht für dich.

Der Karton enthält eine rote Markierung an einer Stelle. Dort reißt man ihn auf.

Genial.

Er zieht langsam und wartet.

Ihm ist dabei leicht schwindlig.

Nehmen wir mal an, dass nichts passiert, dass sich nichts ändert.

Gehen wir davon aus, dass die Welt auf dem Kopf steht und dass sich alles ändert.

Tom zieht das Buch aus dem Karton.

Zuerst sieht er nur sein Bild und betrachtet das Foto.

Hallo Tom! Gut siehst du aus.

Dann bildet sein Hirn aus den einzelnen Buchstaben Wörter.

Sein Vor- und Nachname: Tom Senger.

Der Titel: Tagebuch eines Mörders.

Tom beginnt, wie ein Geistesgestörter darin zu blättern. Sein Herz hämmert so stark, dass es jeden Moment explodieren kann. Ihm ist nicht mehr schwindlig, sein Körper weiß, dass er sich diese Schwäche jetzt nicht leisten kann.

Nein. Nein. Nein.

Er liest einige Ausschnitte, planlos. Schließlich findet er den Mut, die erste Seite aufzuschlagen und liest den ersten Satz.

Ich gestehe.

Zweiter Satz.

Ich habe drei Morde begangen.

Er liest weiter.

Es begann mit einem kleinen Snack, der eine Überdosis Ketamin enthielt.

Er überschlägt einige Seiten.

Die Zubereitung der Giftmischung war erschreckend einfach.
Der Mord selbst auch.
Der Tod wollte mehr.
Er ist so in Panik, dass er vergisst, wütend zu sein. Vielleicht hat er all seine Wut während seiner Verurteilung verbraucht.

Dies ist ein Missverständnis.

Wie hat Marie es fertiggebracht, diese Version zu veröffentlichen? Was hat sie mit meinem Manuskript gemacht? Verbrannt? Geschreddert? Gefressen? Hat sie diese Lügen selbst zu Papier gebracht, oder war noch eine andere Person im Spiel?

Warum?

Er will den monströsen Unfug wegwerfen, aber er ist dazu nicht in der Lage.

Speichel verdampft in seiner Kehle.

Er liest weiter, Zeile für Zeile.

Brechreiz kommt hoch.

Jedes Mal, wenn es ihm zu viel wird und er das Buch zuschlägt, hat er seinen Strohkopf vor Augen.

Fleischgewordene Leichtgläubigkeit.

Der ursprüngliche Titel war nicht gut, musste er sich eingestehen. Tagebuch eines Unschuldigen. Als hätte man ein Wort vergessen. Als zweifelt der Autor an seiner Unschuld. Nein, Tagebuch eines Mörders, ein Titel wie ein Fels in der Brandung.

Er lacht laut. Marie kennt ihn besser als er sich selbst. Sie hat recht.

Er ist zu einem Mord imstande.

Er wird sie töten, wenn er die Chance bekommt, wie er alle Personen töten wird, die mit dieser Hinterhältigkeit zu tun haben.

Gut für sie, dass er hinter Gittern sitzt.

Er bleibt in seiner Zelle. Er geht nicht mehr an die frische Luft und nicht zum Tischtennis.

Er liest sein Buch, immer wieder, in der Hoffnung, dass der Text geschliffen ist. Vielleicht hat er es in seinem Kopf schlimmer gemacht als es ist.

Tom kann selbst nicht entscheiden, wann es dunkel wird. Erst um zehn Uhr abends wird das Licht gelöscht. Es ist jetzt vier Uhr am Nachmittag, sechs Stunden bleiben ihm noch.

Wenn er die Augen schließt, dringt das grelle Licht durch seine Lider. Er legt das Kissen auf seinen Kopf und zieht die Decke hoch bis zum Kinn. Die Wärme wirkt berauschend.

Er hält den Atem an, bis ihm schwindlig wird.

Bis die Gedanken sich in Luft auflösen.

Bis er auf die Schwärze trifft.

Nicht im Gefängnis und nicht außerhalb. Nirgendwo.

Im Nirgendwo ist sein Buch noch nicht angekommen.

Dort wartet man auf das Tagebuch eines Unschuldigen, in einem rosafarbenen Karton verpackt.

Wenn er den Atem lang genug anhält, flüstert Greta Worte in sein Ohr, die sonst niemand hören kann: „Ich glaube dir."

Gegenwart

Möwengleich aus dem Nichts

Inmitten des geschäftigen Treibens im Verlag ist sie dem Pförtner nicht aufgefallen. Sie steht plötzlich in meinem Büro. Niemand hat sie bemerkt. Greta. Sie schließt die Tür hinter sich, lehnt sich dagegen.

Ich rutsche nervös auf meinem Stuhl hin und her und ringe um eine angemessene Reaktion. Greta wartet auf keine. Sie zieht ihren Mantel aus und legt ihn über die Lehne eines Bürostuhls. Ich will nach meinen Verlagskolleginnen rufen, sie um Hilfe bitten. Aber was soll ich sagen? Dass mich eine Frau belästigt, die vollkommen gestört sei, meine Kollegen bitten, die Polizei zu verständigen?

„Alma!"

Greta kommt mit ausgestreckten Armen auf mich zu und umarmt mich. Ihre Augen leuchten. Ich rieche den süßen Duft ihres Shampoos. Flieder oder womöglich Jasmin. Ich würde ihr zutrauen, den Duft aufzutragen, mit dem Marie Nicki Kramer ins Jenseits befördert hat. Ich lasse die Umarmung zu, mein Körper ist starr und unwillig.

„Lass mich dich ansehen. Mein Gott, du siehst aber gut aus. Wie geht es dir?"

Toms Buch ist vor drei Monaten erschienen. Ich habe es überstanden. Die Schlaftabletten, die ich jeden Abend zu mir nehme, haben mir dabei geholfen. Nur helfen sie nicht gegen meine Albträume. Ich habe dunkle Ränder unter den Augen und auf meinen Wangen sind tiefe Linien zu sehen. Mein Gesicht zeigt die Auswirkungen meines Abwärtstrends, aber ein Urlaub steht an. Daran klammere ich mich.

Jeden Tag erzähle ich Paul in Gedanken, wie tief ich gesunken bin: Dass das Buch, das auf Platz eins der Bestsellerliste steht, eine Lüge ist. Dass der Buchtitel meinen Memoiren entspricht – Tagebuch eines Mörders. Jeden Morgen, wenn ich am Empfang des Verlages vorbeigehe, starrt Tom mich aus den Vitrinen um das Zehnfache an. Selbst in meinem Büro hat sein Buch seinen Platz gefunden: Im Regal hinter meinem Schreibtisch und tagein, tagaus spüre ich Toms Blick auf meinem Rücken.

Ich warte, bis Greta mich schließlich loslässt.

„Gut." Ich lasse mir nichts anmerken.

Greta lächelt. „Und, Greta, wie geht es dir? Sag es! Ich bin so neugierig." Sie weiß meine Stimme perfekt zu imitieren.

„Du kommst hier einfach so hereingeschneit, Greta", sage ich ruhig. „Ich habe in fünf Minuten ein Meeting und keine Zeit für ein entspanntes Gespräch."

Greta packt einen Hefter von meinem Schreibtisch. „Ich wollte dich überraschen. Ich habe dich vermisst."

„Kein Kontakt, weißt du noch, Greta?"

Sie lächelt boshaft, zuckt mit den Achseln und schlägt die Augen auf. „Ich hab's mir anders überlegt." Sie legt den Zeigefinger in den Hefter.

„Bitte nicht."

Zu spät.

Sekunden später entfernt sie mit einem Ruck die Klammer. Blut sickert aus dem Finger. Sie seufzt. „Ich schulde dir noch eine Antwort, Alma."

„Sie interessiert mich nicht." Es klingt kleinlauter als beabsichtigt. Ich spüre, wie mir die Hitze ins Gesicht steigt.

„Ich muss mit dir reden. Wollen wir irgendwo hingehen? In ein Café vielleicht?" Sie steckt ihren Finger in den Mund und lächelt.

„Ich habe dir schon gesagt ..."

„Es ist wichtig, Alma, sonst würde ich nicht hier sein."

„Das ist keine gute Idee, das weißt du. Es ist besser, wenn du jetzt gehst."

Sie beugt sich vor, ihr blondes Haar streicht über ihre Schulter. „Ist es nicht auch in deinem Interesse, wenn wir uns mal aussprechen? Alma, wir sind immer noch die besten Freundinnen."

Ich sage nichts und betrachte sie von Kopf bis Fuß. Ihr Haar ist ungepflegt und mit einem Gummiband zusammengebunden. Sie trägt eine schmuddelige weiße Bluse und eine Männerhose, die dringend einen Waschgang braucht. Ihre Schuhe machen den Eindruck, als sei sie soeben über einen Acker gelaufen.

„Als ich dich das erste Mal sah, sagte ich mir: Alma ist eine Seelenverwandte", fährt Greta fort. „Du und ich, wir sind gleich. Da war etwas an dir, das ich kannte. Eine gewisse ... wie soll ich es sagen? Begeisterung. Der Wunsch nach Authentizität. Du weißt, was ich meine, oder?" Sie nimmt meine Hand. „Entschuldigung, ich rede und rede. Erzähl mir alles über dich. Ich möchte wirklich wissen, wie es dir geht."

Ich lese den Argwohn in ihren Augen. Ich kann es mir nicht leisten, Greta in meinem Büro länger zuzuhören. „Einen Moment", sage ich schnell. „Ich werde das Meeting absagen. Man wartet bereits auf mich. Ich sage meinen Kollegen kurz Bescheid, dass sie ohne mich anfangen sollen. Dann haben wir Zeit uns zu unterhalten, okay?"

Greta runzelt die Stirn, gibt sich aber mit meiner Antwort zufrieden und nickt. Als ich die Tür hinter meinem Büro schließe, laufe ich zur Toilette. Ich überlege fieberhaft. Das Meeting ist ein Vorwand gewesen, um Greta loszuwerden. Ich brauche Zeit. Was soll ich tun? Greta glaubt, ich sei ihre beste Freundin. Oder ist das wieder eines ihrer perfiden Spielchen? Sie aus meinem Büro entfernen zu lassen, scheint mir riskant. Wozu sie imstande ist, weiß ich nur zu gut. Ich halte meine Handgelenke unter kaltes Wasser und sehe in den Spiegel. *Behalte einen klaren Kopf*, warnt meine innere Stimme.

Ich seufze. Wie habe ich annehmen können, dass diese Frau für immer verschwinden würde?

Fünf Minuten später betrete ich wieder mein Büro, mit zwei Tassen Tee auf einem Tablett. Greta hat meinen Bürostuhl zum Fenster gerollt, hat sich gesetzt und starrt hinaus. Ich werde wütend. Das Tablett gleitet mir fast aus den Händen. Wie kann sie es wagen, auf meinem Stuhl Platz zu nehmen, als habe sie hier das Sagen?

„Hier verbringst du also deinen Arbeitstag. Sehr schön. Dein Büro gefällt mir." Sie dreht sich um, steht auf und streckt sich. Sie sieht sich noch einmal im Raum um. „Lass uns einen Spaziergang machen."

Ich nicke, ziehe meine Joggingschuhe an. Mittlerweile gefällt mir das Joggen, und in der Mittagspause laufe ich oft eine Runde durch den Englischen Garten. Ich greife nach meinem Mantel. „Gute Idee."

Als ich mit ihr durch das Treppenhaus gehe, kommt mir ein Gedanke in den Sinn. Was wäre, wenn ich ihr einen Schubs gebe? Sie hat mich wieder und wieder manipuliert. Aber vielleicht haben wir uns alle gegenseitig manipuliert. Ich habe eine Trumpfkarte, eine Karte, von der Greta glaubt, ich würde sie nicht ausspielen. Sie hat sich in einem Punkt verkalkuliert. Greta hat keine Macht über mich, wenn wir uns nicht mehr treffen.

Ich strecke meine Hand nach ihr aus, berühre ihr weiches, blondes Haar. „Ich denke immer an dich, Greta."

Greta sieht mich an, lächelt.

Komm, gib ihr einen Schubs, sagt meine innere Stimme. Nur zu!
Jetzt!

Kapitel 37

Böse, nicht wahr?

Draußen scheint uns die Sonne ins Gesicht. Vögel zwitschern ausgelassen, der Winter liegt endgültig hinter uns. Obwohl die Straße sehr belebt ist, kann mich nichts von einem Sprint abhalten, auch Greta nicht. Ich laufe schneller und schneller, Greta neben mir, die kleiner ist als ich, und versucht, mit mir Schritt zu halten. Ich verlangsame mein Tempo nicht, biege einige Male in Seitenstraßen ein, bis wir in einer ruhigeren Gegend ankommen. Dann drossele ich mein Tempo. Ich ergreife die Initiative, denn ich will die Kontrolle über die Situation nicht in ihre Hände geben. „Du wolltest mich sehen."

„Ja, es betrifft Tom." Greta packt mich am Arm und hält mich fest. Eine unangenehme Kälte kriecht in mich hinein. Ich muss mich beherrschen, ihre Hand nicht abzuschütteln.

„Alma, bitte. Bleib endlich stehen, so kann ich nicht."

„Was kannst du nicht?"

Sie klammert sich wie ein kleines Kind an meinen Arm. Als ich nachgebe und stehen bleibe, lässt sie mich los. „Okay, sag es", zische ich. „Aber du musst endlich begreifen: Nach diesem Plausch werden wir einander nicht wiedersehen. Nie wieder. Ist das klar?"

Sie sieht sich um und zeigt auf eine Bank. „Gehen wir dorthin."

Jetzt bin ich diejenige, die sie am Arm packt. „Ist das klar?"

Ich spüre, wie Greta mich in sich aufsaugt und ich komme mir vor wie eine Geliebte, die sich plötzlich mit der glamourösen Frau ihres Liebhabers konfrontiert sieht. Die Ironie dabei entgeht mir durchaus nicht – es ist eine Rolle, die gut zu mir passt.

Greta hebt spielerisch die Augenbrauen. „Ja, Alma."

Wir setzen uns. Greta starrt auf ihre brüchigen Fingernägel. Immer wieder holt sie tief Luft, will etwas sagen, aber kein Wort kommt über ihre Lippen. Ein paar Minuten sitzen wir schweigend nebeneinander.

„Es stimmt nicht", beginnt Greta. „Tom hat keinen Steuerbetrug begangen. Es tut mir leid, dass ich euch belogen habe. Ich fühle mich so schuldig. Ich hätte das niemals behaupten dürfen."

Ich will sagen, dass ich seit geraumer Zeit schon den Verdacht gehegt habe, aber ich halte mich zurück.

„Ich konnte nicht mit euch darüber sprechen, Alma. Ich konnte es nicht. Es fiel mir schwer. Ich finde es immer noch sehr schwer ...“

„Weiter", sage ich kurz angebunden.

Sie fängt leise an zu weinen. Ich reiche ihr kommentarlos mein weißes Taschentuch, das etwas zerknittert ist, beiße die Zähne zusammen und warte auf das, was kommt.

Greta tupft ihre Tränen ab und zerknüllt das Taschentuch. „Tom hat seit Jahren eine andere. Während ich davon ausging, dass er in der Firma arbeitet oder auf Geschäftsreise ist, war er stattdessen mit ihr zusammen. Als ich es herausfand, hat er sich nicht einmal die Mühe gemacht, es zu leugnen.“

Für einen kurzen Augenblick schließe ich die Augen und konzentriere mich fest darauf, das Bild auszublenden, das mir in den Sinn gekommen ist: Tom in den Armen einer anderen Frau. Der rationale Teil meines Denkens sagt mir, dass Greta mit ihren brüchigen Fingernägeln an meiner eigenen Oberfläche kratzt.

Der Moment vergeht und ich habe mich wieder gefangen. Ich öffne meine Augen und sehe mir Gretas Mimik genauer an, auf der Suche nach einem Hinweis, was sie als Nächstes tun oder wie sie sich benehmen würde. Sie sitzt da, die Hände verschränkt, und nimmt die Augen nicht von mir. Ihre Haut schimmert. Stimmt das nun, oder schüttelt sie wieder eine Geschichte aus dem Ärmel? Sie wirkt sehr überzeugend, aber ich kommentiere ihre Aussage nicht. Sie sieht mich mit großen, traurigen Augen an. Ihre Lippen zittern.

„Dass ich all die Jahre so blind gewesen bin", fährt Greta fort. „Ich hätte es wissen müssen. Aber ich dachte, er macht so etwas nicht, er ist ein anständiger Mann. Das passiert nur anderen Frauen. Mir nicht.“ Sie lacht hämisch. „Ich war so arrogant. Ich war immer der Meinung, dass Tom mit mir das große Los gezogen hatte. Aber offenbar dachte er anderes darüber.“

„Warum hast du es uns nicht sofort gesagt?“

„Was würdest du sagen, wenn dein Mann dich betrügt? Ich habe mich geschämt. Es ist so ein verdammtes Klischee und fühlt sich an wie die ultimative Demütigung. Ich brachte es nicht fertig, euch davon zu erzählen. Es war eine Art Selbstschutz. Ich wusste, ich würde zusammenbrechen, wenn ich es euch gestehen würde. Also dachte ich mir etwas aus. Etwas Unschönes, aber nicht so schlimm wie sein ...“ Sie stockt. „Er hat Verrat an mir begangen, Alma. Darum geht es. Um Verrat."

„Warum hast du ihn nicht verlassen?"

„Die Geschichte ist noch nicht zu Ende." Sie schnieft, putzt sich wieder die Nase und holt tief Luft. „Er hat ein Kind mit ihr. Einen dreijährigen Jungen. Tom hat mir sogar seinen Namen genannt: Samuel. Und sagte, dass es nicht beabsichtigt war, dass Gundi schwanger wurde. So fand ich heraus, dass der Name seiner Schlampe Gundi ist. Ich konnte das alles nicht fassen und war am Boden zerstört."

Meine innere Stimme gibt Warnsignale. *Sie lügt, sie ist verrückt. Sie ist gefährlich.*

„Er wollte die Beziehung nicht beenden." Gretas Stimme ist tonlos, als habe sie ihren Text auswendig gelernt. „Und er gab mir zu verstehen", fährt sie fort, „dass er das Gundi nicht zumuten konnte. Und schon gar nicht seinem Sohn, der ein Recht auf einen Vater hätte, sagte er wörtlich. Aber wenn ich ihn jetzt verlassen wollte, hätte er dafür Verständnis."

Sie öffnet den Zopf und vergräbt den Kopf in ihren Händen. Ihr Haar fällt nach vorn und verdeckt ihr Gesicht. Gretas Ritual, wenn ihre Lügen und Gemeinheiten sich die Hand geben.

„Meines Erachtens hat er wohl darauf gehofft, dass ich ihn mit einer Scheidung konfrontiert hätte. Dann hätte ich dem Feigling die Entscheidung abgenommen und er wäre fein raus. Nun, so einfach wollte ich es ihm aber nicht machen. Er hat meine Seele vergiftet."

Stille.

„Tom hat dreimal lebenslänglich bekommen, Greta. Die Höchststrafe. Das müsste dir doch reichen. Eines möchte ich nur allzu gerne wissen: Warum sollte Marie ihn im Gefängnis besuchen? Was wolltest du von Tom? Das ist mir nie klar geworden."

Greta hebt den Kopf, keine Spur von Tränen in ihren Augen. Sie ist unheimlich „Aber du hast gemeint: Wir machen, was diese Frau von uns erwartet, weil sie verrückt ist."

Ich schweige.

Greta blickt mich bedeutungsvoll an. „Marie sollte mir von ihm berichten. Ich wollte Toms Untergang in vollen Zügen genießen", fährt sie fort. „Aber er erzählte ihr eine andere Version seiner Geschichte. Selbstverständlich fühlte er sich hundsmiserabel, aber nicht miesgenug. Dann ging mir ein Licht auf. Tom ist ein Überlebenskünstler. Er passt sich seiner Umgebung wie ein Chamäleon an, wie beschissen auch immer die Umstände sind. Er führt seit vielen Jahren ein Doppelleben und ist folglich ein Mensch, der insbesondere sich selbst und anderen etwas vormachen kann." Sie streicht mein blütenreines Taschentuch glatt und faltet es zusammen. „Ich wollte ihn brechen. Endgültig. Dann kam Marie mit der Nachricht seines Tagebuchs aus dem Gefängnis. Da kam mir plötzlich die Idee."

Sie offenbart mir ihre Motive in einem lockeren Plauderton, als gäbe alles einen Sinn. Dabei betrachtet sie das sorgfältig zusammengefaltete Taschentuch. „Wusstest du, dass sie in Südafrika während des Apartheid-Regimes die politischen Gefangenen ohne Vorwarnung entlassen haben? Nach dem Motto: Du bist frei, du kannst gehen. Sie bekamen ihre Sachen ausgehändigt, die Gefängnispforte wurde geöffnet, sie standen plötzlich da draußen – in Freiheit, und sie konnten ihr Glück kaum fassen. Aber noch ehe sie das Ende der Straße erreicht hatten ... paff." Greta klatscht in die Hände, „... wurden sie erneut festgenommen. Zurück in die Zelle. Verstehst du?"

Sie bringt ihr Gesicht nah an meins. „Tom ist ein Sympathieträger. Er verkraftet es nicht, wenn sein Umfeld ihn nicht mag. Und die Leute mögen ihn neuerdings nicht mehr besonders, seit sie denken, dass er drei Morde auf dem Gewissen hat und wie er in Wahrheit über seine Mitgefangenen denkt. Also gab ich ihm die Chance, seinen Namen reinzuwaschen. Ich gab ihm Hoffnung, Alma."

Ich kann sie nicht ansehen und wende mich ab. „Und danach hast du ihm die Hoffnung genommen."

„Böse, nicht wahr? Richtig fies von mir?" Greta kichert. „Ich vermute, dass Gundi auch nicht mehr gut auf ihn zu sprechen ist. Und der arme Samuel. Papi hat schlimme Dinge getan, und deshalb sitzt er jetzt im Gefängnis. Ich wollte ihn auf die interessanteste Weise foltern, die man sich vorstellen kann, da ich Tom wohl kaum die Kehle durchschlitzen konnte. Jetzt muss sein Hinterteil dran glauben. Wenn die Mitgefangenen sein Tagebuch lesen, werden sie ihm den Arsch aufreißen. Bis jetzt haben sie ihn verschont, weil er ja so intelligent ist und über den Jungs steht." Sie grinst hämisch. „Er wird Gleitcreme brauchen."

Ich will diese Frau für immer loswerden, mich weit weg von ihr entfernen, aber ich will auch die ganze Wahrheit hören. „Wie war das mit Wagner? War sein Tod tatsächlich ein Unfall?"

Mir geht besagter Nachmittag nicht aus dem Kopf, an dem wir die Häppchen zubereitet haben. Immer wieder habe ich die

Rücklauftaste gedrückt, um den Film zurückzuspulen. Greta und Sophie haben die Ketamindosis bestimmt und ich weiß, dass Sophie, was die Menge betraf, sehr genau war. Sie besitzt als Einzige das Fachwissen. Trotzdem hätte Greta die Dosis manipulieren können, eine Gelegenheit hätte sie durchaus dazu gehabt. Marie hat irgendwann ihre Mails vom Handy gecheckt und ich musste zur Toilette. Angenommen, Sophie wäre unachtsam gewesen und ihr wäre entgangen, dass ...

Greta klatscht in die Hände, dann langsamer, wie ein Clown, dessen Batterie zur Neige geht. „Bravo, ich wusste, dass du die Intelligenz besitzt, mich zu durchschauen."

Ihre Worte sind wie ein Schlag ins Gesicht.

Ich zittere. „Hast du damals schon gewusst, dass Tom dich betrügt, Greta?"

Mittlerweile quäle ich mein Gedächtnis mit der Frage, wer die Initiative ergriffen hat, uns im Café Lila zu treffen. Von wem stammte die Idee, Hermann Wagner eine Lektion zu erteilen? Greta! Sie ist immer die treibende Kraft gewesen – die ganze Zeit. Mir wird schwindlig.

Greta lacht, ein grausames, halb wahnsinniges Lachen, und dann brechen alle Dämme. „Tu nicht so, als wäre das Ganze für dich eine Überraschung gewesen. Wir hatten alle ein Interesse daran. Gib es zu: Sophie und Marie sind frustrierte Frauen. Sie waren glücklich, dass sie sich endlich einmal austoben konnten. Und du ..."

Plötzlich habe ich Angst und springe auf. Nach allem, was ich gehört und durchgemacht habe, weiß ich, wie gefährlich sie sein kann. Ihre Seele ist verwest wie eine Leiche, die monatelang im Wasser gelegen hat.

„Verschwinde! Wage es nicht noch einmal, bei mir aufzutauchen."

Greta steht ebenfalls auf. „Sei vorsichtig, Alma, sonst bekommst du bald den nächsten Herzinfarkt."

Mein Herz beginnt zu pochen, schneller, lauter. „Wa ... was?"

Urplötzlich legt sie ihre Hand auf meine Brust. „Tut es hier weh, Alma? Tief im Innern?"

Ich zucke zusammen und schlage die Hand mit einer ruckartigen Bewegung von meinem Körper, aber Greta lächelt nur. „Du urteilst immer sehr leicht über andere, Alma. Aber wenn es dich betrifft, machst du die Schotten dicht. Nun, lass mich dir eines sagen: Du hast dein Leben gehasst. Du hast Paul gehasst. Deine Arbeit. Die liebevolle Mutter raushängen lassen. Immer brav sein und schön gehorchen. Du warst wütend. Sehr wütend. Auf alles und jeden. Aber du warst immer zu feige, dein Leben zu ändern. Dafür hast du mich gebraucht. Mich!"

Ich kann kaum atmen und mir wird übel. Greta kann nicht wissen, dass ich eine Herzoperation hinter mir habe. Aber auf die eine oder andere Art muss sie es erfahren haben, obwohl Mediziner der ärztlichen Schweigepflicht unterliegen.

Greta legt das weiße Taschentuch auf die Bank und zieht ein Gummiband aus der Tasche. Sie streicht ihr Haar zurück und bindet es zu einem Pferdeschwanz zusammen.

„Freundinnen sollten einander die Wahrheit sagen", sagt sie und zeigt mir ihr böses Grinsen. „Auch wenn man sie vielleicht nicht gerne hören möchte. Ich könnte dir Honig um den Mund schmieren, aber das bringt uns nicht weiter."

Mein Herz hämmert wie verrückt, als hätte Greta mir ihr Gift eingeflößt.

„Hör mir gut zu, Alma. Du musst dir über eines im Klaren sein: Du hast das Manuskript geschrieben nach einer Vorlage, die du von Marie erhalten hast. Mir kann niemand etwas nachweisen, auch Tom nicht, denn ich habe das Tagebuch und die Notizen verbrannt. Wenn Tom nach zwanzig Jahren oder früher entlassen wird, ist er nicht glücklich. Er ist ganz und gar nicht glücklich. Vergeben und vergessen gehört nicht zu seinen Tugenden. Marie ist eine dumme Kuh, ein Kamel, das checkt sogar Tom. Was glaubst du, gegen wen richtet sich seine Wut? Selbstverständlich gegen dich, denn du hast mit seinem Elend eine Menge Kohle gemacht. Du kannst davon ausgehen, dass er dich finden wird."

„Ich zeige dich an. Es ist mir egal, wenn ich dabei auch draufgehe und in den Knast wandere, aber ich werde dich anzeigen. Damit wirst du nicht durchkommen."

Greta neigt auf ihre typische Art und Weise den Kopf. „Lass mich ausreden. Ich bin noch nicht fertig ..." Sie überlegt einige Sekunden. „Konzentrier dich, Alma, und dreh nicht wieder durch. Nachdem du Farid getötet hast, habe ich dich wenig später mit Toms Handy angerufen. Damals, als du die Grippe hattest. Voilà – das wäre die Verbindung zwischen euch. Meine geschätzten Kollegen von der Kripo haben hier nicht weiter nachgeforscht, aber es gibt verschiedene Möglichkeiten, sie auf diesen Fehler hinzuweisen."

Mein Herz hämmert jetzt, Blut rauscht mir in den Ohren. Meine Herzklappe spielt verrückt. „Du hast ein Motiv", sage ich mit einer

Stimme, die mir fremd ist. „Toms Freundin Gundi und ihr gemeinsamer Sohn Samuel. Ich werde ihnen sagen, dass er dich betrogen hat. Dass du Rache nehmen wolltest."

„Ach Alma, wer weiß." Gretas Augen verengen sich zu Schlitzen. „Glaub doch nicht alles, was die Leute dir sagen. Manchmal bist du hoffnungslos naiv. Aber weißt du, deshalb liebe ich dich."

Zum zweiten Mal an diesem Tag drückt sie mich an sich. *Der Würgegriff einer Schlange.*

„Nichts für ungut." Sie lässt mich los und strahlt mich an. „Ich bin froh, dass wir dieses Gespräch geführt haben. Es hat uns beiden gutgetan, meinst du nicht?"

Kein Wort kommt über meine Lippen, ich bin fassungslos. Sie tätschelt meine Wange. „Hey, Kopf hoch. Tom sitzt hinter Gittern. Uns wird schon etwas einfallen, wenn er entlassen wird. Okay?"

Ich kann keinen klaren Gedanken mehr fassen, drehe ihr wortlos den Rücken zu und gehe.

„Alma!"

Sie läuft hinter mir her. „Wohin gehst du?" Ihre Stimme verrät eine plötzliche Nervosität. Wütend drehe ich mich um. Ich spüre, wie mir eine Träne über die Wange läuft. „Was willst du denn noch von mir?"

Gretas Gesicht wird hart. Sie beugt sich vor, als versuche sie den Abstand zwischen uns zu überbrücken. „Hey, warte mal! Du vergisst etwas."

Lächelnd hält sie mein Taschentuch in die Höhe. Da steht sie, in ihrem schmuddeligen Outfit und schwenkt mit der rechten Hand den Stofffetzen wie eine weiße Fahne. Das Gummiband löst sich aus ihrem Haar. Gretas blaue Augen verengen sich triumphierend.

Spiel, Satz und Sieg.

Ich drehe mich um und renne los, werde schneller, immer schneller. Mein Herz hämmert in der Brust, heiße Tränen auf den Wangen, mit dem Gefühl äußerster Demütigung, nach Atem ringend.

„Auf Wiedersehen, Alma", ruft Greta mir hinterher. „Wir sehen uns bald."

Ich muss meine ganze Kraft aufbieten, um nicht zurückzuschauen.

Anmerkungen und Danksagung

Als Autorin habe ich Einblick in die Verlagsarbeit. Die Verlegerin „Alma" ist ein fiktives Geschöpf. Ihr Charakter ist frei erfunden und Ähnlichkeiten mit real existierenden Personen oder Situationen sind deshalb rein zufällig und nicht beabsichtigt.

Die Zeitung und das Internet sind sehr gute Recherchequellen, um zu erfahren, was in der Welt vor sich geht. Für den Psychothriller „Eiskalter Plan – im Netz der Rache" habe ich andere Wege beschritten. Ich startete einen Aufruf zum Thema Mord und Mordgedanken und bat um die Mithilfe von Frauen. Sie sollten möglichst wahrheitsgetreu die Frage beantworten, was eine Frau veranlassen könnte, ihren Ehepartner oder den Freund zu töten, und, wie sie die Tat planen und durchführen würde.

Im Rahmen meiner Recherchen meldeten sich über 175 Frauen. 95 Prozent nannten als mögliches Mordmotiv den Ehebruch. Das hat mich nun doch wiederum erstaunt. Ich widmete mich daraufhin weniger dem Thema, wie Frauen töten würden, sondern konzentrierte meine Recherchen auf das Mordmotiv Ehebruch.

Die Befragten waren alle bereit, mit mir über ihre Gefühle, ihre Gedanken und ihre Ängste zu sprechen und versorgten mich mit Informationen, die zum Entstehen dieses Psychothrillers geführt haben. Sie gaben mir bereitwillig Auskunft über ihre Ehe/Partnerschaft, den Betrug an ihr und das darauf folgende Trauma und sprachen über seine Folgen: über Misstrauen und Depression, über Wut und Verwirrung und über den seelischen Schmerz.

Ich möchte mich an dieser Stelle bei allen Befragten für ihre Offenheit und ihren Mut bedanken und dafür, dass sie mir ihr Vertrauen geschenkt haben und sich selbst dabei nicht schonten. Eine Affäre – ohne/mit einem Geständnis, reißt den Betrogenen den Boden unter den Füßen weg. Der Seitensprung zählt heute zu den schlimmsten Ereignissen, die eine Partnerschaft emotional treffen können.

Viele Studien belegen, unter welchen negativen Folgen Betrogene nach einem Seitensprung leiden. Ich habe Frauen interviewt, aber das Ergebnis entspricht dem der geläufigen Studien: Frauen – die Opfer eines Seitensprungs waren – sind zum Teil regelrecht traumatisiert. Sie leiden unter Langzeitfolgen, die sowohl körperlicher als auch seelischer Natur sind.

Mein besonderer Dank geht an dieser Stelle an Dana, Marlies, Gertrud, Silvia und Christine, die den ganzen Weg nach Essen kamen, nur um mit mir zu sprechen. Sie sind der beste Beweis dafür, dass Frauen unglaubliche Dinge leisten können, wenn sie einander unterstützen. Sie vertrauten mir intime Details an, gaben mir bereitwillig Auskunft über ihre Erfahrungen in Sachen Ehe und Betrug, erzählten mir von ihrer Verunsicherung, nachdem sie von der Geliebten des Partners erfuhren, von dem Hass auf ihre Partner und von ihrer immensen Wut, die sich gegen beide richtete. Sie sprachen über eine Scheidung oder eine vorübergehende Trennung, doch vor allem über ihre Angst, nach einer langjährigen Ehe plötzlich das Leben alleine meistern zu müssen.

Ich erfuhr, dass Frauen nach einer Trennung – um der Einsamkeit zu entfliehen – oft die einschlägigen Dating-Portale durchforsten, in der Hoffnung, im Netz einen neuen Partner zu finden. Dabei stellte sich heraus, dass sie insbesondere dort auf sogenannte Romance-Scammer stießen, die mehrgleisig aktiv waren.

Nach den ausführlichen Gesprächen und den Interviews verbrachte ich Stunden im Internet und stieß auf das Onlineportal „WWW.WEN-DATET-ER-NOCH.DE", das sich als Lügner- und Fremdgänger-Aufdeckportal bezeichnet und Frauen hilft, die an Lügner, Heiratsschwindler, Betrüger oder Romance-Scammer geraten sind oder eine ungute Ahnung dahingehend haben.

2011 an den Start gegangen, konnte das Portal von Beginn an einen hohen Zuspruch verzeichnen. Das dazugehörige Online-Magazin „WWW.MÄNNLICHE-UNTREUE.DE", von Linda-Tabea Vehlen Anfang 2012 ins Leben gerufen, verzeichnet aktuell über 35.000 Leserinnen im Monat. Fremdgehen ist also „in".

Ich nahm Kontakt auf mit der Inhaberin des Portals: Linda-Tabea Vehlen, eine außergewöhnliche Frau, der ich an dieser Stelle für ihre unglaubliche Unterstützung besonders danken möchte. Ihr Portal „wen-datet-er-noch.de" entstand aus Frau Vehlens eigener leidvoller Erfahrung mit einem Singlebörsen-Casanova.

„Ob der Seitensprung nur ein One-Night-Stand oder eine länger andauernde Affäre war", so Frau Vehlen, „ist für das Befinden des Opfers nicht ausschlaggebend. Die Folgen eines Betrugs sind verheerend. Das Vertrauen in den Partner ist in jedem Fall zerrüttet. Die Person, die man einst glaubte genau zu kennen, ist plötzlich eine andere, ein Fremder. Wenn eine Frau nach einer solchen Enttäuschung auf einen Mann trifft, der mehrgleisig fährt, ist die erneute Verletzung noch schwerwiegender."

Um die Lücke zwischen eigener Recherche und Privatdetektiv zu schließen, hat Frau Vehlen das Portal „WWW.WEN-DATET-ER-NOCH.DE" konzipiert und bietet den betroffenen Frauen eine fundierte Recherchequelle. Vielen Dank für die unschätzbare Hilfe.

Frau Vehlens Ausführungen bestätigten auch mein Ergebnis der Befragung: 80 Prozent der Opfer eines Seitensprungs sind ihrem Partner gegenüber besonders misstrauisch und wachsam. Die Hälfte der Betrogenen sucht in E-Mails, Handy und der Post des Partners nach Indizien, die auf einen weiteren Seitensprung hinweisen könnten. Man will immer genau wissen, wo sich der Partner gerade befindet. Als weitere Folge treten bei den Betrogenen häufig Depressionen auf. Die Opfer empfinden Trauer und Demütigung. Sie sind lustlos, fühlen sich ohnmächtig und wissen oft nicht, wie ihr Leben weitergehen soll. Hinzu kommen auch Konzentrationsschwierigkeiten, Albträume und Schlafstörungen. Einige Frauen nahmen aber den Ehebruch ihres Mannes in Kauf und haben geschwiegen. Diese Frauen zeigten ein analoges Verhalten und ähnliche Symptome.

Mein Dank geht auch an Silke Rödel-Schöpker, Diplom-Psychologin und Liebeskummerexpertin, die mir auf eindrucksvolle Weise die emotionalen Folgen eines Ehebruchs erklärt hat. „Nach einem Betrug beklagen die Betroffenen eine generelle Gefühlsarmut, sind reizbarer als sonst und werden von einem Gefühl übermannt, das besonders stark empfunden wird: die Wut. Die Frauen geben an, dass sie auf die Geliebte wütend sind, aber 70 Prozent sind auch auf den Partner wütend. Ein Seitensprung löst zudem Verunsicherung und Verwirrung bei den Betrogenen aus. Sie wissen die Untreue nicht einzuordnen. Die Beziehung wird infrage gestellt. Die Gefühle zum Partner schwanken. Und über all dem schwebt die belastende Frage: Wie konnte mein Partner mich so hintergehen? Gedanken und Bilder an den fremdgehenden Partner mit der Nebenbuhlerin quälen die Betrogenen noch Jahre später." So Frau Rödel-Schöpker.

Meine Recherchen ergaben weiter, dass nur wenige Frauen ihren Partner verlassen würden, wenn dieser fremdginge. Die meisten Frauen wollen mit einer Aussprache versuchen, die Beziehung zu retten. Ein Blick in Internet-Foren, in denen sich Betrogene austauschen, zeigt, dass es leichter gesagt als getan ist, dem Fremdgänger zu verzeihen.

Die Opfer eines Seitensprungs berichteten, dass sie sich innerlich leer fühlen, so als seien sie gestorben. Viele wollen ihrem Partner verzeihen, können jedoch nicht. Immer wieder stellen sie sich den Partner mit der anderen Frau vor. Das Vertrauen ist zerstört und muss wieder neu aufgebaut werden. Die Betroffenen wünschen sich, alles könnte so sein wie früher, vor der Untreue. „Manchmal lässt sich ein tiefer Riss kitten, manchmal jedoch entwickelt er sich zu einer unüberwindbaren Kluft", hat mir eine Betroffene anvertraut.

„Die Frauen schildern, dass es sowohl positive als auch negative Veränderungen in der Post-Seitensprung-Beziehung gibt. Positiv fällt auf, dass die Betroffen von mehr Nähe in der Partnerschaft berichten. Es wird mehr miteinander geredet, weniger wird als selbstverständlich angesehen. Die Partner gewinnen mehr Eigenständigkeit.

Trotzdem liegt ein Schatten über der Beziehung. Die Liebe ist nicht mehr unberührt, die Unbeschwertheit verflogen. Für den Partner die Hand ins Feuer legen, würden nur noch die wenigsten. Es werden häufig keine weit in die Zukunft greifenden Pläne mehr geschmiedet. Man lässt mehr auf sich zukommen. Nicht selten bleiben hässliche Narben zurück, die an das Vergangene erinnern. Sie rufen Bilder hervor, die sich immer wieder vor das geistige Auge drängen und erneut Schmerz, Unverständnis, Trauer und Wut aufkommen lassen.

Auch wenn die Zahl der Fremdgeher kontinuierlich steigt, eine Lappalie ist ein Seitensprung noch lange nicht. Vor allem nicht für die Opfer, die meist über mehrere Monate unter den Folgen leiden müssen. Verzeihen kann man einen Seitensprung, ihn vergessen jedoch nicht", weiß die Diplom-Psychologin Silke-Julia Rödel-Schöpker aus ihrer Praxis zu berichten.

Last, not least und gar keine Frage, weil ich sie einfach in einer Danksagung erwähnen muss:

Die treuen Leser und Blogger, die mich immer wieder mit konstruktiver Kritik beflügeln.

Dr. Glenewinkel, Rechtsmedizin Köln, der mir einen interessanten Einblick in die Arbeit des Rechtsmediziners gewährte. Vielen Dank für die nützlichen Hinweise zum Thema „Speckkäfer".

Jochen Frech, ehemaliger SEK-Beamter/Autor BTB Randome

House und Mike Steinhausen, Kripo Essen/Autor Gmeiner-Verlag, sie gaben mir nützliche Hinweise. Vielen Dank.

Frau Dr. Brinkmann, Essen. Mit ihr diskutierte ich das Profil eines Pädophilen. Durch ihre Ausführungen war es mir möglich, in „Hermanns Gedankenwelt" einzudringen. Vielen Dank für ihre äußerst nützlichen Hinweise und Anregungen.

Najia, eine gebürtige Afghanin, die mir einen Einblick in die Kultur ihrer Heimat gewährte und mich mit den großen Problemen der afghanischen Familien vertraut machte.

In diesem Zusammenhang möchte ich betonen, dass ich für mich nicht in Anspruch nehme, eine Expertin für Afghanistan zu sein. Im Falle von „Farid Azraq" ist eine männliche Sicht der Dinge dargestellt. Wenn man diese im Hinblick auf unsere multikulturelle Bevölkerung hochrechnet, versteht man, warum ich mich als Autorin auf eine einzige Perspektive beschränken wollte.

Ich danke den Golf-Girls von Heiligenhaus, die mich zum Mokassin-Effekt inspiriert haben. Ihr seid genial.

Christine Hochberger/Buchreif und Jutta Swietlinski. Immer wieder habt ihr mir geduldig meine Fragen beantwortet.

Wolfgang Brandner, Thomas Jessen und Alexandra Hoffmann, die den Roman vorab gelesen haben.

Katrin Scheiding, die mich von Anfang an begleitet hat und mir wertvolle Tipps gab. Mit ihr bekommt der Humor Flügel.

Donner-Media TV- und Filmproduktion, die mit dem Buchtrailer „Wintermorde" die Wut und die Rache spürbar visualisierte.

Dirk Fellhauer, WWW.AUDIOPRODUKT.DE, der den Thriller „Wintermorde" unübertroffen visualisiert und dem Buch eine Stimme gibt.

Die Darstellerinnen im Trailer: Andrea Witt, Melani Nolte, Silke Winter und Jessica Oefelein.

Ihr seid großartig.

Schließlich und wie immer meinem Ehemann Peter. Danke, dass du meine körperliche und geistige Abwesenheit beim Schreiben immer wieder geduldig erträgst.

223

ZEILENGÖTTER

Bis dass der Tod uns scheidet

Sie sind Poeten.
Sie lieben das Böse zwischen den Zeilen.

Malin Remy ist eine gefeierte Autorin. Neun Jahre nach der Trennung von ihrem Ex-Mann, dem Schriftsteller Adrian Bartósz und auf dem Gipfel ihres Erfolgs, kommt für Malin der Tag der Abrechnung. Getrieben von dem Wunsch, die Schatten der Vergangenheit abzuwerfen, liest Malin in Paris aus ihrem soeben erschienenen autobiografischen Roman „Ehe".

Adrian, der schon immer mit Neid und Missgunst auf das literarische Können seiner Frau reagiert hat, ist unter den Zuhörern.

Die Lesung hat verheerende Folgen …

Ein atemberaubender Psychothriller, über die Poesie des Bösen, den Wahn und verborgene Leidenschaften, der auf einer wahren Begebenheit beruht.

WO IST JAY?

Psychothriller

„Der Nachtfalter symbolisiert die verborgene Seite des Menschen. In der Nähe von Licht wird er selbstzerstörerisch und die dunkle Seite einer Persönlichkeit kommt zum Spielen heraus."

Eine junge Frau wird im Aachener Stadtgarten erschlagen aufgefunden und erliegt Tage später im Krankenhaus ihren Verletzungen. Nicht weit davon entfernt wohnt die Tierärztin Mia Becker mit ihrem Mann Leon und den Kindern Esther und Benny. Nach einem Girlfriends-Wochenende verschwindet Mias beste Freundin, die charmante, gutaussehende Jay de Winter, spurlos. Mia ist davon überzeugt, dass Jay ihre Familie nicht freiwillig verlassen hat, zumal die Tote Jay verblüffend ähnlich sieht.

Wo ist Jay? Außer Mia, fragt sich das niemand. Die Freunde benehmen sich seltsam und scheinen etwas zu verbergen.

Auf der Suche nach Jay beginnt für Mia ein Alptraum. Sie wird in ein Netz aus Lügen und Intrigen verstrickt und muss sich fragen: Wer ist Freund, wer Feind? Nichts ist, wie es scheint ...

„Wo ist Jay?" ist ein spannender Psychothriller, der einen alten Mordfall aufgreift und seine Hintergründe seziert. Liebe, Lust, Neid und Hass führen zu einem fulminanten Ende, das Sie so schnell nicht vergessen werden.

Wer Freunde hat, sollte diesen spannenden Psychothriller unbedingt lesen ...

Erste Pressestimme:

"Astrid Korten hat mit ihrem neuen Thriller „Wo ist Jay" nicht nur einen spannungsgeladenen Roman geschaffen, in dem der Verrat an die Freundschaft wie ein Sturm durch das Buch nur so tost. Wo ist Jay ist auch eine messerscharfe literarische Analyse eines Gesellschaftsphänomens: der Verlust von Scham. So spannend, so traurig, dass wir froh sind, keine Antworten schreiben zu müssen, sondern nur mitlesen dürfen. Spannend und nervenzerreißend.

WAZ - Stadtspiegel Mai 2017

Über die Autorin

Astrid Korten lebt mit ihrer Familie in Essen. Sie studierte Wirtschaftswissenschaften an den Universitäten Leiden und Maastricht, arbeitete viele Jahre als Marketing- und Vertriebsleiterin sowie als Geschäftsführerin eines renommierten Unternehmens. Ihre große Leidenschaft aber ist das Schreiben, das sie 2004 zu ihrem Beruf machte. Astrid Korten schreibt Suspense-Thriller, Romane für Kinder und Erwachsene sowie Drehbücher, Theaterstücke und Kurztexte. Ihr bevorzugtes Genre ist die Spannung. Bei ihrer akribischen Recherche lässt sie sich von Forensikern, Psychologen, Gentechnologen, Pathologen und Medizinern beraten. Ihre Thriller erreichten alle die Bestsellerlisten der E-Book-Onlineportale, darunter Eiskalte Umarmung auf Platz 1 und monatelang in den Top 20. Die Autorin ist Mitglied im „Syndikat" und „Mörderische Schwestern e.V."

Mehr über Astrid Korten und ihre Aktivitäten erfahren Sie unter www.astrid-korten.com.

Auszeichnungen und Nominierung:

2016: Stefko, From Sarah with love: Halbfinale der Int. Writemovies Contest, Los Angeles.

2015: Sibirien – Die aus dem Eis erwachen Finale der Int. Writemovies Contest, Los Angeles.

Weitere Romane der Autorin:

Thriller / Psychothriller: Eiskalte Umarmung, Eiskalter Schlaf, Tödliche Perfektion, Zeilengötter, ein Thriller, der seinen Weg nach Hollywood fand, Jasper – Das Böse in Dir, WO IST JAY?, Wintermorde und Die Behandlung des Bösen.

Weitere Romane folgen.

Roman: Die verlorenen Zeilen der Liebe

Anthologie: Winterküsse, Nix zu verlieren. Liebe ist überall

Kurzgeschichte: Sibirien – Die aus dem Eis erwachen
Mehr über die Autorin:
Website: www.astrid-korten.com
Facebook: www.facebook.com/Astrid Korten